BEGRAVEN GEHEIMEN

EEN MARKETVILLE-MYSTERIE

JUDY PENZ SHELUK

Vertaald door
JAAP SLAGER

Superior Shores Press

Begraven Geheimen: Een Marketville-mysterie

Eerder verschenen onder de titel Lijken op Zolder bij Babelcube, Inc.

Auteur Judy Penz Sheluk

Gedistribueerd door Superior Shores Press

Vertaler Jaap Slager

Omslagontwerp Hunter Martin

ISBN e-book: 978-1-989495-67-4

ISBN trade paperback: 978-1-989495-68-1

ISBN groteletterboeken: 978-1-989495-69-8

Ter nagedachtenis van mijn vader, Anton "Toni" Penz, een goede man die veel te vroeg stierf

1

Ik zat al bijna een uur te wachten in de receptieruimte van Hampton & Partners, toen Leith Hampton ten langen leste met verhit gezicht en in elke hand een uitpuilende aktentas kwam binnenvallen, op de voet gevolgd door een sandelhoutgeurtje. Hij mompelde een vaag excuus – iets over een uitgelopen rechtbankzitting. Er volgde een spervuur aan instructies, gericht aan een bedeesd ogende medewerker. Een kwispelende Goldendoodle leek uit het niets te zijn opgerezen en ik nam aan dat de viervoeter al die tijd onder de receptiedesk moest hebben liggen slapen.

Met een korte hoofdknik naar zijn kantoor gaf Leith aan dat ik binnen kon gaan. Hij volgde mijn voorbeeld kort daarop en liet de aktentassen bovenop zijn bureau ploffen. Toen pas boog hij zich voorover, aaide de hond en haalde een koekje uit zijn broekzak. "Atticus," verduidelijkte hij zonder op te kijken, "mijn persoonlijke psychotherapeut. Hij is het enige wezen dat tussen mij en het gekkenhuis in staat."

Ik knikte en nam plaats in de stoel die het dichtst bij het raam stond. Het kantoor was niet bepaald groot uitgevallen. En het straatrumoer – het getoeter van auto's, het geloei van sirenes en af en toe het geronk van een passerende motorfiets – was er duidelijk hoorbaar. Maar het kantoor had een fraai uitzicht op Bay Street. Ik keek toe hoe talloze lieden in alle soorten en maten zich over straat haastten, terwijl fietsers met – in mijn ogen – ware doodsverachting zich zigzaggend een weg baanden door de onophoudelijke stroom verkeer. In het financiële hart van Toronto had iedereen altijd haast, zelfs als dat in de gegeven omstandigheden geen enkele zin had.

Atticus nestelde zich op een stoel in de hoek, zijn vaste verblijfplaats stelde ik vast afgaande op de deken die de bekleding beschermde. Inwendig moest ik grinniken bij de gedachte dat Leith Hampton, een strafpleiter berucht om zijn – op het oog botte, doch bij nader inzien – vlijmscherpe verhoren, zowel in als buiten de rechtbank, een Goldendoodle bezat, die bovendien de beste stoel van hem toegewezen kreeg.

Na in ruim een kwartier drie korte telefoontjes en een reeks vragen van een half dozijn – allemaal even bedeesd ogende – medewerkers te hebben afgewerkt, begon Leith blijk te geven van tevredenheid over de verdeling van de te verrichten taken. Hij keek op en ik besefte meteen waarom hij zo'n groot overwicht had op de mensen in zijn omgeving. Dat was inderdaad niet om zijn gestalte van nog geen 1,70 m – een slanke gestalte met een minuscuul embonpoint. Welnee, het waren zijn ogen. Die waren zo intens blauw dat ze elektrisch licht leken te emitteren.

Hij trok een lade open en haalde er een gele map uit en een dun, in blauw bordpapier gebonden document. Op dat kaft vielen de zwartgedrukte woorden te lezen: LAATSTE WIL EN TESTAMENT VAN JAMES DAVID BARNSTABLE. "We gaan in de vergaderzaal zitten. Daar worden we niet gestoord."

Blijkbaar mocht Atticus daar niet komen, in die zaal, want hij sprong van zijn stoel af en koos opnieuw positie onder de receptiedesk. Hij slaakte een – ik denk van zijn baas geleerde –

theatrale zucht, terwijl hij zijn met krulhaar bedekte lijf op de vloer neervlijde. Ik volgde Leith naar de langwerpige ruimte met een mahoniehouten tafel in het midden en daaromheen een stuk of wat zwartleren draaistoelen. Ik koos die tegenover hem en wachtte af.

Leith legde het testament voor zich neer en streek het glad met een gemanicuurde hand voorzien van naarstig gepolijste nagels. Ik vroeg me in gemoede af wat voor soort man zich liet mani- en pedicuren – aangenomen dat hij dat laatste ook liet doen – en oordeelde dat het 't type moest zijn dat voor zijn diensten vijfhonderd pop per uur in rekening brengt.

In vergelijking met het kantoor, met zijn hoog opgetaste stapels dossiers op het bureau, zijn zoutwateraquarium en zijn rijkelijk van stiksels voorziene tapisserieën aan de muren, was deze vergaderzaal bijna steriel te noemen, ontdaan van elke vorm van franje. De uitzondering was een ingelijste foto aan de wand van een knappe, hooguit dertigjarige, blauwogige blondine. Ze hield de armen bezitterig rond twee eveneens blonde kinderen geslagen, van ongeveer drie en vijf jaar oud.

Mw. Leith Hampton nummertje vier, nam ik aan, of was het alweer nummertje vijf. Ik was de tel kwijt. Maar wat deed het er ook toe? Mijn aanwezigheid hier had hoegenaamd niets te maken met Hamptons laatste verovering en kroost, dat zo te zien aan het wisselen was geslagen. Ik was hier voor de lezing van mijn vaders Laatste Wil en Testament – iets waarvan ik eigenlijk gehoopt had dat het nog een flink aantal jaren op zich had laten wachten. Helaas had een defect veiligheidsharnas zijn val van de dertigste verdieping van een torenflat in aanbouw niet tijdig kunnen breken. Dat een strafpleiter van Leith Hamptons kaliber zijn laatste wilsbeschikking had opgetekend, gaf wel aan hoe lang de twee mannen elkaar al kenden.

Leith schraapte zijn keel en wierp haar een doordringende, azuurblauwe blik toe.

"Ben je er echt klaar voor, Calamity? Ik weet hoe na jij en je vader elkaar stonden."

Ik keek vreemd op van dat Calamity. Ieder noemde me steevast Callie. Mijn vader had het alleenrecht gehad me Calamity te noemen, en dat alleen als hij me een stevige schrobbering gaf. En dus nooit in gezelschap. Dat hadden we zo afgesproken toen ik nog op de lagere school zat. Kinderen zijn onderling al wreed genoeg; ze hoeven echt niet nog eens extra aangemoedigd te worden door het hardop noemen van een naam als Calamity.

En wat dat *er klaar voor zijn* aanging, dat was ik zo'n anderhalf uur geleden al. Of eigenlijk al vanaf het moment dat ik het telefoontje kreeg dat mijn vader betrokken was geweest bij een ongelukkig bedrijfsongeval. Zo had de onverschillige stem aan de andere kant van de lijn het uitgedrukt — *een ongelukkig bedrijfsongeval.*

Ik wist toen al dat ik vroeg of laat zou moeten accepteren dat mijn vader niet terugkwam, dat we nooit meer zouden harrewarren over politieke kwesties of saampjes zouden zitten lachen bij een aflevering van *The Big Bang Theory*. En ook dat ik op een dag in snikken zou uitbarsten, maar nu nog even niet, en zeker niet hier. Ik had lang daarvoor al geleerd hoe ik mijn gevoelens in de daarvoor bestemde vakjes moest wegstoppen. Ik keek Leith met onbewogen blik aan en knikte dapper.

"Ik ben er klaar voor."

Leith sloeg de map open en begon te lezen. "Ik, James David Barnstable, verklaar hierbij dat dit mijn uiterste wil en testament is en dat ik bij dezen alle eerdere, hetzij onder gezamenlijke hetzij onder hoofdelijke titel, herroep, intrek en nietig verklaar. Ik verklaar tevens dat ik de wettige leeftijd heb, dat ik beschik over mijn volle geestelijke vermogens en dat dit exemplaar van mijn laatste wil en testament definitief mijn wensen bevat zonder enige invloed of druk van buitenaf. Ik vermaak al mijn geld en goed aan mijn dochter, Calamity Doris Barnstable."

Ik knikte en nam de kern van de boodschap tot me, ontdaan van de juridische wolligheid. Ik had eigenlijk niets meer of minder verwacht. Ik was het enig overgebleven kind van zijn twee nakomelingen. Mijn moeder had mijn vader en mij heel lang geleden al aan ons lot overgelaten. Niet dat zijn ... eh, *goed* veel om het lijf had trouwens; een zootje uitgewoond meubilair en niet bij elkaar passend serviesgoed. O ja, en nog wat stukgelezen boeken, overwegend van Clive Cussler en Michael Connelly, met hier en daar eentje van John Sandford, voor het evenwicht.

De erfenis kwam in twee woorden neer op het leeghalen van zijn tweekamerwoninkje, treurig voorbeeld van de jaren '70 stijl, verstopt in een verre buitenwijk. Ik moest onwillekeurig even denken aan mijn eigen piepkleine appartementje in Toronto's binnenstad en wist daardoor meteen al dat het leeuwendeel van zijn bezit bij de plaatselijke vestiging van het Leger des Heils zou eindigen, of bij een uitdragerij. Dat maakte me bedroefd.

"Er is wel een voorwaarde aan verbonden", haalde Leith me uit mijn rêverie. "Je vader wil wel dat je in dat huis in Marketville gaat *wonen*."

Ik ging rechtop zitten en keek Leith strak aan. Ik had duidelijk iets belangrijks gemist, toen ik in gedachten verzonken zat. "Wat voor huis in Marketville?"

Leith slaakte een van zijn theatrale strafzittingzuchten, vlekkeloos uitgevoerd maar wel een tikkeltje overdreven voor dit eenkoppige publiek. "Calamity toch. Je hebt niet opgelet, hè?"

Ik moest toegeven dat hij gelijk had. Maar nu had hij echt mijn onverdeelde aandacht. Marketville was een forensenstadje ten noorden van Toronto, op ongeveer een uur rijden. Het was zo'n plaats waar een doorsnee gezin met twee kinderen, een hond en een kat ging wonen, als het zocht naar meer woonruimte, een betere school en goede sportfaciliteiten. Nou niet echt dingen die op mij sloegen, of op mijn vader.

"Wil u me vertellen dat mijn vader een huis bezat in Marketville? Dat begrijp ik niet. Waarom woonde hij daar dan niet?"

Leith haalde zijn schouders op. "Het schijnt dat hij er geen afstand van kon doen. Maar hij peinsde er niet over om er zelf te gaan wonen. Hij heeft het sinds 1986 steeds verhuurd."

Het jaar dat mijn moeder ons in de steek liet. Ik was zes. Ik probeerde me een woning in Marketville te herinneren, maar er viel me niets in. Zelfs de herinnering aan mijn moeder was vaag.

"Het huis heeft het zwaar te verduren gehad, met diverse huurders in de loop der jaren", ging Leith verder. "Ik heb voor een kleine maandelijkse vergoeding mijn best gedaan om het te onderhouden. Maar ja, 't is niet echt naast de deur, hè ..." Hij bloosde lichtjes en ik vroeg me af *hoe* klein die vergoeding precies geweest was. M'n blik dwaalde onwillekeurig weer naar de foto van zijn stralende gezinnetje en ik vermoedde dat zulke schatten niet voor een appel en een ei te krijgen waren. En er moest geheid nog alimentatie betaald worden aan zijn vorige pronkstukken. Ik besloot de gedachtegang te laten varen. Mijn vader had hem vertrouwd – dat moest voor mij genoeg zijn.

"Dus ik mag begrijpen dat ik een opknappertje heb geërfd."

"Zo zou je het denk ik kunnen noemen, ja. Ofschoon je vader niet zo erg lang geleden een bedrijf in de arm heeft genomen om de nodige verbeteringen aan te brengen, nadat de laatste huurder vertrokken zou zijn." Hij bladerde in de gele map. "Royces Aanneembedrijf en Vastgoedbeheer. Ik heb het donkerbruine vermoeden dat de eigenaar van het bedrijf, Royce Ashford, de buurman is. Maar ik denk niet dat er al bar veel van terechtgekomen is. Bovendien zijn alle werkzaamheden vermoedelijk stilgelegd na het overlijden van je vader."

"Zei u net dat mijn vader wou dat ik er mijn intrek nam, in die woning? Wanneer was hij van plan me dat te gaan vertellen?"

"Ik denk dat het aanvankelijk je vaders bedoeling was dat hij er zelf weer ging wonen", zei Leith. "Maar ja, nu …"

"Nu hij dood is denkt u dat hij wou dat *ik* er zou gaan wonen?"

"Nou, eigenlijk gaat 't een stapje verder dan alleen *wou*, Calamity. De nalatenschap kent als uitdrukkelijke voorwaarde dat jij voor de duur van een jaar in Snapdragon Circle nr. 16 gaat wonen. Daarna mag je ermee doen wat je wilt. Het opnieuw in de verhuur gooien, er blijven wonen of het verkopen. Hij heeft je geld nagelaten voor een flinke opknapbeurt van het huis."

"Heeft hij geld opzijgezet voor een opknapbeurt?" En ik maar denken dat zijn zuinigheid uit nood geboren was. Het was nooit bij me opgekomen dat hij geld spaarde voor het opknappen van een huis waarvan ik het bestaan niet eens kende.

"Zo'n honderdduizend dollar, ofschoon slechts de helft bedoeld is voor renovatie. De andere helft van vijftigduizend dollar gaat in wekelijkse termijnen aan je uitbetaald worden, zolang je daar woont. Je hoeft natuurlijk geen huur te betalen. Kortom, meer dan genoeg om een jaartje je baan op de lange … eh, *baan* te schuiven en aan de … *tweede* voorwaarde te voldoen."

Vijftigduizend pietermannen. Bijna het dubbele van wat ik in een volledig jaar verdiende in mijn callcenterbaantje bij de bank. Daarvan afzien voor een jaar zou beslist niet moeilijk zijn. En mijn huurcontract dat steeds met een maand werd verlengd, daar kon ik met een opzegtermijn van eveneens een maand al vanaf zijn. "Hoe luidt die andere voorwaarde precies?"

Leith zakte achterover in zijn stoel en slaakte weer een theatrale zucht. Ik kreeg de indruk dat die tweede voorwaarde hem niet lekker zat.

"Je vader wil dat je uitzoekt wie de moord op je moeder op z'n geweten heeft. En hij gelooft dat de aanwijzingen daarvoor in het huis in Marketville te vinden zijn."

2

Ik staarde Leith Hampton verbijsterd aan. "Waar heeft u
't in vredesnaam over? Mijn moeder is helemaal niet
vermoord. Ze heeft ons in de steek gelaten toen ik een jaar of
zes was." Ik mag dan geen scherpomlijnde herinnering aan
mijn moeder hebben, maar mij stond nog wel helder voor de
geest hoe de andere kinderen op school over de zaak
gesproken hadden, waarbij hun ouders duidelijk dienstdeden
als nieuwsbron — *plaatselijke lellebel vindt nieuwe vrijer en grijpt haar
kans op een beter leven.* Tot op de dag van vandaag was ik ervan
overtuigd geweest dat de achterklap zich tot Toronto had
beperkt.

"Kennelijk is je vader tot een andere conclusie gekomen",
zei Leith en sloeg zijn armen over elkaar.

Die woorden verbaasden me. Haar naam was amper nog
genoemd in mijn kinderjaren. Het leek soms of ze nooit
bestaan had. Mijn vanzelfsprekende nieuwsgierigheid naar wie
ze was en waar ze was gebleven werd allesbehalve bevredigd.
De sporadische dingetjes die mijn vader me over haar verteld
had, meestal na een stuk of wat biertjes, hadden niets om het
lijf gehad. Dat ze Abigail heette. Dat ze van kokkerellen hield.

Dat ze dol op films uit de oude doos was, vooral musicals uit de jaren '50.

"Bedoelt u dat het huis in Marketville eerst geen deel uitmaakte van zijn nalatenschap?"

"Het maakte daarvan altijd al deel uit. En jij was altijd al de begunstigde. Het addertje zit 'm in het codicil; dat je voor een jaar in het huis moet gaan wonen en de veronderstelde moord op je moeder moet proberen op te lossen, of – als het geen moord mocht zijn – de ware oorzaak van haar vermissing zien te vinden." Leith schudde zijn hoofd. "Ik geef toe dat ik 't er niet mee eens was. Maar hij hield voet bij stuk. Ik heb 't 'm nog uit zijn hoofd proberen te praten, maar je weet hoe koppig je vader kon zijn."

Dat wist ik. Zoek koppig op in het woordenboek en geheid dat je een fotootje krijgt te zien van James David Barnstable. Het was een trekje dat ik óók van hem geërfd had, tezamen met die weerbarstige kastanjebruine haardos en zwart omlijnde hazelnootbruine ogen. Het haar kon ik tot sluikheid dwingen, met voldoende gel en dito geduld met haardroger en strijkijzer, en mijn ogen waren volgens mij mijn sterkste punt. Maar mijn koppigheid had me meer dan eens bijna de kop gekost. Aan m'n vader trouwens ook. "Weet u ook hoe hij zo bij die … idee-fixe gekomen is?"

"Ik weet dat hij een privédetective ingehuurd heeft toen je moeder pas verdwenen was. Maar daar is nooit iets uitgekomen. Het was net alsof ze in rook was opgegaan. Best mogelijk dat hij meer pogingen heeft gedaan, hoor, maar daar heb ik dan geen weet van gehad. Ik weet alleen dat zijn laatste huurder in Marketville opnieuw olie op 't vuur heeft gegooid."

"Hoezo?"

Leith grinnikte als een boer met kiespijn. "Naar verluidt was die huurder paranormaal begaafd – tenminste, dat beweerde ze. Het gaat om een dame die Misty Rivers heet."

Aangezien ik naar Calamity Jane vernoemd ben, een manwijf uit het Wilde Westen met een nogal twijfelachtige reputatie, ben ik niet de aangewezen persoon om lacherig te doen over wiens of wier naam dan ook. Ik was allang blij dat mijn ouders me tenminste een beetje normale tweede naam hadden gegeven. "Wat heeft die dame gezegd of gedaan, dat de nieuwsgierigheid van mijn vader weer gaande maakte?"

"Ze vertelde hem dat er een geest in het huis rondwaarde – de geest van iemand die er ooit had gewoond en dol op seringen was."

"En *dat* bracht hem tot de slotsom dat mijn moeder vermoord was?"

"Het *is* wat vergezocht, ik weet 't. Maar daarvóór had een andere huurder al geklaagd over vreemde geluiden. Kraakgeluiden in de kelder, voetstappen op zolder – dat werk. Beiden zagen we het destijds als een poging om onder de contractuele verplichting uit te komen. Als *dat* haar bedoeling was, dan is ze daarin geslaagd – ze mocht voortijdig vertrekken zonder de boete te hoeven betalen."

"Maar toen kwam de helderziende …"

"Precies. Bij Misty Rivers was je vader minder zeker van zijn zaak. Toen jullie het huis in Marketville verlieten, had hij de spullen van je moeder op zolder opgeslagen. Zijn kop had er niet naar gestaan, zei hij, om de hele mikmak uit te gaan zoeken nadat ze de plaat gepoetst had. Afijn, de jaren verstreken. En toen prentte Misty hem opeens in dat er aanwijzingen te vinden zouden zijn tussen die spullen van je moeder."

Het was net of Leith 't over een vreemde had. "Daar heeft hij me nooit iets over verteld."

"Hij wilde eerst zekerheid hebben, voordat hij jou ermee ging lastigvallen. Hij wilde je niet overstuur maken met loze praatjes. Het zou niet waar kunnen zijn – een sprookje zogezegd."

Een sprookje. Nou, deze had in ieder geval geen gelukkige afloop gekend. Ik rommelde in mijn tas op zoek naar mijn lippenbalsem, terwijl ik over de hele zaak nadacht.

"Wat was *dat*, over seringen?"

"In de loop der jaren hebben huurders van alles proberen aan te planten ... bloemen, groente, noem maar op ... maar zonder succes. Het enige wat er welig tierde op het terrein was een niet te temmen seringenstruik in de achtertuin. 't Maakte niet uit hoe vaak men 'm met wortel en tak probeerde uit te roeien, het voorjaar erop kwam hij terug alsof hij nooit was weggeweest. Naar het schijnt had je moeder 'm geplant."

Ik rolde met mijn ogen. "Seringen staan bekend om hun onverwoestbaarheid. En je hoeft niet paranormaal te zijn om bij een ouwe struik te gokken dat de eerste eigenaar hem er plantte." Ik kreeg een idee. "Was 't die Misty Rivers misschien om geld te doen?"

Leith knikte, een ernstig uitdrukking op zijn gezicht. "Ik geloof dat je vader van plan was haar de zaak tegen betaling te laten onderzoeken. Tegen mijn advies in, voor het goede begrip. Spijtig genoeg voor juffrouw Rivers gooide zijn voortijdig overlijden roet in 't eten."

On-ge-loof-lijk. Mijn nuchtere, vakbondslid zijnde, hard ploeterende handwerksman van een vader die ... een helderziende in de arm nam? Het moest nou niet gekker worden!

Leith Hampton leek mijn gedachten te raden. "Ik weet dat het moeilijk voor te stellen is, Callie. Ik weet alleen dat hij de laatste maanden steeds meer in de ban raakte van je moeders ... eh, verdwijning. Ik geef meteen toe dat ik 't niet echt heb zien aankomen. In al die jaren heeft hij namelijk nooit over je moeder willen praten. En om begrijpelijke redenen."

"Wat voor begrijpelijke redenen?"

Leith trok een grimas alsof hij spijt had van die laatste woorden en ze het liefst terugnam.

"Wat voor begrijpelijke redenen?" herhaalde ik. "Als ik me in deze zinloze onderneming moet storten, dan wil ik op z'n minst weten wat er te weten valt."

Leith zuchtte, ditmaal zonder theatraalheid. "Je hebt

gelijk. Trouwens, als je je in het verleden gaat verdiepen, kom je er toch wel achter."

Ik weet dat raadsheren per uur betaald worden, maar om nou tijd te gaan zitten rekken ... Ik leunde voorover en trommelde ongeduldig met mijn vingers op het mahoniehouten tafelblad. "*Waar* kom ik toch wel achter?"

"Ofschoon je moeder nooit gevonden is – er is later taal noch teken van haar vernomen – bestond er bij de politie het vermoeden van een misdrijf. Hoewel je vader degene was die haar als vermist had opgegeven, was hij spoedig de hoofdverdachte. En in de buurt werd er driftig over de zaak gespeculeerd."

"Omdat de echtgenoot *verdachte nummer één* is", mompelde ik, met in het achterhoofd de ontelbare afleveringen van *Law and Order* die ik in de loop der jaren had gezien.

"Precies. Na verloop van tijd verslapte de politieaandacht, maar de zaak is nooit gesloten. De goede naam van je vader in Marketville ... afijn, hij kon daar gewoon niet blijven. Hij kon 't ook niet over zijn hart verkrijgen het huis te verkopen. Vandaar die verhuur."

"Om er nu dan toch terug te willen keren, de geschiedenis op te rakelen en oude wonden open te rijten? Wat dacht hij daarmee te bereiken?"

Leith haalde zijn schouders op. "Wellicht hoopte hij zich van alle blaam te zuiveren, Calamity. Misschien was het codicil *zijn* manier om van jou hetzelfde te vragen. Ik wou dat hij me in dezen meer in vertrouwen had genomen. Als het om juridische zaken ging, zag hij me niet als zijn vriend, maar als zijn raadsheer. Ik van *mijn* kant heb nooit aan die zienswijze getornd."

"Ik werk bij een callcenter bij een bank. Alles wat ik in mijn hele leven onderzocht heb, zijn klachten van klanten." Ik liet wat Leith me verteld had de revue passeren. "U zei dat ik er mijn intrek moet nemen. Maar wat als ik er helemaal niks ontdek?" Wat als – wat volgens mij nog 't meest voor de hand lag – er helemaal niks te ontdekken *viel*? En wat als ik aanwijzingen vond over mijn *vaders* betrokkenheid?

"De enige verplichting die je hebt – afgezien van er gaan wonen – is je best doen."

"En als ik daar geen zin in heb?"

"Dan wordt er vijftigduizend dollar gereserveerd voor opknapwerkzaamheden en valt het recht – om er voor een jaar vrij van huur te mogen wonen – toe aan Misty Rivers, op voorwaarde dat ze onderzoek doet naar je moeders verdwijning. Ze dient me dan wekelijks een update van haar vorderingen te sturen tegen een bezoldiging van telkens duizend dollar. Hetzelfde soort updates dat er overigens van jou verwacht wordt, mocht je akkoord gaan. Een eventueel restant wordt in één keer uitgekeerd, mocht je moeders verdwijning opgehelderd zijn nog voor het jaar om is."

Wekelijkse updates over wat? Dat de sering weer volop in bloei staat? Het huilen stond me nader dan het lachen. In plaats daarvan vroeg ik: "En wat gebeurt er als het jaar om is?"

"Misty Rivers verhuist en jij krijgt de volle eigendom van de woning. Vervolgens mag je ermee doen wat je wilt. Verder niks."

Dan zou een wazige helderziende dus geen huur betalen en tussen mijn moeders spullen zitten te grasduinen, waarschijnlijk zonder de geringste intentie mijn vaders naam te zuiveren. Nou, *niet* op *mijn* kosten, hè! *Niet* als *ik* 't voor het zeggen had!

"Zoals ik net al zei, je verplichting houdt op, precies een jaar nadat je er je intrek neemt. Daarna mag je met het huis doen wat je wilt. Het verkopen, er blijven wonen, het opnieuw gaan verhuren. De halve ton voor herstelwerkzaamheden komt beschikbaar zodra je er woont. Alles wat je niet gebruikt voor renovatie van het pand is voor jou, schoon in het handje."

"En wat gebeurt er met Misty Rivers?"

"Mocht je gebruik willen maken van haar diensten, dan krijgt ze vijfduizend dollar."

Ik kon me niet voorstellen dat ik zulks zou doen.

Afijn, het had er alle schijn van dat ik ging verhuizen, en wel naar Marketville.

3

Snapdragon Circle was een cul-de-sac in een enclave van woningen in jaren '70 stijl, semi- en splitlevelbungalows. Hier en daar dook er een hoog herenhuis van twee verdiepingen op in de uiterst voorspelbare vormgeving van een voorstad, hoewel dat bij nadere beschouwing ook weer gelijkvloerse woningen bleek te betreffen waar later een verdieping bovenop was gezet.

Iedere straat droeg de naam van een regionale bloem, te beginnen met de hoofdstraat Trillium Way, die zich symmetrisch vertakte in zijstraatjes met namen als Day Lily Drive, Lady's Slipper Lane en Coneflower Crescent.

De meeste huizen zagen er verzorgd uit met hun frisgroene gazons en smetteloze ramen. Snapdragon Circle nr. 16, een bungalow van gele baksteen met een nogal verzakte carport was de opvallende uitzondering. Het dak was op zes plaatsen hersteld, waarbij er geen enkele poging was gedaan de kleur van de dakpannen te laten harmoniëren. De ramen waren in geen jaren gelapt en vertoonden zo te zien nog sporen van bij vroegere Halloweens gegooide eieren.

Zeggen dat het huis wel wat liefde en onderhoud kon gebruiken was een understatement – *pure passie* had het nodig.

Toen merkte ik pas dat er iemand was komen toelopen. Hij hield halt tussen het gele gras in de voortuin en mij. Ik schatte hem op veertig. Hij zag er goed uit in zijn vlotte werkkleding, alsof hij zo van de set van zo'n doe-'t-zelfshow op tv kwam gelopen. Forse bicepsen, kortgeknipt peper-en-zoutkleurig haar, vriendelijke bruine ogen. Hij droeg een spijkerbroek, werkschoenen en een zwart poloshirt met daarop in goud gedrukt: Royces Aanneembedrijf & Vastgoedbeheer. Ik vermoedde een buik als een wasbord onder dat shirt en deed mijn best om niet te blozen.

"Royce Ashford", zei hij en stak zijn rechterhand uit. "Ik woon hiernaast." Hij maakte een loom gebaar naar een voorbeeldige bungalow, waarvan het achterste gedeelte was verhoogd en de zijkant bekleed met wit vinyl. Het geheel zag eruit alsof 't spiksplinternieuw was.

Dus dit was de aannemer die volgens Leith Hampton was ingehuurd door mijn vader.

"Callie Barnstable."

"Bent u de nieuwe huurder?" Er zat iets van medeleven in zijn toon, zo van "ocharme" en "daar gaan we weer".

"Nog erger, ik ben de *eigenaar*. Ik heb mijn baan opgezegd om hier te komen wonen."

Hij keek heel even bevreemd, maar herstelde zich. "Ik heb 't gehoord, over zijn ongeval. Mijn deelneming. Het leek me een fidele kerel."

"Dankuwel. Ik had van Hampton, mijn vaders raadsman, al begrepen dat u hem kende."

"Nou, *kennen* is een groot woord. Ik heb hem een paar weken geleden voor 't eerst getroffen. Ik geloof dat hij zich hier al een jaar of wat niet had laten zien – de verhuur werd steeds geregeld door Hampton & Partners. Hij was nogal geschrokken van de staat waarin het huis verkeert." Royce glimlachte. "Ik vrees dat mensen nu eenmaal niet bijster voorzichtig zijn met andermans eigendom."

"Ik zie 't."

"Uw vader wilde het laten opknappen. Ik heb hem wat ideetjes en een kostenbegroting aan de hand gedaan. Ik had de indruk dat hij er zelf weer wou gaan wonen."

Dus Leith had gelijk, mijn vader was van plan geweest terug te gaan naar Marketville. Ik vroeg me af of hij zijn oude onderkomen had willen verkopen. Ik moest denken aan de kaartjes van makelaars gericht aan "Het Landgoed van James David Barnstable" die ik weggegooid had. Ik ging dat tweekamerwoninkje echt wel laten verkopen zodra de nalatenschap geregeld was, maar niet door zulke pooiers. Ik betwijfelde of die makelaars ooit de moeite genomen hadden mijn vader te spreken te krijgen. Ik hoorde Royce kuchen en besefte dat hij iets gezegd had.

"Sorry, ik was even in gedachten."

"Ik kan me voorstellen dat het allemaal wat veel ineens is. Ik zei dat het uw goed recht is een andere aannemer te zoeken. Wie u ook kiest, ik raad u aan eerst het dak te laten vervangen, voordat u last van lekkage krijgt. Uw vader had al offertes gevraagd en een bedrijf uitgekozen. Ik kan dat verder wel voor u regelen, als u dat wilt."

"Dank u, dat zou fantastisch zijn. Hoe sneller hoe beter. Ik wil de andere werkzaamheden ook graag met u bespreken, zodra ik er mijn intrek heb genomen."

Ik hoopte maar dat ze niet meteen die halve ton gingen opslurpen, die werkzaamheden. Leith had met zoveel woorden gezegd dat ik wat er overbleef, in m'n zak kon steken. Dat zou wat lucht kunnen geven, als ik te zijner tijd iets anders moest zien te vinden als het jaar om was. Ik kon me namelijk niet voorstellen dat ik terug zou willen naar het callcenter.

"Ik ga kijken hoe snel ik die dakdekkers aan de veren krijg. Wat de rest betreft, dat heeft geen haast. U geeft 't maar aan als u zover bent. Mocht u intussen zin hebben in een drankje of een hapje – zonder dat we 't over zaken hoeven te hebben, hoor – laat 't me dan even weten. Want het valt denk ik om de drommel niet mee ergens te komen waar men heg noch steg weet."

"Dankuwel." Ik haalde mijn kokosbalsem tevoorschijn en depte mijn lippen, terwijl ik nadacht hoe ik mijn volgende vraag zou inkleden. Ik besloot er geen doekjes om te winden.

"Mag ik u iets vragen, meneer Ashford?"

"Natuurlijk. Vraagt u maar een eind weg."

"Heeft u de laatste huurder gekend?"

Er verscheen langzaam een brede grijns op zijn gezicht. "Ik neem aan dat u doelt op Misty Rivers, de abnormaal begaafde paranormaal begaafde. Ze vond dat het er spookte en probeerde uw vader daarin mee te krijgen."

Daar was ik al bang voor. Het was dus niet gebleven bij *Ik geloof dat 't er spookt*, ze had daadwerkelijk geprobeerd mijn vader voor die flauwekul te winnen. En het zag ernaar uit dat 't haar gelukt was ook. De vraag *waarom* hij daarvoor gevallen was, was een tweede.

"Gelooft *u* in zulke dingen?" Ik lette scherp op zijn reactie.

"Ik zal u hetzelfde vertellen als wat ik tegen uw vader gezegd heb", zei Royce schouderophalend. "Ik ben geboren en getogen in Marketville. En eind jaren '70 was het inwonersaantal nog geen kwart van wat 't nu is. Deze huizen zijn gebouwd voor jonge gezinnen − als eerste koopwoning voor lui die zich nog geen huis in de stad konden veroorloven. Destijds waren de bouwvoorschriften nog niet zo stringent als nu. Sterker nog, een hoop technische verbeteringen die nu vanzelfsprekend zijn, bijvoorbeeld op het gebied van energiezuinigheid, was toen nog helemaal niet van de grond gekomen. Dat gepaard aan een dertigtal jaren verhuur, met minimale aandacht voor onderhoud ... tsja, dan zal 't heus weleens ergens gaan piepen of kraken."

"Nee dus."

Andermaal verscheen langzaam die brede grijns.

"Ik schat, mevrouw Barnstable, dat u daar gauw genoeg achter komt."

4

Van binnen was Snapdragon Circle nr. 16 evenmin veel soeps. Ik ging het hele huis door om de ramen tegen elkaar open te zetten, want er hing een muffe geur in elke kamer. Toen keerde ik terug naar mijn uitgangspunt en begon met de inventarisatie van mijn erfenis.

Advocaatpeergroen- en -goudkleurige linoleumvloerbedekking liep van de hal door in een kleine woonkeuken met in glanzend chocoladebruin geverfde kastdeurtjes en knalgele wanden. Herfstgele keukenapparatuur. Een goudbespikkeld aanrecht van verhakkeld laminaat in gebroken wit met een afdruk van een hete pan. Een raam boven de gootsteen keek uit op de verzakte carport. Daar was je weer, 1980.

Er kwam een oude herinnering bij me boven. Ik als klein meisje, vier of misschien vijf jaar oud met slordig geknipt bruin krulhaar, bovenop een stoof staand om uit datzelfde raam te kunnen kijken. Ik had een rood-wit gestreept schort voor met kleine hartvormige zakjes. Ik placht daar kleine stukjes lever in te verstoppen, om ze na het eten door de wc te spoelen. Mijn ouders hanteerden de ijzeren wet "je bord leegeten of geen toetje". En er was geen hoeveelheid jus of gebakken ui gewassen tegen de voor mijn smaakpapillen ondraaglijke smaak van lever.

Ik sloot mijn ogen in de hoop andere herinneringen boven te kunnen halen en sperde ze wagenwijd open toen ik het op de vliering hoorde kraken.

Er liep een rilling over mijn rug. Ik vond de thermostaatknop en zette 'm hoger. Links van de hal was een gecombineerde eet- en woonkamer. Ik vroeg me af, of er nog degelijk hout zou zitten onder het tot op de draad versleten tapijt. Ik knielde, trok een ventilatierooster los, tilde de vloerbedekking een beetje op en ontdekte een strip hardhout. Dat viel dus mee. Het tapijt was op. En vloerbedekking weghalen was iets wat ik zelf kon doen. Dat spaarde weer geld uit, dat voor een ander project te gebruiken viel. Gezien de staat van het huis ging een halve ton niet genoeg zijn. Echt niet. Deze dame zou zelf flink de handen uit de mouwen moeten steken, als ik een goede prijs voor het huis wilde hebben, aangenomen dat ik het over een jaar ging verkopen.

Een gang vanuit de keuken en kamer leidde naar een grote badkamer uitgevoerd in roze en naar twee slaapkamers in de oorspronkelijke beige kleur. De kleinste van de twee was amper groter dan een inloopkast; de grootste was net groot genoeg om er een tweepersoonsbed in kwijt te kunnen, mits men bereid was af te zien van nachtkastjes. Het karpet dat er lag was afzichtelijk. Onderzoek wees uit dat ook daar blond hardhout onder schuilging.

Beide slaapkamers hadden een groot raam. Dat van de grootste keek uit op de achtertuin. Ik kon de uitlopende seringenstruik zien. Het was begin mei, na een uitgesproken strenge winter. Het zou nog minstens een maand duren voordat hij in volle bloei stond.

Ik trok een kastdeur open. Ik ontdekte er een voetenbankje met een uitschuifbare trap erboven die naar de vliering leidde. Volgens Leith lagen de spullen van mijn moeder daar opgeslagen. Ik kon niet zeggen dat ik ernaar uitkeek om over een vliering te kruipen. Ik had al visioenen van muizenkeutels en spinnenwebben. Bovendien heb ik 't niet zo op nauwe ruimten. Maar vroeg of laat zou ik eraan moeten geloven. Dus dan maar vroeg. Wanneer ik het "mysterie" zou hebben opgelost, of bewezen had dat er geen mysterie op te lossen viel, kon ik tenminste weer vlug terug naar het bruisende hart van Toronto. Zo opwindend was mijn stadsleventje niet, maar men ging er wel lekker anoniem op in de massa – iets wat de kluizenaar in me nu eenmaal zeer op prijs stelde. Na vijf jaar in mijn huurappartement had ik nog met geen van mijn buren kennisgemaakt. Maar ik was nog geen uur in Marketville en de buurman had me al uitgenodigd voor een hapje of een drankje.

Ik ging door met mijn inventarisatie van de woning. Een nauwe trap leidde naar de kelder. Van kelders moet ik ook niets hebben. Die bezorgen me de rillingen. En het lage plafond en de wandpanelen van aardedonker hout van deze brachten me niet op andere gedachten. Ik vond er een natte cel met een wasser en droger die hun beste tijd gehad hadden. De wasmachine was er niet zo eentje met een wringer erbovenop, maar 't scheelde niet veel. Een tweede ruimte bevatte de verwarmingsketel – nog de originele, zo te zien. Die zou vóór de volgende winter vervangen moeten worden. Ik maakte een optelsommetje van de kosten van de werkzaamheden die ik tot nu toe onontbeerlijk achtte, en deed mijn best niet al bij de pakken neer te gaan zitten. Het zag ernaar uit dat ik een hongerige geldwolf van een huis had geërfd – waar het nog spookte op de koop toe.

Die laatste gedachte was voor de ketel het startsein – onder het slaken van luide boeren en winden trad hij schuddend en bevend in werking.

"Ik ga al", riep ik en vloog met twee treden tegelijk de trap op.

5

Ik verwachtte de verhuizers niet eerder dan over een uur. Dus had ik ruimschoots de tijd om mijn kleren op te hangen. Ik had ook wat keukenbenodigdheden meegebracht – een ketel, thee, een mok en een pak chocoladekoekjes. Ik slaagde er bovendien in om strategische plekjes te vinden voor mijn lippenbalsemstiften van cacaoboter – een in de keukenla, een in de badkamer en een in de slaapkamer. De laatste legde ik zolang in de vensterbank tot mijn nachtkastje er was. De vierde stift hield ik bij me in mijn tas. Ik mag dan wat een neuroot lijken wat dat aangaat, maar er zijn ergere verslavingen.

Gelukkig waren de verhuizers op tijd. Dat was een opluchting na alle horrorverhalen die ik in de krant gelezen had over verhuisbedrijven die hun klanten tilden. Het ging er meestal over dat verhuizers het verdomden om de spullen uit te laden tenzij hun eisen werden ingewilligd omtrent aanvullende vergoedingen, voor bijvoorbeeld traplopen – ik had gehoord over wel vijftig dollar per traptrede – en meer van zulke ongein. Ik had daarom vooraf om referenties gevraagd. Maar die konden ook uit de dikke duim gezogen zijn. Ik had al over de gekste dingen gehoord, als medewerker van het callcenter van de afdeling Fraudebestrijding bij de bank.

Uit de verhuiswagen kwamen twee zware jongens geklauterd, verrassend kwiek eigenlijk gezien hun omvang. De langste, ene Marty volgens het naamplaatje op zijn werkkleding, kwam op me toe. De ander, een zwaar getatoeëerde kerel, opende de klep en begon met uitladen.

"Tim en ik zijn in hooguit twee uur klaar", zei Marty. "U heeft niet veel spullen."

Dat was zo. Mijn tweekamerflatje met een piepklein balkonnetje was amper 50 vierkante meter groot. Achteraf bezien was er plek genoeg geweest voor mijn vaders spullen in mijn … eh, *nieuwe* onderkomen. Maar daarvoor had ik het hart niet gehad. Ik heb ze uiteindelijk aan Leger des Heils en uitdragerij geschonken. En wat die niet hebben wilden, had ik weg laten mieteren. De enige dingen die ik voor mezelf gehouden had, waren zijn archiefkast – vol met documenten, die ik zou moeten doornemen en vernietigen – en zijn gereedschapskist, die vast van pas kwam. Tot dusver had ik steeds een tafelmes gebruikt bij wijze van schroevendraaier. En mijn voeten waren mijn meetinstrument geweest.

Marty en Tim werkten goed samen. Geen van beiden vertoonde ook maar het geringste spoor van stress. Na anderhalf uur liet Marty me tekenen voor ontvangst en vroeg, of ik contant of met mijn creditcard wilde betalen. Ik neem aan dat de staat van het huis hem ervan weerhield om de mogelijkheid van een cheque te opperen. Ik bekeek de rekening en kwam tot de slotsom dat ik al die jaren in de verkeerde branche had gezeten. Ik wou net mijn Visakaart overhandigen toen me opviel dat Tatoeage-Tim nogal schichtig keek en slecht op zijn gemak was.

"Is er iets?"

"Nee, hoor", antwoordde Marty. "Tim is alleen wat een mietje als het om muizen gaat. Hij hoorde ze namelijk over de vliering lopen."

"Dat waren geen muizen", protesteerde Tim, zo bleek om zijn neus dat zijn sproeten wel vuurvliegjes leken. "Ik weet zeker dat ik voetstappen hoorde. En ik hoorde ook een dame huilen. Weliswaar zacht, maar …"

"Nou, ik heb anders helemaal niets gehoord en ik stond nog wel vlak naast je."

Marty knipoogde.

"U zou 't ons toch wel zeggen, hè, mevrouw Barnstable, als er iemand op zolder zat?" grapte hij.

Ik sloeg mijn armen over elkaar en deed mijn uiterste best verontwaardiging te veinzen, maar in werkelijkheid hadden Tims woorden me behoorlijk nerveus gemaakt. Wat had Leith ook maar weer gezegd? Iets over een vorige huurder die onder haar contract uit gewild had vanwege geluiden op zolder. En ik had al gekraak gehoord van de vliering. Niet precies voetstappen en een huilende dame, maar toch beangstigend.

"Zou u er misschien even willen kijken, op zolder? Ik moet toegeven dat ik ook niet erg gecharmeerd ben van het idee dat er muizen kunnen zitten."

"We staan op tijd", schudde Marty zijn hoofd. "We worden alleen betaald voor de uren die op de rekening staan."

"Oké, ik betaal u elk vijftig dollar extra." Tim en Marty haalden hun neus daarvoor op.

"Nou, goed dan. Elk vijfenzeventig dollar, cash. Doe me een lol en ga even kijken."

Tim en Marty wisselden een steelse blik, die me heel even het gevoel bezorgde dat ze me voor het lapje hielden, ook al was ik daar niet helemaal zeker van.

"Ik kijk wel even. Tim mag hier blijven om u te beschermen."

Marty gaf Tim een stoeierige, maar niet echt zachtzinnige stomp tegen zijn schouder. "Vertel me maar waar ik de trap naar de vliering kan vinden."

Ik bracht hem naar de grote slaapkamer en deed de kast

open. "Ik kwam het bankje met die trap erboven eerder vandaag al tegen."

Marty trok het bankje uit de kast, schoof de trap uit tot op de vloer en beklom een paar sporten. "Er zit een hangslot op het luik. Wie doet er nou in hemelsnaam een vliering op slot?" Hij klonk opeens erg wantrouwend.

Die toon stond me niet erg aan. "Mijn vader. Hij heeft het huis jarenlang verhuurd en ik vermoed dat hij niet wilde dat er mensen aan zijn spullen op de vliering zaten. Momentje, ik ben zo terug."

Een paar tellen later was ik terug met de sleutelring die ik van Leith gekregen had.

"Het moet een van deze sleutels zijn."

Marty bekeek de sleutels en slaagde er op de een of andere manier in meteen de juiste te vinden. Hij duwde het luik open en wrong zijn bovenlichaam door de opening.

"Ik zie geen spoor van knaagdieren", hoorde ik hem zeggen. Zijn stem werd vager naarmate hij verder over de vliering stommelde. Tim, de bange poeperd, ging opeens naar buiten, onder het mom dat hij snakte naar een sigaret.

"Wat gevonden?" vroeg ik Marty toen hij terug naar beneden geklommen was.

Als de uitdrukking op zijn gezicht, dat nu lijkbleek was, een aanwijzing was, ging 't om een ietsepietsje meer dan muizenkeutels en spinnenwebben.

"Ik denk dat u beter zelf kunt gaan kijken, mevrouw Barnstable, en de politie bellen."

"De politie bellen? Waarom? Is er iets weg?"

"Weg? Hoe zou ik moeten weten wat er hoort te zijn? Er staat een paar hutkoffers, elk onder een dikke laag stof. U gaat volgens mij een sleutel nodig hebben om ze open te krijgen." Hij gaf haar de sleutelring terug. "Maar dat is het eiereneten niet. Wat er *niet* hoort te zijn, *dat* is 't probleem. Althans, ik neem aan dat 't er niet hoort te zijn."

"En wat is dat?"

"Ik ben geen kenner, maar het ziet eruit als een doodskist."

"Een doodskist? En wat zat erin?"

"Ja, dáág. Ik ben natuurlijk niet gaan kijken. Echt niet! Ik was meteen weg."

"Als u er niet in gekeken heeft, hoe weet u dan dat ik de politie moet bellen?"

"Dat hangt er een beetje van af, hoe gebruikelijk 't is in uw kringen dat er een doodskist op zolder staat."

Ja, daar had hij een punt. Ik kon alleen maar hopen dat er een plausibele verklaring voor was. Liefst eentje waarbij geen lijk om de hoek kwam kijken.

6

———

DE VLIERING STELDE ME NIET TELEUR WAT AKELIGHEID AANGAAT – een benauwende ruimte zonder daglicht. Muren en dak waren bekleed met isolatie van roze glaswol en er hing een weeë lucht van mottenballen. Het hangslot wekte de suggestie van waardevolle spullen. Nou, lou loene. Er stond een met leer beklede hutkoffer, die er antiek uitzag, een jonger exemplaar, blauw met koperbeslag, en iets wat leek op een schilderij gevat in minimaal drie lagen bubbeltjesplastic.

Er stond ook een doodskist, een volwassen versie zo te zien. Ik zoog mijn longen vol, weerstond de neiging om 'm meteen weer te smeren en schuifelde ernaartoe. Er zat niet een hangslot op de kist, zoals op het zolderluik. Ik had bijna gewild dat 't wel zo was, om een excuus te hebben om dat wat gedaan moest worden nog even uit te stellen. Met rubberhandschoenen aan – ik had genoeg misdaadseries op tv gezien om te weten dat ik geen vingerafdrukken moest maken – nam ik nog een flinke teug lucht, bukte me en tilde voorzichtig het lid op. Dat ging gemakkelijker dan ik verwacht had. Ik liet het niettemin meteen weer vallen. De plof echode door de ruimte en ik kreeg haast een hartstilstand.

Want wat ik in de van binnen met crèmekleurig satijn

beklede kist had zien liggen, was *niet* een lijk in staat van ontbinding ... het was een *skelet* ... een *menselijk* skelet.

Ik was er min of meer op voorbereid enkele lijken in de kast te zullen vinden. Maar eentje op zolder was wel ongeveer het laatste waarop ik gerekend had.

———

"Iemand probeert u in het ootje te nemen", zei brigadier Arbutus na kist en skelet op de keper beschouwd te hebben. "Dit geraamte is gemaakt van hoogwaardige pvc en wordt gebruikt voor anatomische les in het medisch onderwijs."

Ik wist niet of ik opgelucht, bevreesd of verontwaardigd moest zijn. Ik had bovendien geen idee wie het daar achtergelaten kon hebben. Of waarom.

"Ik word beetgenomen? Weet u 't zeker?"

"Wel, of u beetgenomen wordt *niet*. Maar dat het geen menselijk geraamte is, daar ben ik *wel* zeker van."

"En de kist?"

"Van de toneelvereniging. Het materiaal is erg licht, vermoedelijk papier-maché of zo, en daarna in houtkleur opgeschilderd om het echt te doen lijken." Arbutus keek me een moment aandachtig aan, haar grijze ogen tot spleetjes samengeknepen. "Ik snap dat u erg geschrokken bent. Dat is ook niet meer dan normaal, als u niet degene was die dit hier achterliet. Heeft u er ook maar het geringste vermoeden van wie dit op zijn of haar geweten kan hebben?"

Ik schudde van nee. "Ik ben hier vandaag ingetrokken. Misschien ligt het hier al jaren."

"Te oordelen naar het gebrek aan stof erop, in tegenstelling tot al het andere hier, staat de kist hier anders nog niet zo lang. U bent hier net komen wonen, zegt u? Heeft u niet even op de vliering gekeken toen u het huis kocht? De woninginspecteur ook niet?"

"Ik heb het huis niet gekocht. Ik heb 't geërfd, van mijn

vader. Het is verhuurd geweest. Wat ik niet begrijp is hoe iemand hier binnengekomen is. Er zat een hangslot op het luik."

"Dat slot is een oud model," verklaarde Arbutus, "niet zo moeilijk te kraken. Gedetailleerde aanwijzingen voor hoe men dat doet, zijn online te vinden. Maar de meest plausibele verklaring is dat de dader een sleutel had."

Dat laatste impliceerde dat mijn vader de kist hier neergezet had of dat er *nog* een sleutel in huis rondslingerde. Arbutus onderbrak mijn gedachtegang.

"U zei net dat het pand tot nu toe verhuurd is geweest. Weet u wanneer de deursloten voor het laatst zijn vervangen?"

"Ik weet niet eens *of* ze ooit zijn vervangen. Ik kan de advocaat die de boel beheerde, bellen. Misschien weet hij dat."

"Dat is een goed idee, al was 't alleen maar om een idee te krijgen wie toegang kan hebben gehad. Maar ik zou als ik u was sowieso nachtsloten laten aanbrengen."

Ik knikte. Arbutus had gelijk. Ik had er geen notie van hoeveel mensen de sleutel hadden van Snapdragon Circle nr. 16. En nachtsloten op de deuren laten zetten was een goed advies.

"Waarom nam u op uw allereerste dag al een kijkje op de vliering?" vroeg Arbutus.

Ik vertelde haar over de geluiden die verhuizer Tim meende te hebben gehoord, en dat ik zijn collega Marty bereid had gevonden een kijkje te nemen. Ik zei er niet bij dat ik even met de gedachte had gespeeld dat ze me in de maling namen. "Meende die Tim voetstappen en een huilende dame te hebben gehoord?" vroeg Arbutus.

Ik knikte.

"Had uzelf ook al zoiets gehoord?"

Ik moest bekennen van niet, hoewel ik wel iets had horen kraken.

"Kraakgeluiden zijn klein bier bij voetstappen en een

huilende dame op zolder – dat is me nogal een verschil. U zei dat Marty ging kijken nadat u de verhuisrekening al betaald had? Deed hij dat om u een plezier te doen?"

"Ik had hun elk vijfenzeventig dollar toegezegd, handje contantje."

Arbutus glimlachte. "Mooie flikkerij. Ze hebben te maken met een vrouw alleen die in een oude woning trekt en zien hun kans schoon snel een paar dollar onder de tafel te verdienen. Ik wed dat Marty de schrik van zijn leven kreeg toen hij die kist zag, hahaha."

"Hij was 't die voorstelde om de politie te bellen. Maar ik dacht bij mezelf: En wat als er straks niets in zit, in die lijkkist? Oké, wel wat raar, maar niets misdadigs. Als zo'n kist leeg is, bedoel ik. Maar toen ik het geraamte zag, besloot ik toch maar even te bellen."

"Eerlijk gezegd is er nog steeds niets misdadigs aan. Er is voor zover ik weet geen wet tegen het op zolder zetten van nagemaakte doodskisten met een rif van pvc erin. En we hebben tenslotte geen reden om aan te nemen dat iemand anders dan uw vader die hier neergezet heeft. Ik vrees dat de politie weinig voor u kan doen." Arbutus kneep haar ogen opnieuw tot spleetjes en keek me wantrouwig aan. "Of het moet zijn dat u iets voor me verzwijgt."

Dat klopte natuurlijk. De vermissing van mijn moeder in 1986, om maar wat te noemen, en mijn vaders recente vermoedens dat ze vermoord zou kunnen zijn. Vermoedens ingegeven en aangewakkerd door een zelfverklaarde helderziende, die luisterde naar de naam Misty Rivers.

Iets weerhield me ervan om daarmee tegenover Arbutus op de proppen te komen. Misschien omdat ikzelf er nog van uitging dat mijn moeder er met de melkboer vandoor was … of iets in die gooi. Of misschien was ik bang dat Arbutus me ervan zou kunnen verdenken dat ik een en ander in scène gezet had, alleen maar om de politie opnieuw op de zaak te zetten, om er vervolgens zelf de kantjes vanaf te lopen.

"Niets belangrijks", zei ik daarom.

Ik ben er niet zeker van of ze me geloofde. Maar ze knikte kort en gaf me haar kaartje. "Bel me rechtstreeks op dit nummer zodra u aanwijzingen heeft dat iemand u opzettelijk probeert bang te maken, of als zich weer iets voordoet dat u schrik aanjaagt. Kom, wat dacht u ervan om de zolder nu maar even de zolder te laten?" *Dat* liet ik me geen tweede keer zeggen.

7

———

Ik belde Leith en zaagde hem door over de deursloten. Hij bekende nogal schaapachtig dat die in geen jaren vervangen waren. "Wanneer de laatste keer was, zou ik moeten opzoeken," zei hij, "maar de huurders waren gehouden hun sleutels in te leveren bij verhuizing. Dat stond in het huurcontract."

Niet voor 't eerst vroeg ik me af wat Leith exact had uitgevoerd voor zijn beheerdersloon. Het huis stond op instorten, de sloten waren niet vervangen en Joost mocht weten wat nog meer.

"En 't is nooit bij u opgekomen dat ze een kopie konden laten maken en achterhouden?"

Leith gaf geen antwoord, maar vroeg waarom het zo belangrijk was te weten wie er nog een sleutel van het huis zou kunnen hebben.

Ik vertelde hem over mijn belevenissen. Daarmee had ik meteen zijn aandacht.

"Een plastic geraamte in een kist van papier-maché, waarschijnlijk een toneelattribuut? Wie zet er nou zoiets op zolder?" Leith slaakte een van zijn theatrale zuchten. "Ik zal in mijn papieren kijken. Ik bel je zo terug."

———

"Zo TERUG" was wat overdreven, maar Leith belde inderdaad terug, na een uur of wat. Hij viel met de deur in huis.

"Afgezien van je vader en ik zijn er twee personen die mogelijkerwijs een sleutel hebben. Eén ervan is Misty Rivers. Mijn secretaresse is al naar huis. Ik zal haar de beide huurcontracten morgen laten scannen en e-mailen. Er zit wellicht iets bruikbaars bij."

"Dankuwel. Ik zie ze met belangstelling tegemoet. Kunt u zich ook nog iets herinneren over die andere huurder?"

"Haar naam is Jessica Tamarand. Zij is diegene over wie ik je vertelde. Zij was het die klaagde over vreemde geluiden en voortijdig onder haar huurcontract uitkwam."

Interessant. "Is er verder nog iemand die een sleutel kan hebben?"

"Royce Ashford, de buurman op 14. Hij is de aannemer die je vader heeft ingehuurd. Dus hij zal ook wel een sleutel hebben."

"Met hem heb ik eerder vandaag al kennisgemaakt. Hij zag er niet uit als een wappie."

"Dat hoor je mij ook niet zeggen, Callie. Ik vertel je alleen maar wie er een sleutel kan hebben. Ze kunnen ook een duplicaat hebben laten maken, voor een kennis of zo. Of – in het geval van je buurman – voor een onderaannemer."

"U bezorgt me de kriebels."

"En een skelet in een doodskist niet? Laat maar, zeg maar niks! Ik heb een slotenmaker voor je geregeld. Hij komt morgen langs om nachtsloten op de voor- en achterdeur te zetten."

Iets wat natuurlijk vooraf aan mijn komst al gedaan had moeten zijn, en eigenlijk steeds na het vertrek van een huurder. "Hoe laat kan ik hem of haar verwachten?"

"Tussen twaalf en drie. Als ik jou was, bleef ik thuis tot hij klaar is. Je zit vast niet te wachten op meer onwelkome bezoekers wanneer je even niet thuis bent."

"Is dit advies bedoeld om me een hart onder de riem te steken?"

"Nou ja, ik was zoals je weet slecht op mijn gemak met die hersenschimmen van je pa. Het zal heus niet zijn bedoeling geweest zijn om jou in gevaar te brengen, maar ... ik word er nou niet bepaald vrolijker van ... van wat er vandaag gebeurd is."

"Wat stelt u dan voor? Dat ik toch maar met Misty Rivers in zee ga?"

"Dat zou volgens mij nog helemaal niet zo'n gek idee zijn."

Ik geloofde mijn oren niet. Dacht Leith nou echt dat ik me liet afschrikken door een lijk op zolder? Ik besloot om voortaan wat omzichtiger te zijn met wat ik hem vertelde. Om aan de vereiste van verslaglegging te voldoen, zou ik alleen 't hoogstnodige melden. Wat niet weet, wat niet deert. "Mijn vraag was ironisch bedoeld, hoor."

Er volgde weer zo'n theatrale zucht. "Dat vermoedde ik al. Je bent nog koppiger dan je vader al was. Maar wees alsjeblieft voorzichtig."

"Dat beloof ik."

———

GEK GENOEG SLIEP IK DIE NACHT REDELIJK GOED. Ik werd wakker met het gevoel dat ik de wereld aankon. Ik worstelde mijn haar in de houdgreep van een grote haarclip en kleedde me in een grijze trainingsbroek en een T-shirt van de Toronto Raptors. Vervolgens keerde ik alle laden en kasten in huis binnenstebuiten. Zo er al een tweede sleutel van het zolderluik in huis geweest was, dan was hij er nu in ieder geval niet meer. Ik zou blij zijn als de slotenmaker geweest was.

En als ik toch moest wachten, kon ik net zo goed een lijstje maken van alle reparaties die uitgevoerd moesten worden. Zelfs met die vijftigduizend dollar zou ik beslist een aantal dingen zelf moeten doen. Om te beginnen zou ik die foeilelijke vloerbedekking eruit slopen en de hardhouten vloer daaronder een flinke beurt geven. Ik deed mijn laptop aan om de plaatselijke regelgeving over vuilstort te raadplegen. Ik kon afval gewoon aan de weg zetten op vrijdagen, mits ik de vloerbedekking in rollen van niet langer dan één meter twintig samenbond. En ze mochten niet zwaarder zijn dan twintig kilo. Geen probleem, want ik betwijfelde of ik rollen van meer dan twintig kilo überhaupt wel *tillen* kon. Dat herinnerde me eraan dat ik later op zoek moest gaan naar een fitnessruimte in de buurt.

Ik keek in mijn vaders gereedschapskist en vond een Stanleymes. Net wat ik nodig had om de vloerbedekking tot hanteerbare bundels te snijden. Het verwijderen ervan bleek evenwel een lastiger en smeriger werkje dan ik verwacht had. Het dragen van rubberen handschoenen zou geen overbodige luxe zijn – wie weet wat voor viezigheid ik tegenkwam. Alleen, het enige paar dat ik had, lag nog op zolder. En ik was er nog niet aan toe om daar alweer naartoe te gaan. En om nou in deze outfit naar de dichtstbijzijnde winkel te gaan, was zelfs mij te gek. Ik sleurde de sofa en stoelen naar de ongebruikte slaapkamer en bedekte ze daar met wat oude lakens.

Toen ik eenmaal een beginnetje had gemaakt met het lostrekken van de vloerbedekking, ging het steeds gemakkelijker, al bleef het een smerig karweitje. De onderkant van het kleed was goeddeels vergaan waardoor er hele stroken schuimrubber achterbleven. Die deed ik in zo'n grote groene vuilniszak.

Ik was bijna klaar met het weghalen van de vloerbedekking in de woon- en eetkamer toen ik mijn eerste ontdekking deed: een kleine bruine envelop bij de muur achterin de eetkamer. Iemand moet het warmterooster daar opgelicht en het couvert zo ver mogelijk onder het tapijt geschoven hebben.

Het was afgesloten met een paperclip. Dat het niet dichtgeplakt zat, betekende dat iemand er later iets kon hebben uitgehaald of bijgedaan. Maar wie kon het daar verstopt hebben? En, belangrijker nog, waarom?

Ik wilde het net openmaken, toen de deurbel een opgewekt dingdong liet horen. Ik keek op mijn horloge. Elf uur. Te vroeg voor de slotenmaker.

Iets zei me dat ik het couvert beter kon verstoppen, voor ik ging opendoen. Ik mikte het net in een keukenkastje achter een doos met cornflakes, toen de bel andermaal klonk. Iemand die haast had. Ik liep naar de voordeur en keek door het spionnetje. Een gezette dame van in de vijftig met een grote bos geblondeerd haar, gitzwarte ogen en een paar joekels van oorringen staarde me recht aan. Ze droeg een spijkerbroek, een marineblauw truitje en een dik fleecevest met een abstract patroon van maan, sterren en een stuk of wat sterrenbeelden.

Misty Rivers, nam ik aan.

Ik deed de deur open en zette een verraste glimlach op. "Wat mag ik voor u betekenen?"

Ze glimlachte terug en maakte een breed gebaar met haar hand, met vingernagels die net iets te lang waren, inktzwart gelakt en de uiteinden besprenkeld met goudglitter; een nogal smakeloos uitgevoerde Franse manicure. Er hing een geur van patchoelieolie in de lucht. "Misty Rivers, tot uw dienst."

"Ik had u al verwacht." En op het moment dat ik 't zei, wist ik dat het waar was. Ik *had* haar verwacht. Sterker nog, het zou me verbaasd hebben als ze niet was komen opdagen. Als laatste huurder van Snapdragon Circle nr. 16 was Misty mijn hoofdverdachte als het ging om de vraag wie de doodskist met inhoud op zolder had gezet. "Kom toch binnen."

Dat liet Misty zich geen tweede maal zeggen; ze was al

binnen. Ze wierp een laatdunkende blik op de puinhoop in de woonkamer en stiefelde door naar de keuken. "Ik zie dat je een waterkoker hebt. Ik zou dolgraag een kopje thee lusten. Melk en suiker, graag." Ze plofte neer op een van de twee stoelen bij de bistrotafel die voorheen op mijn balkon hadden gestaan.

Vrijpostig, zeg. "Sorry, ik heb geen melk. Ik gebruik 't zelf niet." Zo, steek die maar in je zak! Ik voelde me alsof de eerste slag voor mij was … door geen melk in huis te hebben.

"Dan maar zonder", zei Misty, die duidelijk niet van één slag lag.

Ik griste mijn lippenstift van cacaoboter uit de tweede keukenlade. Dat was de la die mijn moeder het "rommellaatje" had genoemd, schoot me opeens te binnen. En niet zonder reden; het had altijd volgelegen met van alles en nog wat, van eindjes band tot schaar. Ik zette water op en deed chocoladekoekjes op een schaaltje.

"Ik neem aan dat je wilt weten waarvoor ik kom", zei Misty en pakte een koekje.

"Dat kan ik wel raden. Leith Hampton vertelde me dat u dacht dat het hier spookt. En kennelijk wist u mijn vader daarvan ook te overtuigen."

"Zo zou je 't kunnen samenvatten, ja."

Ik schonk het kokende water in mijn bruin met witte theepot en zette die samen met twee mokken op tafel. "Ik zal u maar meteen zeggen dat ik niet geloof in geesten en spoken. Wat mij betreft is er voor alles een rationele verklaring." Ik keek haar recht in de ogen. "Inclusief voor vreemde dingen op zolder."

Als Misty wist waarop ik doelde, dan liet ze dat niet merken. Ze vertrok geen spier. In plaats daarvan knikte ze, alsof ze niet anders van me verwacht had.

"Zodra ik je zag, wist ik dat je een ongelovige was. Maar geen nood, over een paar weken denk je er wel anders over. En als 't zover is, zal ik er voor je zijn."

"Meneer Hampton vertelde dat u al een voorschot gekregen hebt", liet ik me niet van de wijs brengen. "Hij heeft me ook het bedrag genoemd."

"Ja, ik wilde de tijd die ik erin stak natuurlijk vergoed hebben, net als jij of iemand anders dat zou willen", vuurde Misty een gitzwarte blik op me af. "Het gaat me overigens niet om het geld. Het gaat me om de waarheid over je moeder en om ervoor te zorgen dat jou niets ergs overkomt, zoals je vader. Ik heb hem nog zo gewaarschuwd voorzichtig te zijn. Maar ja, eigenwijs, hè – een typische Stier."

Omdat ik hetzelfde sterrenbeeld heb, voelde ik me haast aangesproken. Maar ik besloot het te negeren. Waar ik *niet* omheen kon, was het feit dat ze blijkbaar wist onder welk teken mijn vader geboren was. Hoe goed hadden ze elkaar eigenlijk leren kennen, voordat hij stierf? Ik begon me zelfs al af te vragen of een haperend veiligheidsharnas nog iets anders kon zijn dan een "ongelukkig bedrijfsongeval". Maar het officiële onderzoek van de Arbeidsinspectie zou eventuele opzet ongetwijfeld aan het licht hebben gebracht, zo daar al sprake van geweest was, of anders niet uitgesloten. Toch? Ik nam me ter plekke voor om eens contact op te gaan nemen met de leider van het bouwproject. Misschien kon hij of zij me meer vertellen.

"Er is geen reden om aan te nemen dat mijn vaders dood geen ongeluk was."

Misty wapperde luchtig met haar zwarte nagels. "Als je dat graag geloven wilt, Callie, dan moet je dat vooral doen, ook al moet me van het hart dat ik dat nogal kortzichtig van je vind. Als je serieus overweegt het mysterie rond de moord op je moeder te ontrafelen, kun je beter *niet* op voorhand al de mogelijkheid uitsluiten dat je vader te dicht bij de waarheid kwam en daarmee zijn eigen doodvonnis tekende."

Ik schonk thee in, enerzijds om mijn zenuwen de baas te worden en anderzijds om de behoorlijke gastvrouw te spelen. Waar was ik in terechtgekomen? Als Misty gelijk had, kon ik werkelijk gevaarlopen. Misschien moest ik naast die nachtsloten ook een alarmsysteem laten aanleggen.

"Ik zeg alleen maar dat je niets moet uitsluiten, Callie," onderbrak Misty mijn gemijmer, "en de nodige maatregelen moet treffen, voor het geval dat. Zoals ik al zei, ik ben er voor je, mocht je in de nabije toekomst van mijn diensten gebruik willen maken."

"Ik zal eraan denken. Ik heb wel een vraagje voor u, nu u hier toch bent."

"Ga je gang."

"Hebt u nog een sleutel van het huis?"

"Een sleutel? Nee, natuurlijk niet. Die heb ik ingeleverd, toen ik verhuisde. Hoezo?"

"Ik laat vandaag de sloten vervangen. Want ik vroeg me af, wie er nog een sleutel kon hebben. Ik neem aan dat het al een poosje geleden is dat de sloten vervangen zijn."

"Werkelijk? Ik ging er zonder meer vanuit dat dat gebeurd was, toen ik hier kwam wonen. Ik moet er niet aan denken dat er al die tijd nog iemand anders met een sleutel rondliep. Dat is heel verstandig van je, dat je nieuwe laat zetten."

"Mag ik u nog wat vragen?"

"Natuurlijk."

"Bent u ooit op de vliering geweest?"

"De vliering?" Misty fronste haar voorhoofd, dat sowieso al vol rimpels zat. "Eerst vraag je me of ik nog een sleutel heb, en nu wil je van me weten of ik ooit op de vliering ben geweest – wat niet het geval is. Ik krijg het donkerbruine vermoeden dat je me van iets loopt te verdenken. En ik moet zeggen: dat staat me niks aan."

Haar verontwaardiging leek oprecht, ook al ging ik ervanuit dat haar beroep een zekere mate van acteertalent vereiste. Maar ik moest haar niet te veel op haar teentjes trappen, want met azijn vangt men geen vliegen.

"Ik wilde u niet beledigen. Ik vroeg me alleen af of er

muizen zaten, op zolder. Een van de verhuizers dacht dat hij iets gehoord had. Het zal niets te betekenen hebben gehad."

"Ah, dat zou de geest van uw arme moeder kunnen zijn geweest, die om aandacht vroeg."

"Aangezien ik niet in geesten geloof, zal ik naar ik vrees op muizenjacht moeten. U moet 't me maar niet kwalijk nemen, maar ik wil graag verdergaan met de klus waarmee ik bezig was. Die vloerbedekking gaat niet uit zichzelf bij de vuilnis aan de weg staan."

"Natuurlijk niet. Mijn verontschuldigingen dat ik al langskwam voordat je gesetteld bent. Dat komt alleen omdat ik een visioen had. Ik vroeg me af of je 't al gevonden had."

"Wat gevonden?"

"Een bruine envelop. Ik kon niet zien of er een geadresseerde op stond." Misty werd rood tot achter haar oren. "Mijn helderziende vermogens zijn niet altijd even sterk, zie je. Soms zie ik helder, om 't zo maar uit te drukken, maar soms ook blijft 't een beetje … eh, *mistig*."

"Een envelop?" Ik schudde ontkennend mijn hoofd en moest me bedwingen om niet naar het kastje met de doos cornflakes te kijken. "Nee, zelfs niet iets wat daarop lijkt."

"Ja, nou, zoals ik al zei, mijn vermogens zijn niet altijd even sterk. Mijn visioen kan een symbolische betekenis gehad hebben, ook al komen die meestal in de vorm van een dier, meestal vogels." Misty stond op, klopte wat onzichtbare kruimels van haar broek. "Ik zal je mijn kaartje geven. Bel maar als ik je ergens mee kan helpen – maakt niet uit wat. En bedankt voor de thee."

Ik nam haar kaartje met beide handen aan en knikte beleefd. Toen begeleidde ik haar naar de deur en naar haar wagen. Ik keek toe hoe ze achteruit van mijn erf afdraaide, en keek haar na toen ze Snapdragon Circle uitreed, *tot* ze om de hoek van Trillium Way verdwenen was. Toen ik me ervan verzekerd had dat ze weg was, liep ik terug naar de deur en keek door het spionnetje naar binnen. Het beeld was onscherp

– om niet te zeggen *mistig* – maar het leed geen twijfel: men kon zien wat zich binnenshuis afspeelde, tot in mijn bruin met gele keuken toe.

Dat voor wat betreft mevrouw Rivers' paranormale visioen.

8

Het was alsof de slotenmaker op het vertrek van Misty gewacht had. Ik vroeg hem of hij het spionnetje kon vervangen door iets wat meer privacy gaf. Gelukkig kon hij dat. Hij drukte me op het hart dat men met de modernere versie naar buiten kon kijken, maar niet naar binnen. Hij toog aan het werk. Het zou wel een paar uurtjes vergen, zei hij.

Hoe graag ik ook wou weten wat er in de envelop zat, ik wilde geen pottenkijkers om me heen. Ik pakte mijn laptop en doodde de tijd met het doornemen van mijn e-mail. Zoals beloofd, had Leith de huurovereenkomst met Jessica Tamarand en die met Misty Rivers laten scannen en opsturen. Ik printte ze uit en wilde ze net gaan doornemen, toen de slotenmaker kwam melden dat hij klaar was. Ik betaalde hem, liet hem de deur uit en ging naar de keuken.

Dit was het moment om te kijken wat er in het couvert zat.

Ik weet niet wat ik verwacht had, maar in geen geval vijf tarotkaarten die zorgvuldig in een velletje roze papier gevouwen waren, van het soort dat je bij de kantoorhandel aantreft in een doos met van dat chique briefpapier. Ik was geen kenner van tarot, maar wist wel dat dit geen volledige set kaarten betrof.

Ik vouwde het papier open en bestudeerde het handschrift, een zwierig schuinschrift in turquoiseblauwe inkt. Ik herkende het handschrift niet, maar volgens mij was het van een vrouw, wat ook wel logisch was gezien de kleur van het papier en van de inkt. Het was een lijstje van de achtereenvolgende kaarten:

III: De Keizerin
IV: De Keizer
VI: De Geliefden
Zwaarden Drie
XIII: De Dood

Ik legde de kaarten uit op de koffietafel en bleef er een poosje naar kijken. Ik besefte dat ik geen benul had van wat ze te betekenen hadden, ofschoon de laatste kaart, Dood, me behoorlijk ongemakkelijk maakte.

Ik kon natuurlijk online gaan zoeken naar de betekenis, maar het was waarschijnlijk het beste om een expert te raadplegen. Ik moest meteen denken aan Misty Rivers. Hoezeer ik er ook tegenop zag haar in mijn leven te halen, ze had wel een voorschot van vijfduizend dollar op zak. Daar mocht ze dan ook wel wat voor doen. Of ze verstand had van tarot, was een tweede.

Er zat nog iets in de envelop, een klein zakje van brokaatzijde. Zo'n ding waar je juwelen in bewaart als je op reis bent. Ik maakte het open en haalde er een rechthoekig medaillon uit aan een zilveren kettinkje.

De voorkant van het medaillon was van ondoorzichtig glas, omkranst door een delicaat bloemetjespatroon van filigraan, met een eenzame glimmer in het midden. Een diamant? Een steen van kristal? Het had een massief zilveren achterkant.

Het had iets heel antieks. Ik zou een paar foto's maken en die per e-mail toesturen aan een vroegere schoolvriendin, Arabella Carpenter. Wellicht kon zij me er meer over vertellen. Arabella had kortgeleden De Glazen Dolfijn geopend, een antiekzaak in Lount's Landing, een klein stadje een halfuur rijden ten noorden van Marketville.

Ik maakte het hangertje met het puntje van een nagel open en trof een fotootje van een blonde man aan met ernstige bruine ogen en een wilskrachtige, licht geheven kin. Er was iets aan hem dat me bekend voorkwam, maar ik slaagde er niet in thuis te brengen wat. Was hij hier in huis geweest, toen ik klein was? Of had mijn moeder hem ergens ontmoet in mijn bijzijn?

Ik peuterde het fotootje uit de setting, heel voorzichtig om het niet te beschadigen, en keek op de achterkant. Daar stond in piepkleine lettertjes geschreven: *Voor Abby, voor altijd in mijn hart, Reid. 14 jan. 1986*

January 1986. Dat was een maand voor mijn moeder verdween. Abby. Niet Abigail. Een koosnaampje?

Belangrijker nog, wie was die Reid? En wat kon hij met mijn moeder van doen hebben?

Ik maakte een tiental foto's vanuit alle hoeken – zonder het fotootje van Reid – en mailde ze naar Arabella met de toelichting dat ik het kettinkje in het huis in Marketville gevonden had. Ik had 'r op de begrafenis van mijn vader nog gesproken en daarna gebeld toen ik me opmaakte om van Toronto naar Marketville te verhuizen. Ze kende me goed genoeg om te weten dat ik iets achterhield en dat ze beter niet aan kon dringen.

De tarotkaarten waren een ander verhaal. Misty Rivers lag voor de hand. Maar om haar nu al te bellen, zo kort na haar spontane bezoek, dat zou haar alleen maar nieuwsgierig maken. Ik besloot daarmee te wachten tot ik de vliering goed doorzocht had. Er konden nog meer dingen verborgen liggen die ik haar zou willen laten zien, ook al moest ik daar even niet aan denken.

Ik masseerde mijn slapen om een aanval van migraine die ik voelde aankomen af te slaan. Wat aanvankelijk een jaartje vrijaf had geleken in een vakantiewoning – ook al zat daar dan een juridisch kantje aan – leek nu al te veranderen in een loodzwaar verblijf in een knekelhuis.

Morgen werd de vuilnis opgehaald. Lichamelijk werk zou me helpen de gedachten te verzetten. Die vliering was van later zorg.

––––––

Ik speelde het klaar om alle vloerbedekking uit woon-, eetkamer en hal te verwijderen. Ik was alleen even gestopt om mijn honger te stillen. Ik kwam geen verrassingen meer tegen, ook al was ik blij verrast met de staat waarin de hardhouten vloer verkeerde. Die moest een flinke beurt hebben, maar dat zou aanzienlijk minder kosten dan 'm laten vervangen. Ik kon alleen maar hopen dat de slaapkamervloeren er net zo goed uitzagen.

Ik zat opgescheept met een twaalftal rollen vloerbedekking, twee tot de nok gevulde groene vuilniszakken en een pijnlijke rug. Al was 't al laat en vreesde ik dat mijn armen en benen die nacht zouden verkrampen, ik wilde niet de wekker hoeven zetten in verband met een matineuze vuilophaal. Nee, ik wilde me nog eens lekker kunnen omdraaien de volgende morgen. Ik haalde de stofzuiger tevoorschijn, zoog de losliggende rommel op en begon daarna de rollen naar de weg te slepen. Ik was aan de derde toe, toen Royce Ashford naar buiten kwam.

"Volgens mij is er iemand bezig geweest!" riep hij vanaf de stoep bij zijn voordeur. "Heb je nog meer om bij de weg te zetten?"

Hij begon me al te tutoyeren, dus daarover hoefden we 't gelukkig niet meer te hebben.

"Nog maar een stuk of tien." Ik voelde 't in mijn rug schieten en probeerde niets te laten merken. "Maar alle hulp wordt in dank aanvaard."

Royce was er al. Hij nam onder iedere arm een rol, alsof het stokbroodjes waren. Ik begon me opnieuw die buik als een wasbord voor te stellen onder dat Toronto Blue Jays T-shirt en schudde die gedachte meteen weer van me af. Met mijn staat van dienst op het romantische vlak kon ik maar beter afstand bewaren. En helemaal als het om de buurman ging.

"Zo, dat is dat", zei hij, terwijl hij de laatste twee rollen netjes bovenop de stapel schikte. Hij overhandigde me een krant in een hoesje van geel plastic. "De *Marketville Post*, het lokale sufferdje, elke donderdag thuisbezorgd, of je 't nou wilt of niet, en gevuld met streeknieuws. Het dient vooral als wikkel voor reclameblaadjes van de plaatselijke middenstand. Het is niet zo dik in deze tijd van 't jaar, maar je hebt een heftruck nodig bij het weer ingaan van de scholen na de zomervakantie. En ook in de dagen voor kerst."

"Ik vind het eigenlijk wel leuk een beetje door reclamemateriaal te bladeren. En daarbij heb ik nog erg veel spullen nodig. Ik zou je bijvoorbeeld graag iets te drinken aanbieden na al je hulp, maar ik vrees dat ik je alleen koffie of thee kan aanbieden, zónder melk. Ik zal morgen meteen naar de slijter." Ik keek neer op mijn vuile kleren. "Bovendien ben ik hard toe aan een douche."

Royce grinnikte. "Ja, dat kun je wel zeggen, al moet ik zeggen dat ik bewondering heb voor je werklust. Ik zou een werknemer of tien van jouw kaliber goed kunnen gebruiken."

"Ik hoop dat dit niet een aanbod is. Want ik heb het veel te druk. Ik moet de slaapkamers nog doen en heb nog een hele lijst andere klussen af te werken. Maar de sloten zijn vandaag tenminste vervangen."

"Het is heel goed om daarmee te beginnen, als je ergens komt te wonen. Je weet maar nooit wie er nog een sleutel heeft."

"Dat is waar. Volgens Leith Hampton zou jij er ook een kunnen hebben."

"Zei hij dat? Nou, nee. Wat die klussen aangaat, wil ik je

graag helpen met prioriteiten stellen, maar je hoeft daarvoor echt mijn bedrijf niet in te huren. Zie 't als *noaberschap*."

"Dank je, Royce. Dat stel ik zeer op prijs. Wat dacht je ervan om op een avond te komen eten? Dan kunnen we 't erover hebben. Ik maak hartstikke lekkere lasagne en salades. En ik schenk een heel mooie Australische Cabernet Sauvignon."

"Een etentje thuis met een goed glas wijn in ruil voor een beetje advies? Wat dacht je van zaterdag? Of ben ik nu te happig?"

Ik lachte. "Zo te horen snak je naar een etentje thuis zonder zelf te hoeven koken. Zaterdag is prima. Zes uur, is dat wat?"

"Perfect. Voor nu zal ik het bij het advies laten om een lekker heet bad te nemen, met veel schuim." Hij deed een stap naar voren en ik dacht heel even dat hij me zou gaan kussen. Maar hij haalde alleen maar een strookje schuimplastic uit mijn haar. "Slaap lekker, Callie. Ik zie je zaterdag."

"Tot zaterdag", zei ik hees, toen ik erin slaagde weer een woord uit te brengen. Maar hij was al weg.

9

Vrijdagmorgen was ik blij antwoord van Arabella Carpenter bij mijn e-mail te vinden.

    Onderwerp: Medaillon

Hoi, Callie,

    Dank voor de foto's van je schitterende medaillon. Dergelijke medaillons ben ik in de loop der jaren vaker tegengekomen. Daarom zal ik mijn inschatting mede baseren op die ervaringen. Daar gaan we …

    Gezien het materiaal en het vakmanschap, alsook de Art Decostijl, is het volgens mij vervaardigd in de jaren 1920. Het opake glas is kamferglas – normaal glas behandeld met waterstoffluoridedampen om 't dat berijpte uiterlijk te geven, zodat het sprekend lijkt op geslepen sneeuwkwartsedelsteen.

    Vanaf het midden van de negentiende eeuw tot de jaren 1930 kende kamferglas vele toepassingen, van lampenkappen tot karaffen. In sieraden werd het vaak voorzien van een sterpatroon aan de achterkant, om zijn schitterende uiterlijk extra te benadrukken.

Dat is hier ook het geval, zoals je kunt zien aan de achterzijde van het deurtje als het open is. Daar vind je nog een merkteken, een 14 met een halve cirkel eromheen. Dat wil zeggen dat het geen zilver is, zoals jij dacht, maar 14-karaats witgoud.

De steen in het midden is vrijwel zeker een diamant, ook al zou ik het medaillon in het echt moeten zien om me daaromtrent zekerheid te verschaffen. Waarom kom je er binnenkort niet even mee aanwippen, in mijn winkel? 't Is hoog tijd dat we weer even bijkletsen bij een hapje en een drankje.

Liefs,

Arabella

Een medaillon uit de jaren 1920. Was 't een familiestuk? Tweedehands gekocht bij een juwelier? Op de kop getikt bij een boedelveiling? Arabella's antwoord riep evenveel vragen op als het beantwoordde. Ik bedankte haar voor het snelle uitsluitsel. Ik beloofde haar plechtig om spoedig langs te zullen komen, zodra ik al mijn moeders spullen doorgenomen had. Ik eindigde met "Ik kom allicht meer dingen tegen waarvan ik wil dat je ernaar kijkt! Het etentje straks is op mijn kosten! Callie."

Zo, dat was dat. Ik zette voor mezelf een mok rooibosthee met vanillesmaak en nam er een paar chocoladekoekjes bij. Het was niet mijn gewoonte om koekjes te nuttigen bij wijze van ontbijt, maar mijn keukenkastplanken waren zo goed als leeg. En zonder melk smaakten de cornflakes al helemaal niet.

Ik herinnerde me de *Marketville Post*, spreidde de winkelreclameblaadjes uit en maakte een boodschappenlijstje. Ik begon me al bijna een echte huiseigenaar te voelen, in plaats van een dochter die aanknopingspunten zocht in haar moeders vermissingszaak.

Om negen uur ging ik de deur uit. Ik dwaalde onwennig door de gangpaden van vier verschillende grootgrutters en sloeg in wat ik nodig had en wat ik niet nodig had. Wat dat laatste aangaat, beloofde ik mezelf om nooit weer te gaan winkelen op een knorrende maag met twee koekjes. Ik kocht de spullen voor het etentje van die zaterdag. Ik vond zelfs een wijnrek dat ruimte bood aan zes flessen en het goed zou doen op mijn aanrecht.

Mijn volgende bezoek gold de staatswinkel LCBO (Liquor Control Board of Ontario), die in Ontario het monopolie had als 't om sterke drank ging. Die was in de benen geschopt in 1927, nadat de prohibitie was opgehouden met het toezicht op distributie en verkoop van alcohol. Het was nogal lachwekkend dat de overheid bijna honderd jaar later nog steeds het hele concept van privatisering wantrouwde. Ze werd wel iets soepeler als het om licht alcoholische dranken ging, zoals wijn en bier, maar sterke drank hield ze ferm aan de borst geklemd.

Mijn grotestadsinstelling viel zowat van haar stoel bij het zien van de chique stijl van deze LCBO. Zo had ik ze in Toronto nooit gezien. Gangpaden met aantrekkelijk uitgestalde likeuren, lokaal gebrouwen pils en geïmporteerd bier, diverse koelvitrines en wijn gerangschikt naar kleur en land van herkomst. Er was zelfs een sectie met selecte wijnen helemaal achterin de winkel. Die gingen mijn budget niettemin verre te boven. Ik hield het bij de betaalbare rode en witte wijn uit Australië en Chili. De kassier was zo vriendelijk om mijn aankopen in dozen te pakken en die naar mijn auto te dragen. Klasse.

Mijn laatste halte was een zaak voor kantoorbenodigdheden. Die zou volgens hun flyer papierversnipperaars in de aanbieding hebben. Als ik mijn vaders archiefkast moest doornemen, dan zou ik er beslist eentje nodig hebben.

Ik vond een bloedserieuze jongste winkelbediende bereid me alle voor- en nadelen van de diverse modellen uit te leggen. Het was kennelijk van wezenlijk belang in welke vorm het papier zijn einde vond, in snippers of in strookjes.

"De versnipperaar is duurder, doch veiliger", vertelde hij me met een ernstige uitdrukking op zijn gezicht. "Papier in stroken kan namelijk weer aan elkaar worden geplakt door iemand met voldoende tijd en geduld."

Ik zag voor mijn geestesoog Misty Rivers door mijn vuilnis ploegen. Die was tot alles in staat om haar zogenaamd "paranormale" gaven aan de man te brengen. Dus koos ik voor de duurdere, doch veiligere versie. Dat had ik wel over voor mijn privacy.

———

Rond het middaguur was ik weer thuis. Ik at een boterham met tonijnsalade en stelde daarna mijn eerste weekverslag aan Leith op. Ik had me voorgenomen de vondst van de envelop te verzwijgen tot ik meer te weten gekomen was over de inhoud ervan. Trouwens, het was nog maar week 1. Hij zou geen grote doorbraken in mijn onderzoek verwachten.

Aan: Leith Hampton

Van: Calamity Barnstable

Betreft: weekverslag nummer 1

Kwam een plastic skelet in een doodskist van papier-maché tegen op zolder. Politie denkt aan een grap. Ben er nog niet weer wezen kijken. Staat op mijn agenda. Heb sloten en spionnetje laten vervangen. Heb kennisgemaakt met buurman Royce Ashford. Misty Rivers kwam langs en bood haar diensten aan. Heb de boot nog even afgehouden. Vloerbedekking goeddeels verwijderd. Zit hardhouten vloer onder.

Ik herlas de e-mail. Het was een schets van wat hij al wist, maar dat was dan maar zo. Ik drukte op "verstuur" en ging zitten bedenken wat ik nu zou gaan doen. Ik kon verdergaan met de vloerbedekking, maar mijn lijf en leden sputterden tegen. Dus, mijn vaders archiefkast uitspitten, uitzoeken waar ik de betekenis achter de vijf tarotkaarten zou kunnen achterhalen of op zolder gaan rommelen.

Ik koos voor mijn vaders papieren. Ik zette de versnipperaar in de woonkamer, herinnerde me dat ik een blauwe bak in de carport had zien staan, haalde 'm naar binnen en zette die ernaast. Wat niet hoefde te worden vernietigd, kon immers gerecycled worden. Ik slaagde erin, mijn vaders archiefkast uit de kleine slaapkamer via de hal naar de woonkamer te slepen.

Eerst zou ik de betekenisloze rotzooi eruit verwijderen, met als achterliggende gedachte: als iets *niet* betekenisloos was, dan *zou* 't wat te betekenen kunnen hebben.

De eerste twee hangmappen waren gewijd aan huishoudelijke rekeningen – water, gas, elektriciteit, telefoon, internet en kabeltelevisie. Zo te zien had hij die over een spanne van tien jaar allemaal bewaard. Aangezien hij ze – bij ontstentenis van een eigen bedrijf – niet als kostenposten had kunnen aftrekken, was daar geen enkele noodzaak toe geweest. Ik haalde de hele handel door de versnipperaar.

Vervolgens stuitte ik op zijn belastingteruggaven van de laatste zes jaar. Ik nam ze nauwkeurig door. Maar het enige interessante was een jaarlijkse aftrekpost voor een kluisje bij een bank in Marketville. Ik haalde de sleutelbos uit de keuken en trof inderdaad een sleuteltje aan dat heel goed bij een kluisje zou kunnen passen. Ik maakte een aantekening dat ik Leith moest vragen hoe ik er als enige erfgename toegang toe kon krijgen. Mensen hadden niet een kluisje bij de bank zonder daarvoor een goede reden te hebben.

Toen volgde er een stapel handleidingen, van gereedschap en witgoed tot grasmaaiers en fitnessapparatuur. Ik had een vage recollectie aan dat laatste, een ding met diverse gewichten en trekkoorden, maar dat was een herinnering van vele jaren geleden. Tot dusver was de archiefkast één grote tijdverspilling.

Ik bladerde door de handleidingen en mikte ze een voor een in de blauwe bak. Opeens kwam ik een verdwaalde reisbrochure tegen over Newfoundland en Labrador. Ik voelde tranen opkomen. Ik herinnerde me dat walvissen gaan kijken hoog op zijn verlanglijstje had gestaan.

Ik was bijna klaar met de handleidingen toen ik een catalogus vond met anatomische modellen in alle soorten en maten. Al bladerend maakte ik kennis met "Morton", een geraamte dat griezelig veel leek op hetwelk op zolder te rusten lag. Het feit dat het met een blauwe pen omcirkeld was, vormde voor mij de bevestiging dat het lijk op zolder en Morton een en dezelfde persoon waren. Het definitieve bewijs daarvoor was een rekening helemaal achterin voor "1 papier-maché doodskist" van een zaak in Toronto die Macaber Handwerk & Gruwelijke Giften heette. Het rekeningetje was van twee weken vóór mijn vaders overlijden. Volgens het briefhoofd was het een speciaalzaak voor film- en toneelattributen.

Iemand neemt u in het ootje, had brigadier Arbutus gezegd. De kist is niets meer dan een theaterattribuut en het rif is een model. Bestond de kans dat mijn vader me in de maling nam? Nee, toch zeker? Was het codicil bij zijn testament niet meer geweest dan een weldoordachte valstrik? Als dat zo was, waarom dan? Ik legde de catalogus en de rekening bovenop het mapje met de uitgeprinte huurovereenkomsten met Misty Rivers en Jessica Tamarand.

Mijn verdere inventarisatie bracht nog wel een paar nutteloze handleidingen aan het licht, doch geen nieuwe feiten. Wellicht dat het bankkluisje meer opleverde. Maar het was al laat op de middag, dus Leith zou niet eerder op kantoor zijn dan maandag. Kortom, dat was nu geen optie.

Ik keek de kamer rond, alsof ik een ergens een pottenkijker

vermoedde. "Verdomme, pa, je krijgt me straks nog echt kwaad."

Ik sloeg het archief met een klap dicht en ging stampvoetend op weg naar de zoldertrap. Ik bedwong mijn tranen. Als ik eindelijk zover was dat ik kon huilen om mijn vader, dan wilde ik niet dat het uit kwaadheid was.

10

IK STAPTE DE ZOLDER OP, vastbesloten me niet te laten weerhouden door mijn engtevrees. Tenzij ik Royce zo gek kreeg om me te helpen, was er geen denken aan de koffers naar beneden te verhuizen. Maar ik vertrouwde er niet op dat onze vriendschap – voor zover daarvan al sprake was – bestand was tegen een doodskist op zolder. Ik zou de boel ter plekke moeten doornemen.

Maar niet nu. Vandaag wilde ik alleen maar even kijken of er misschien een boodschap van mijn vader in de doodskist te vinden was – iets wat deze ongein zou verklaren.

Ook al wist ik dat de doodskist nep was en Morton – zoals ik hem in mijn hoofd al was gaan noemen – slechts een plastic replica, moest ik toch een paar keer diep ademhalen vóór ik het lid opnieuw durfde optillen. En opnieuw stond ik verbaasd van de lichtheid ervan.

Morton staarde me aan met zijn holle ogen. Ik zette hem voorzichtig in zittende positie. Nu ik hem van naam kende, voelde ik gek genoeg een zekere verbondenheid. Ik keek onder zijn hoofdkussentje. Daar lag inderdaad een witte briefomslag.

Ik haalde er vier foto's uit, elk met een vrouw, een man en een meisje. Een lage esdoorn vormde de achtergrond. Ze stonden hand in hand en lachten breed voor de foto. Ik herkende mijn vader, een tiental jaren jonger dan ik *nu*. Zijn op mij gerichte blik, zijn stralende lach en sprankelende levenslust bezorgden me een brok in mijn keel.

Ook al had ik nog nooit een foto van mijn moeder gezien, toch wist ik meteen dat zij die blauwogige dame op de foto's was. Ik had mijn hartvormige gezicht dus van haar, evenals die iets te brede neus. Ik was bijna jaloers op haar sluike haar.

Ik ging ervan uit dat ik het meisje was. De ontembare bos kastanjebruin haar en die ernstige, zwart omrande hazelnootogen lieten geen ruimte voor twijfel. Ik was zo te zien een jaar of vijf, hetgeen betekende dat deze foto's genomen waren ongeveer een jaar voor ze ons in de steek liet. Ik sloot mijn ogen in een poging me iets – hoe gering ook – van die momenten te herinneren.

Niets.

Het intrigerende was – behalve dan dat ze steeds op dezelfde plek genomen waren – dat de foto's alle vier in een ander seizoen waren geschoten. Op de ene was de esdoorn zonder blad en bedekt met sneeuw. Op een andere stond hij volop in knop en op een derde in blad. Op de laatste hadden de bladeren een dieprode herfstkleur. Onze kleding veranderde eveneens met de jaargetijden mee – van winterkleding, via voorjaarsoutfit, tot T-shirt, korte broek en sandalen.

Ik keek op de achterkant en ontdekte hetzelfde achteroverleunende schuinschrift in turquoiseblauwe inkt als op het lijstje bij de tarotkaarten. *Winter 1985. Lente 1985. Zomer 1985. Herfst 1985.*

Ik had gelijk gehad. Ze *waren* genomen in het jaar vooraf aan mijn moeders vermissing op 14 februari 1986. Die datum stond in mijn geheugen gegrift. Jaren daarna, toen mijn vriend het met me uitmaakte op Valentijnsdag, had mijn vader geschamperd dat ik onder dezelfde vloek gebukt ging als hij. Ik had toen geantwoord dat ik slechts aangetrokken werd door de verkeerde types, een combinatie van onachtzaamheid en gebrek aan mensenkennis. Ik vertelde er niet bij dat ik eigenlijk had gerekend op een ring om mijn vinger. En ook niet dat ik uren had lopen verknoeien met het vinden van de perfecte Valentijnskaart, eentje met een lieflijk plaatje van twee zoenende egeltjes en de mierzoete tekst *Ik houd zoveel van je dat 't zeer doet.* Dat deed 't inderdaad, alleen niet op de manier die ik had verwacht.

Ik vroeg me af wie de fotograaf was geweest, *waar* de foto's waren genomen en waarom juist op die plek. De esdoorn, nog jong in 1985, zou nu flink uit de kluiten gewassen zijn, als hij er nog was. Hij stond in ieder geval niet op het erf. Zoals Leith gezegd had, had hier alleen de sering gedijd gedurende de periode van verhuur. Dus er was een kans dat hij van vóór die tijd was.

Ik stopte de foto's terug in de envelop, maar legde ze niet terug in de kist. In plaats daarvan zocht ik of ik nog iets kon vinden. Eerst nadat ik me ervan vergewist had dat er verder niets verstopt was, kwam de vraag in me op waarom mijn vader de foto's in een nepdoodskist met een nepgeraamte kon hebben gelegd. Het enige wat ik kon bedenken, was dat Misty Rivers hem verleid had tot een of ander bizar ritueel. Ik wist dat ik haar te woord zou moeten staan, zowel hierover als over de tarotkaarten. Ik wist ook dat ik dat gesprek goed moest voorbereiden, want ik voelde op mijn klompen aan dat ik haar niet moest onderschatten.

Ik keek om me heen en zag behalve de twee hutkoffers iets wat leek op een kleurige, in bubbeltjesplastic gepakte poster. Het begon al laat te worden en ik had voor eventjes schoon genoeg van deze ... eh, *spookzolder.* De poster was wat onhandzaam, maar niet zwaar. Ook al hoefde ik er niet per se vandaag naar te kijken, zou ik 'm toch meenemen naar beneden en later uitpakken. Morgen of zo. Ik nam 'm onder de arm en zette de afdaling in. Ik was dan misschien niet helderziend, toch zag ik een stevig glas Chardonnay in mijn nabije toekomst.

———

Ik wilde de poster pas de volgende dag bekijken. Maar terwijl ik van mijn wijn nipte en stukjes rauwe bloemkool in een kaassausje dipte, stond hij me uitdagend aan te koekeloeren. Ik gaf toe aan de verleiding en zocht een schaar.

Het bleek een filmposter te zijn – zo eentje die je bij bioscopen ziet – voor de musical *Calamity Jane*. Doris Day in een gele bloes onder een leren gilet, met cowboyhoed en dito broek en laarzen. Ze stond bovenop een paardenzadel met de tekst *Calamity Jane TECHNICOLOR* en liet een zweep knallen, terwijl Wild Bill Hickok, gespeeld door Howard Keel, achter haar stond. *Yippeeeee! It's the Big Bonanza in Musical Extravaganza* stond boven de zweep te lezen, met in de linkerbenedenhoek *WARNER BROS SKY-HIGHEST, SMILE-WIDEST WILD'N WOOLIEST MUSICAL OF 'EM ALL!*

Een van de weinige dingen die ik over mijn moeder wist, was dat ze dol was op musicals uit de jaren '50. Die poster leek daar een stille getuige van. Een zoekopdracht via Google bevestigde dat de film stamde uit 1953 en de hitsong *Secret Love* bevatte. Ik moest onwillekeurig aan het medaillon van Reid denken. Was er een verband? Of was het louter toeval?

Ik stuitte via Google op een fragment uit de film op YouTube. Ik moest grinniken bij het zien van een Doris Day te paard, die onhandig afstijgt, bij een boom in gezang uitbarst en met een weids gebaar haar armen uitslaat, alvorens te bukken om een bloempje te plukken. Het wordt nog gekker als ze het paard weer bestijgt en in een soort nonchalante amazonezit vrolijk verder zingt, terwijl ze terughobbelt naar de bebouwde kom. De boodschap van het liedje was dat haar geheime liefde niet langer een geheim was. Ik wist dat de filmversie nogal afweek van de echte Calamity Jane, ook al was het verrekte lang geleden dat ik daar onderzoek naar gedaan had; 'k was het meeste alweer vergeten. Ik nam me voor om mijn kennis over de echte weer eens op te halen.

Ook zou ik de poster meenemen naar Arabella Carpenter. Hij was wel niet echt antiek, maar ik wist dat Arabella dol was op originele affiches. Ze had me eens verteld over een serie spoorweg- en oceaanreisaanplakbiljetten die ze had gekocht van een verzamelaar in Niagara Falls. Weliswaar viel deze poster niet echt binnen die categorie, maar het kon geen kwaad om te kijken wat ze ervan vond. Hij kon wat mij betreft wel een duplicaatversie zijn van de originele. Ik kon haar alvast wel een paar fotootjes sturen, van de voor en van de achterkant, net zoals ik met het medaillon gedaan had.

Ik draaide de poster om en zag wat ik inmiddels was gaan beschouwen als mijn moeders schuinschrift, ook al was 't hier een beetje minder zwierig dan op de achterkant van de foto's. Was ze nerveus geweest toen ze dit opschreef?

Voor mijn allerliefste Calamity Doris op haar 7de verjaardag.
Altijd in mijn gedachten,
Mam

Niet "Mam en pap." Alleen "Mam." Daar kwam nog bij dat ik op 1 mei pas zeven werd, en mijn moeder was verdwenen op Valentijnsdag. Betekende 't dat ze wist dat ze er niet zou zijn en me toch een verjaarscadeau had willen geven? Of was ze zo iemand die dingen impulsief kocht en er later een geschikte aanleiding bij zocht? En waarom had mijn vader het al die jaren verstopt op zolder, ingepakt in bubbeltjesplastic? Was 't omdat zij hem had weggelaten? Of had hij er een geheime reden voor gehad? Ik besefte dat ik het antwoord op die vragen niet alleen niet wist, maar hoogstwaarschijnlijk ook nooit zou kennen.

Ik keek naar de levendige kleuren, zo typisch voor beeltenissen uit de jaren '50. Ik kon me heel goed voorstellen dat ik als meisje de poster op mijn kamer zou hebben opgehangen. Daar zou hij goed gestaan hebben. Hij zou trouwens *nog* niet misstaan op mijn slaapkamer. Ik zou het uitproberen. De poster leek in niets op wat er nu aan de muur hing. En ... hij *was* uniek.

Bovendien was hij een cadeau van mijn moeder – het enige dat ik had. Dat speelde ook niet zwak bij.

11
___

Ik had vermoedelijk een hele hoop kunnen doen die zaterdag, mogelijk zelfs dingen die me dichterbij de oplossing van het mysterie zouden hebben gebracht. 'Had kunnen' zijn hier de sleutelwoorden. Ik gaf mezelf evenwel een dagje vrijaf van speur- en scheurwerk. In plaats ervan ging ik het uitgestrekte loopcircuit van bijna twintig kilometer door het centrum van Marketville verkennen. Volgens de website van het stadje, volgde het de Hollandse Rivier, doorsneed het plantsoenen, met veel groen, vijvers en cultuurgoed van historische waarde, en vertakte het zich naar twee nabijgelegen stadjes. Het klonk als een paradijs voor langeafstandslopers.

Het fijne van hardlopen – afgezien van het voordeel dat je nog iets anders kunt eten dan bloemkool en groentesoep – is natuurlijk dat het de muizenissen uit je hoofd raagt en je in staat stelt weer helder na te denken. Toen ik thuiskwam, had ik besloten om de gevonden foto's aan Royce te laten zien. Dat besluit gaf me het tevreden gevoel dat ik iets van het werkverzuim had goedgemaakt. Vervolgens stortte ik me op het klaarmaken van de lasagne – en van mijn haar – voor

Royce. Ik wist wel dat het geen *date* was, maar 't kon geen kwaad me van mijn beste kant te laten zien.

———

HET DINERTJE VERLIEP BETER DAN IK HAD DURVEN HOPEN. Niet alleen smulde hij van de lasagne en de salade die ik hem voorzette, maar hij putte zich uit in loftuitingen. Hij had nog *nooit* zo lekker gegeten, beweerde hij, terwijl hij de lof bezong van het kant-en-klaar gekochte stokbrood dat de basis vormde voor mijn bruchette. Bovendien had hij er geen moeite mee om op de grond te zitten, met de theetafel als eettafel tussen ons in.

"Het is dit óf het bistrotafeltje in de keuken," had ik hem de keus gelaten, "en dat is niet echt geschikt voor een dinertje. Bovendien is de geur van knoflook in de keuken een tikkeltje *te*. Ik weet dat ik op zoek moet naar een eettafel, maar ik ben er nog niet uit hoe ik de kamer inricht. Ik heb er al over lopen nadenken om de muur tussen de keuken en de kamer weg te breken. Ik moet sowieso *iets* met de keuken. Want die is *ver* over zijn uiterste houdbaarheidsdatum."

"Waarom koop je niet een tuinameublement voor op je terras? Dat is niet zo heel duur en je hebt meteen iets én voor binnen én voor buiten."

"Wat een geweldig idee! Waarom ben *ik* daar niet opgekomen?"

"Dat zou op den duur heus wel gebeurd zijn."

"Ik betwijfel 't. En wat die muur betreft?"

"Die kun je er inderdaad uitslopen. 't Zou een enorm verschil maken qua ruimtebeleving. Maar denk er wel om dat het een *dragende* muur betreft. Maar dat kun je oplossen met zuilen. Heb ik ook gedaan, in mijn huis. Je vader zat overigens in dezelfde richting te denken, dus ik heb al een bestek van hoe hij het wilde hebben, plus een kostenraming. Ik kan je ook de naam geven van een paar andere bonafide aannemers, die precies hetzelfde voor je kunnen doen."

"Ik hoef niemand anders. Ik ga ervan uit dat mijn vader wist wat hij deed."

"Weet je 't zeker?"

"Heel zeker. Wanneer kun je me het bouwplan laten zien?"

"Wat dacht je van maandagmorgen? Om negen uur? Maar ik waarschuw je dat dit soort werkzaamheden een hoop rommel geeft en veel tijd in beslag neemt. En het kan in de papieren gaan lopen, afhankelijk van welke afwerking en armaturen je kiest."

"Tegen rommel ben ik wel opgewassen. Wat het budget betreft: mijn vader heeft me geld nagelaten voor renovatiewerkzaamheden. Ik kan alleen maar hopen dat het genoeg is."

"We werken altijd volgens budget. 't Gaat er mij om dat jij beseft dat zulks *wel* betekent dat niet *alles* kan, en dat er soms concessies gedaan moeten worden."

"Begrepen."

"Afgesproken dan. Genoeg over zaken voor vandaag. Ik zal je helpen met de afwas. En dan kunnen we daarna misschien nog even uitbuiken bij een glaasje wijn?"

Knap, kundig en klasse. Wat wil men nog meer? Toch kon ik een gast met goed fatsoen niet laten helpen bij het afwassen. "Maak jij 't je maar gemakkelijk op de bank. Ik ben in een wip klaar."

Toen schoten de foto's me te binnen. "Zei je niet dat je hier geboren en getogen bent? Zou je intussen een paar foto's voor me willen bekijken?"

"Foto's? Op je mobieltje?" Royce keek geschrokken. Misschien was ik wel zo'n idioot die honderden foto's maakte en dan van anderen verwachtte dat ze die stuk voor stuk bekeken.

"Nee, niet op mijn mobieltje. Dit zijn echte foto's. 't Zijn er maar vier. Met mijn ouders erop. Ik vroeg me af of jij misschien de omgeving herkende waar ze gemaakt zijn. Ik moet je wel waarschuwen. Er schuilt een addertje onder het gras."

"Dat schuilt er altijd", zei Royce grinnikend. "Wat is 't deze keer?"

"De foto's zijn van ongeveer dertig jaar geleden."

"Jij bent wel lekker makkelijk, hè?" Hij glimlachte, haast een beetje flirterig.

"Sorry, hoor." Ik beantwoordde zijn glimlach.

"Niet nodig. Ik wil met alle genoegen even kijken. Maar waarom vraag je 't je moeder niet gewoon?"

"Ik ging ervan uit dat je 't wist; op Valentijnsdag 1986 is mijn moeder met de noorderzon vertrokken. Ze heeft niet eens een briefje achtergelaten. Nooit meer iets van haar gehoord."

"Dat wist ik niet, nee. Dat moet vreselijk geweest zijn voor jou en je vader."

"Ach, we hebben 't gered saampjes."

"Denk je dat je vader het huis gehouden heeft in de hoop dat ze op een goede dag terug zou komen?"

Ik had 'm om hulp gevraagd, maar hij hoefde me *niet* het hemd van het lijf te vragen. "Dat weet ik niet. Hij had 't er liever niet over."

"Sorry. Dat zijn mijn zaken ook niet. Ik kijk wel even, of ik de omgeving herken."

Ik ging ze snel halen vóór hij van gedachten veranderde.

"Dat waardeer ik, Royce", zei ik terwijl ik hem de envelop aanreikte. "Ik zal intussen even snel afruimen en afwassen. En, oh ja, ik heb tiramisu gemaakt als toetje. Is dat wat?"

"Tiramisu? Je bent een engel! Straks bij de koffie. Goed? Laten we eerst nog een glas wijn drinken."

"Ik vind *alles* goed."

OP HET MOMENT DAT IK TERUG IN DE KAMER KWAM, voelde ik dat de sfeer veranderd was. Er hing een spanning in de lucht die er daarvóór niet was.

"Waar heb je die foto's gevonden?" vroeg hij botweg.

"Op zolder." Ik liet maar even weg *waarin* precies. "Hoezo? Herken je de plek waar ze genomen zijn?"

Royce knikte ernstig. "Ik ben er vrij zeker van dat ze zijn genomen in het park naast de openbare school aan de Sleutelbloemstraat, een paar blokken ten noorden van hier. De boom is nu een stuk groter. Maar als je naar de winterfoto kijkt, dan zie je in de hoek links beneden een stukje van de muur van de school. Het is een ongewone kleur steen. Zo herkende ik de plek."

Ik bestudeerde de foto. De muur van gespikkelde gele baksteen was amper te zien, maar … zichtbaar. "Ik zal er morgen een kijkje nemen. Misschien dat ik me iets herinner. Bedankt."

"Er is nog iets, Callie."

"Vertel."

"Ik geloof dat ik jouw moeder ken."

Ik staarde hem aan. "Hoe kan dat nou? Je woont hier pas tien jaar."

"Hiernaast, ja. Maar ik ben opgegroeid in Marketville. Waarom ik de plek herkende, is omdat ik er tot mijn twaalfde op school zat. Nu overwinteren mijn ouwelui in Arizona en brengen ze de zomers door in Muskoka, maar destijds woonden we hier in de buurt."

"Waren jouw ouders bevriend met de mijne?"

Royce schudde zijn hoofd. "Dat denk ik niet. Toen ik je vader een paar maanden terug ontmoette, zag ik niets bekends aan hem. Hij heeft ook niet gezegd dat hij mijn familie kende. Dat zou hij anders heus wel even genoemd hebben, denk je niet?"

"Dat is zo", zei ik, al was ik er niet zeker van. Er was wel meer dat hij niet genoemd had. Maar goed, dat was tegenover mij. Ik zag niet in waarom hij voor Royce zou hebben moeten verzwijgen dat hij zijn ouders kende. "Je zei dat je haar kende. Wanneer heb je haar ontmoet?"

"Mijn moeder kon geen nee zeggen – dat kan ze trouwens nog steeds niet. Toen ik klein was, werden er vaak baksels uitgevent om geld op te halen voor schoolse initiatieven. De dame op de foto's die je me liet zien, jouw moeder, kwam eens aan de deur met een enorme schaal pindakaaskoekjes in het kader van een van die geldinzamelacties. Ik moet een jaar of negen, tien geweest zijn. Dit speelde in een tijd dat er nog geen sprake was van allergie voor pinda's."

"Je herinnert je iemand die een keer aan de deur kwam toen je negen of tien was? Respect, man!"

Royce grijnsde. "Ik herinner 't me omdat je moeder een koekje voor mij gemaakt had – mijn favoriete koekje. Dat was er eentje die drie keer zo groot was als de andere. En ze had er met hagelslag een smiley op gezet. Voor een kind is een pindakaaskoekje met chocola het *einde* – zo ongeveer als een dag niet naar school hoeven zonder ziek te zijn."

"Die maakte ze ook voor mij bij speciale gelegenheden, herinner ik me nu." Ik fronste mijn voorhoofd. "Maar waarom heb ik geen herinnering aan die foto's toen ze gemaakt zijn? Hoe goed ik m'n best ook doe, er komt niets boven."

"Soms onderdrukken we herinneringen uit zelfbehoud. Misschien komen ze weer boven, als je er klaar voor bent."

"Uit zelfbehoud? Waarom?"

"Dat weet ik niet."

"Herinner je je haar naam nog?"

"Nee. 't Spijt me."

"Zou je jouw moeder eens willen vragen? Ik ben benieuwd, of ze zich mijn moeder nog herinnert. Ze heette Abigail, maar dat zal wel afgekort zijn geweest tot Abby."

"Doe ik."

Ik probeerde daarna een ontspannen gesprek te beginnen, maar plots maalden er allerlei oude herinneringen door mijn hoofd. M'n moeder die een cake ging maken en mij de schaal liet schoonlikken. Samen zandkastelen bouwen bij het Mosselmanmeer. Ik die op de oprijlaan aan het elastiekspringen was en mijn moeder die een apetrots gezicht zette als ik M-I-SS-I-SS-I-PP-I brulde bij het uitvoeren van die oefening, ook al had ik geen idee dat Mississippi *echt* bestond, ver naar het zuiden in een ander land.

Het kwam wel even bij me op dat mijn vader geen deel uitmaakte van die herinneringen, maar die gedachte verdrong ik meteen weer.

Royce scheen mijn dromerigheid te begrijpen en sloeg mijn slappe aanbod van koffie af, hoewel hij zich niet verzette tegen een kleine proeve van mijn tiramisu. Ik vermoed dat hij vond dat hij het niet kon maken die af te slaan, na zijn geestdriftige reactie van eerder op de avond. Toen hij opstond met de belofte dat hij maandagmorgen zou terugkomen met de bouwplannen, waren we allebei zichtbaar opgelucht om weer alleen te zijn.

"Sorry dat ik zo'n slechte gastvrouw ben", zei ik verontschuldigend. "Dit huis, de foto's, het feit dat je mijn moeder ontmoet hebt – het doet allang vergeten herinneringen opborrelen."

"Dat kan ik me goed voorstellen. Luister, als je zin hebt, kunnen we samen een bezoekje brengen aan mijn ouwelui. Mijn vader gaat er graag op uit, maar ik denk dat ze volgend weekend wel thuis zijn. Dan nemen we de foto's mee. Wat zeg je daarvan?"

"Weet je 't zeker?"

"Absoluut. Ze zijn dol op bezoek, vooral mijn moeder. Bovendien hoor je hun eventuele herinneringen uit de eerste hand in plaats van via mij. Het is er sober, voor zover ik me herinner, maar er zijn slechtere plekken dan Lake Rosseau om een weekendje door te brengen."

"Lijkt me tof", zei ik, hoewel ik inwendig nog weifelde.

Wat als de Ashfords zich niets herinnerden. Of erger, wat als ze me dingen vertelden die ik kon missen als kiespijn?

"Ik regel wel wat", zei Royce, terwijl hij vooroverboog en een kusje op mijn voorhoofd gaf. De geur van Ierse Lentezeep streelde mijn neusvleugels. "Droom zacht, Callie."

"Jij ook, Royce." Ik deed de deur achter hem dicht en raakte *heel* voorzichtig de plek aan waar hij me gekust had.

12

Ik stond die zondagmorgen op na een onrustige nacht van woelen en draaien. Het beetje slaap dat ik had gehad, was gevuld geweest met koortsachtige dromen. Ik nam een licht ontbijt met Brinta en thee, schoot in m'n hardloopoutfit en ging de deur uit. Ik dwaalde door alle straten, erin en langs dezelfde weg er weer uit als ze doodliepen. Het zou wel even gaan duren, voordat ik de ingewikkelde infrastructuur van deze buurt in mijn hoofd had. Maar uiteindelijk kwam ik bij de school die Royce bedoeld had. Door de opvallende steen was ze eenvoudig te herkennen. Dat gold ook voor de enorme esdoorn. Die stond nu volop in knop. Ik kwam tot stilstand, drukte op de pauzeknop van mijn stopwatch en sloot mijn ogen. Ik probeerde me te binnen te brengen dat ik hier eerder gestaan had.

Noppes.

Ik weet niet wat ik precies verwacht had, maar *noppes* zat beslist niet in dat rijtje. Ik zeeg neer op een houten bank bij een honkbalveldje en keek om me heen. Als ik me ontspande, zou er wellicht iets loskomen. Niets. Een traan liep over mijn wang. Laat dan ook maar gaan, dacht ik. Stilletjes begon ik tranen met tuiten te huilen.

Die huilbui overviel me. Ik ben van nature altijd wat een einzelgänger geweest. En sedert mijn op Valentijnsdag verbroken relatie moest ik echt niets meer hebben van sentimenteel gedoe. Maar hier zat ik, op een bankje te huilen als een klein kind dat haar moeder kwijt was. Ze had me in de steek gelaten en ik kon me haar nauwelijks nog herinneren. Boehoehoe! Met mijn mouw droogde ik mijn tranen, zette mijn stopwatch weer aan en holde terug naar huis, al vroeg ik me af of ik Snapdragon Circle nr. 16 ooit weer zou zien als mijn thuis.

———

Ik maakte een eiwitrijke smoothie met banaan- en ananassmaak en bereidde macaroni met kaaspoeder voor later. Makkelijk en lekker – net wat ik nodig had. De rest van de dag bracht ik door met vloerbedekking uit de slaapkamers lostrekken. Het was een naar en zwaar karwei, waarbij meubels van de plaats moesten worden gehaald en weer teruggezet, maar de wetenschap dat het einde in zicht was, gaf me de energie om het af te maken. De rollen tapijt donderde ik onder de carport. Daar lagen ze goed tot de volgende vuilnisophaaldag.

Ik was geen verborgen verrassingen meer tegengekomen. Ik wist niet goed, of ik daarom blij moest zijn of teleurgesteld. Ik keek op mijn horloge. Wat mij betrof was het de hoogste tijd om de macaronischotel in de oven te zetten en sla te gaan maken.

———

LICHAMELIJK WAS IK DOODOP. Toch slaagde ik er na het eten niet in om me te ontspannen. Ik probeerde te lezen, keek tv en checkte Facebook en Pinterest. Opeens moest ik denken aan de huurcontracten die Leith had gestuurd. Ik schonk me een glas wijn in en zette mijn laptop aan. Ik tikte op Google juist de naam van Jessica Tamarand in, de huurder die het huurcontract voortijdig beëindigd had, toen de deurbel ging.

Ik keek door het spionnetje. De dame die voor de deur stond, was niet de jongste meer – eind zestig of begin zeventig. Ze had grijs gepermanent haar in afrolook, wat een decennium of drie terug in zwang was. Ze droeg een goudgerande dubbelfocusbril, het leesdeel afgescheiden van de rest van het glas. Aan deze dame was die flauwekul met progressieve lenzen niet besteed. De oogschaduw vloekte een beetje bij de kleur van haar vuurrode lippenstift. Ik zwaaide de deur open en trok daarbij een wolkje overdadig aangebracht gezichtspoeder en rozenwater mee.

"Neem me niet kwalijk dat ik u zo laat nog stoor," zei de dame, hoewel het nog geen zeven uur was, "maar ik liep Royce zojuist tegen het lijf, toen ik terugkwam van mijn wandeling. Ik loop altijd een blokje om, ziet u, na het avondeten. En hij vertelde me dat u niet zomaar een nieuwe huurder bent, maar de dochter van Jim en Abigail." De dame glimlachte breed en onthulde daarbij een beetje lipstift op een tand. "Ella Cole is de naam. Ik woon hiernaast, de buur aan de andere kant. De bungalow van bruine steen met de jachtgroene luiken en de rozentuin. Ons huis maakt deel uit van Marketvilles Mooistetuinenroute. Niet dat de rozen al in bloei staan of zo, hoor. Ik ben trouwens een oorspronkelijke."

"Een oorspronkelijke?"

Ella knikte. "Een oorspronkelijke bewoner van de Wilde Bloemenbuurt. Ik kocht het huis in de jaren '70, toen de wijk nog niet eens in aanbouw was en Marketville nauwelijks een stipje aan Toronto's horizon. Hooguit twintigduizend inwoners in die tijd. Het shoppingcenter bevatte niet meer dan veertig winkels. En er was toen nog geen sprake van die foeilelijke blokkendozen, die momenteel als paddenstoelen uit de grond schieten."

Ik zat niet te wachten op geneuzel over urbanisatie. Ik

herinnerde me een uitspraak van een paar jaar geleden van een bevriende architect: "Foeilelijk is het huis *naast* dat van jou." Ik probeerde het gesprek over een andere boeg te gooien. "Oorspronkelijke bewoner van deze wijk? Wat leuk, zeg!"

Ella Cole zwol van trots. "Natuurlijk heb ik de nodige verbeteringen aangebracht in de loop der jaren. Dat hebben we allemaal ..." Ze wierp een blik op het linoleum in mijn hal. "Nou ja, *bijna* allemaal. Diegenen die niet verhuurden. Niet dat ik uw vader iets verwijt, hoor."

Ik sloeg geen acht op haar hooghartige toon. Ik besefte dat Ella Cole mijn moeder gekend moest hebben. En mijn vader. "Kom toch binnen. Ik nam net een wijntje. Ik heb wit en rood."

Ze zette een vroom gezicht en zei met een zuinig mondje: "Drink je *graag* alleen?"

Ik had aanstoot kunnen nemen aan haar impliciete suggestie dat ik een dronkenlap was. In plaats daarvan begon ik mijn 'losbandigheid' te vergoelijken. "Och, een heel klein glaasje wijn bij het avondeten op zondagavond moet toch kunnen na een dag hard werken. Ik ben de hele dag bezig geweest met het lostrekken van oude vloerbedekking." Het smoeltje bleef zuinigjes getuit.

Ik had heel even zin om te zeggen dat ze wat mij betreft op kon zouten, maar dat was natuurlijk niet de manier om informatie los te krijgen – laat staan, goed *noaberschap*. Dus ik zei overdreven lief. "Ik kan een lekkere pot kruidenthee zetten, kamille bijvoorbeeld – dat is het beste voor het slapen gaan. En ik heb lekkere koekjes. Gekocht weliswaar, maar heel lekker."

"Gekocht is prima," ontdooide Ella, "ook al bakte je moeder altijd zelf!"

"Een hobby van haar die ik, vrees ik, niet heb overgeërfd. Maar kom binnen en maak 't u gemakkelijk. Keuken of woonkamer?"

"Ik vind een keuken altijd knusser."

"Afgesproken, de keuken." Ik zette water op en realiseerde me dat ik mijn naam nog niet genoemd had. "Neem me niet kwalijk ... ik heb me nog niet eens voorgesteld. Callie. Callie Barnstable."

"Natuurlijk weet ik dat al, Callie. Je moeder noemde je trouwens altijd Calamity."

Waarom herinnerde *ik* me dat niet? Was dat misschien de onbewuste reden geweest dat ik er steeds op had gestaan dat iedereen – mijn vader incluis – me Callie noemde?

"Nu heet ik Callie, mevrouw Cole", zei ik met een geforceerd glimlachje.

"Als buren van elkaar kunnen we wel tutoyeren, vind je niet? Ik ben gewoon Ella."

"Goed. Ella. Ik pak even de thee en de koekjes erbij. Gezellig. Ik zou graag wat meer horen over mijn ouders. Aangenomen dat u ... eh, je me meer over hen vertellen kunt."

Dat hoefde ik echt geen tweede maal te zeggen – ik had het ambulante roddelblad in huis. Ella werd in de buurt denkelijk gemeden als de pest. Kortom, mijn nieuwe vriendin.

13

Ella sopte heel deftig een koekje in haar thee. "Je had 't over vloerbedekking lostrekken. Ik meende al dat ik op vuilnisophaaldag de rollen bij de weg zag liggen. Ik zag ook heel toevallig dat Royce ze daar neergooide. Heeft hij je geholpen bij het lostrekken?"

Mijn aanname dat Ella de plaatselijke bemoeial was, werd hiermee bevestigd. "Nee, *ik* heb alle werk gedaan. Royce heeft me alleen geholpen ze bij de weg te zetten."

Alsof ze dat niet wist. Ze had waarschijnlijk zelfs het raam opengezet om geen woord van ons te hoeven missen.

"Ik heb nu weer een stapel. Die ligt in de carport, om vrijdag bij de weg te zetten. Ik ben blij dat de hardhouten vloer in nog zo'n goede conditie is. Even flink in de boenwas en klaar!"

"Je hebt gelijk. Kamerbrede vloerbedekking was destijds in de mode. Hebben wij ook aan meegedaan. Maar die hebben we er vijftien jaar geleden weer uitgegooid. Ik ben blij te zien dat je de handen uit de mouwen steekt. Betekent dat ook dat je van plan bent te blijven?"

"In elk geval een poos." Ja, ik ging haar daar de eisen in

het codicil aan de neus hangen – dáág. Dan wist morgen de hele buurt ervan. Hoog tijd om van onderwerp te veranderen.

"Kunt u … kun je me wat adviesjes geven over de tuin, Ella. Zo te zien ben je een expert. Er is me verteld dat hier niets gedijt, behalve de sering dan. Ik zou graag een moestuintje hebben. Niet groot. Gewoon een paar tomaten-, komkommer- en courgetteplanten. *Dat* werk."

"Die doen 't goed hier. Ik ga met alle plezier een keer met je mee naar het tuincentrum, als je eenmaal zover bent. Ik ga je niet helpen spitten, maar ik kan je wel een goeie plek wijzen. Het is nog licht genoeg buiten – zullen we even kijken?"

"Doen we."

We gingen naar buiten en Ella stevende recht op een door onkruid overwoekerde plek achterin de tuin af, achter een berghok. De rest van de tuin mocht dan al niet veel soeps zijn, maar de plek achter het hok, dat zelf ook betere tijden gekend had, was ronduit ontmoedigend.

"Je moeder heeft hier een moestuintje aangelegd in de laatste zomer dat ze hier woonde", zei Ella. "Dat zie je natuurlijk niet meer, maar je kunt het onkruid trekken en de grond omspitten. Het is een op de zon gelegen plek en uit de weg. Dus als je buiten op de patio bent, zit je niet meteen naar je komkommers te koekeloeren. Je wilt ook bloemen? Dan stel ik voor dat je begint met halve whiskyvaten. Ik heb een tabel met de planten die je moet kopen om in het hoogseizoen steeds allerlei kleuren op verschillende hoogte te hebben."

"Whiskyvaten?"

Ella knikte ernstig. "Stokerijen verkopen de oude whiskyvaten aan tuincentra. Die zagen ze op hun beurt doormidden en dan heb je prachtige rustieke bloempotten."

"Rustiek, hè? Dat is wel een goed idee." Ik sloeg naar de vijfde mug in evenzovele tellen. "Laten we maar weer naar binnen gaan vóór we opgevreten worden. Je hebt hier meer muggen dan in de stad."

"Meer groen en water, minder beton. Dat is een van de

redenen waarom Eddie, mijn man zaliger, een prieeltje met muggengaas in de tuin zette", zei Ella, terwijl we naar binnen vluchtten.

"Wijlen uw ... eh, je man? Is hij pas overleden?"

"In augustus wordt 't vijf jaar geleden. Door de bliksem getroffen. Je gelooft 't toch niet? Op de golfbaan. Hij negeerde het waarschuwingssignaal naar verluidt, wilde nog even uitputten. Nou, hij *was* uitgeput. En wel, *letterlijk*. De sufferd."

"Mijn deelneming."

Ella wuifde de betuiging van deelname luchtig weg, alsof ze de zaak allang vergeten was. Niettemin droeg ze nog steeds haar trouwring.

"Heb je nog meer vragen, Callie? Ik beantwoord ze met alle genoegen, als ik dat kan."

"Ik vermoed dat je als naaste buurvrouw de lui die het huis in de loop der jaren huurden, goed hebt gekend, ook al is het logisch dat je misschien niet met iedereen kon opschieten."

"Het was niet een kwestie van kunnen opschieten of niet; het was meer dat de ene zich toegankelijker opstelde dan de andere, socialer." Ella snoof hooghartig. "Ik kon met de meeste huurders goed overweg. Behalve eentje. Maar die is niet lang gebleven, gelukkig. Beweerde dat ze tarotkaartenlegger was. Ik hoorde laatst dat ze nu kaarten legt in de nieuwe biologische winkel in de Hoofdstraat. Ik ben er zelf nog nooit binnen geweest, maar ik heb begrepen dat ze er *dromenvangers* verkopen, en kristallen en kralen met *het boze oog*. Alles onder het mom van mensen *troost bieden*. *Lulkoek bieden* zullen ze bedoelen, aan goedgelovigen."

"Ik neem aan dat je op de laatste huurder doelt, Misty Rivers."

"Welnee, kind! Misty is authentiek. Zij ontvangt signalen uit de spirituele wereld, waarmee ze andere mensen *echt* hulp biedt."

Ik besloot dat 't maar beter was om niet te noemen dat Misty al bij me langs geweest was om me die *echte hulp* te bieden, noch dat mijn vader daar was ingetrapt. Trouwens, dat was Ella hoogstwaarschijnlijk niet ontgaan.

"Vertel me eens over vroeger, Ella."

"Over je moeder, bedoel je." Ella boog zich naar me toe en legde haar hand op de mijne. "Ik weet 't, lieverd, je moest zo vroeg al verder zonder je moeder. Je was nog zo klein – een roos in de knop. Je vader was een gebroken man. Logisch! Als er ooit iemand zielsveel van z'n vrouw hield, dan was *hij* het. Als ze nieste, sloeg hij al alarm, alsof ze elk moment de pijp uit kon gaan. Dat gold ook voor jou. Hij beschermde je alsof je een kasplantje was." Er borrelde iets op uit mijn geheugen. Een herinnering dat ik bij Ella op schoot zat.

Opnieuw leek Ella mijn gedachten te lezen. "Je vader heeft Eddie en mij meermaals gevraagd om op je te passen, als je moeder eens een griepje had. Ik geloof dat je vader als kind zijn beide ouders verloor aan kanker. Daar heeft hij mogelijk een trauma aan overgehouden."

Ik knikte begrijpend. Opeens snapte ik waarom hij altijd zo beschermerig was geweest, als ik eens een keertje ziek was. Dan kon hij *echt* overdrijven. Tot nu toe had ik nimmer geweten waarom dat was. Hij had nooit met me gesproken over het verlies van zijn ouders. En ik had blijkbaar nooit gevraagd waarom ik geen opa en oma had. We praatten *nooit* over familie.

"Mijn vader sprak nooit over mijn moeder. Ik denk dat ik me altijd heb afgevraagd, of hij uit liefde met haar getrouwd is of dat 't een moetje was."

"Onzin, lieverd. Zet dat maar gauw uit je hoofd. De Jimmy Barnstable die ik gekend heb, was sowieso met je moeder getrouwd, zwanger of niet. Hij kuste de grond waar Abigail liep." Ella schudde haar hoofd. "Ik heb nooit iets geloofd van al die roddel en achterklap."

Ik hield me van de domme. "Wat werd er dan gezegd?"

Ella kreeg een kleur. "Dat had ik niet moeten zeggen."

"Maar dat heb je wel gedaan. Je had 't over roddelpraatjes.

Ik hoor 't liever van iemand die mijn ouders kende en mocht, dan van een vreemde." Dat Ella ook nog in die categorie viel wat mij betrof, liet ik om tactische redenen weg.

Ze liep in de val. "Wel, ik denk dat je er anders ook wel achter komt. Je hoeft alleen maar in de bibliotheek artikelen van de *Marketville Post* uit die tijd na te slaan."

Niet vergeten om de bieb te bezoeken, dacht ik meteen, en hopen dat ze een archief bijhouden met alle nummers van de *Marketville Post*.

"Ga door."

"De dag dat je moeder verdween, belde je vader de politie en gaf haar als vermist op. Hij hield bij hoog en bij laag vol dat ze jou nooit *eigener* beweging alleen gelaten zou hebben. Daarin moet ik hem gelijk geven, Callie – je moeder was gek met je. Bovendien had ze zo te zien niets meegenomen. Wie gaat er nou uit vrije wil weg zónder tenminste een tas met kleren?"

Ik knikte beamend, maar dacht meteen: wie verstopt een envelop met vijf tarotkaarten en een medaillon onder de vaste vloerbedekking? Iemand die wist dat ze een poos wegging en niet wou dat die dingen gevonden werden? Of iemand die wist dat ze niet meer terug zou komen? En hoe zat 't met die Calamity Jane-poster die ze alvast voor me gekocht en gesigneerd had, tweeëneenhalve maand voor mijn verjaardag?

"En wat deed de politie?"

"Aanvankelijk niks. Je vader moest eerst achtenveertig uur wachten. Maar toen kwamen ze dan toch in het geweer en gingen ze al haar gangen na in de laatste paar dagen en uren. Ook ondervroegen ze iedereen in de buurt. Maar niemand had haar nog gezien sinds de morgen van Valentijnsdag. Ik weet nog dat die op een vrijdag viel en dat Eddie voor ons vieren een dinertje gereserveerd had in het Thatcher House. Dat is nu dicht – moest 't afleggen tegen al die ketens die kwamen opzetten in de negentiger jaren. Maar destijds was het 't chicste restaurant van Marketville. Maar goed, jouw ouders zouden dus met ons meegaan. Maar omdat het vrijdag was, en Valentijnsdag bovendien, konden ze geen babysit krijgen."

"Je hebt haar die dag niet gezien?"

"Jawel, hoor, 's morgens. Ze bracht jou naar school. Ze liep iedere dag met je mee. En ze haalde je ook weer op. Weer of geen weer. Kom daar vandaag de dag nog maar eens om. Alles moet tegenwoordig met de auto. Geen wonder dat kinderen te dik zijn." Ella zweeg, alsof ze verwachtte dat ik haar luidkeels zou bijvallen. Dat deed ik niet. Na een moment van stilte pakte ze de draad weer op.

"Die dag had je een rood tasje bij je. Daar zaten Valentijnsdagkaarten in. Dat weet ik, omdat jullie bij ons aanklopten en ik zo'n kaart van je kreeg." Ella straalde.

"Dat betekende veel voor me, vooral omdat Eddie en ik zelf geen kinderen hadden."

Ik probeerde me te herinneren dat ik met mijn moeder naar school liep, en vice versa. Niets. Misschien als ik diezelfde route van toen eens ging lopen, maar dan langzaam …

"Weet jij toevallig de route die we namen, Ella? Ik zou me dat graag herinneren, maar om de ene of de andere reden weet ik daar niets meer van."

"Ja, hoor. Ik heb je zelf een paar keer naar school gebracht, wanneer je moeder ziek was. De eerste keer wilde ik de verkeerde weg nemen, maar jij riep me meteen tot de orde." Ella giechelde bij de herinnering. "Het was vanuit Snapdragon via Trillium naar Coneflower. Volg dan de weg naar Primrose en je bent er al. Van begin tot eind rechts aanhouden."

Ik pakte pen en papier, en schreef 't op. Het was een andere weg dan ik een dag eerder genomen had.

"Je zei dat mijn moeder me bracht en ophaalde. Heeft ze me die dag opgehaald?"

Ella schudde van nee. "Dat was de eerste aanwijzing dat er iets niet klopte. Toen je moeder je niet kwam ophalen, probeerden ze haar te bellen. Niemand nam op. Toen belden ze mij. Ik stond te boek als tweede contact, omdat je vader in de bouw zat en overal kon zitten. Het was nog in een tijd dat er geen mobiele telefoons waren, hè. Ik heb je meteen opgehaald en ben bij je gebleven tot je vader thuiskwam uit zijn werk."

"En wat deed hij toen hij hoorde wat er gebeurd was?"

"Eerst wou hij 't niet geloven. Ook niet toen ik hem vertelde dat we overal gezocht hadden. Hij negeerde me gewoon, rende als een gek door het huis, trok deuren en kasten open, en bleef je moeders naam maar brullen. Daarna ging hij naar buiten en doorzocht de tuin. Alsof ze zich achter het schuurtje verstopt kon hebben."

"Ik neem aan dat hij niets vond."

"Niets. Alsof ze in rook was opgegaan. Je vader kroop weer achter het stuur en reed als een dolle rond door alle straten. Toen hij thuiskwam, belde hij de politie. Maar zoals ik net al zei, vertelden die hem dat hij achtenveertig uur moest wachten voor hij aangifte kon doen. Misschien gingen ze ervanuit dat ze er met een geliefde vandoor was. Het was immers Valentijnsdag."

"Maar mijn vader geloofde daar niet in?"

"Ik weet niet goed *wat* hij geloofde, Callie. Dat kan alleen hij. Alleen, dat wordt een beetje moeilijk nu. Ik weet alleen dat zodra de politie betrokken raakte, ze ervan uit leken te gaan dat haar vertrek niet haar eigen idee was geweest. Ze zijn hier minstens tien keer komen kijken en moeten je vader op honderd manieren steeds dezelfde vragen hebben gesteld. Dat weet ik, want dat heeft hij mijn Eddie verteld." Dezelfde vragen op honderd verschillende manieren. Om hem op een foutje te kunnen betrappen.

Ella las mijn gedachten. "Je vader heeft altijd hetzelfde verhaal verteld. Altijd! Men zou denken dat zulks hem boven iedere verdenking verhief. Maar het scheen hem in de ogen van de politie alleen maar meer verdacht te maken. Alsof ze dachten dat hij het verhaal uit zijn hoofd geleerd had, in plaats van de waarheid te vertellen."

"Maar *waarom* dachten ze dat? Wat had hij gedaan dat hem zo *verdacht* maakte?"

"Er zat een dame bij de voedselbank, Kaatje Lonergan. Of moet ik zeggen *Praatje* Lonergan? Zij suggereerde dat je moeder een verhouding had. Alsof ik zulks niet *geweten* zou hebben. Ik was dan misschien geen vrijwilligster bij de voedselbank, maar ik kende je moeder als geen ander."

Ik probeerde mijn gezicht in de plooi te houden. Kennelijk waren Kaatje Lonergan en Ella Cole elkaars concurrenten – de twee plaatselijke nieuwsbladen. Ik wilde net vragen of Kaatje nog in Marketville woonde, toen Ella verderging met haar verhaal.

"Kaatjes geleuter was natuurlijk olie op het vuur. En ze hield voet bij stuk – ze vertelde het aan ieder die maar horen wilde. En dat waren er veel. Vlak voordat de scholen weer ingingen, verhuisden jij en je vader naar Toronto. Hij wilde je weghalen uit die zieke sfeer, de goeierd."

"En de politie? Hebben die de zaak gesloten?"

"Ik geloof dat 't een zogenaamde 'onopgeloste zaak' is nu. Maar ik denk niet dat iemand er ooit weer naar gekeken heeft. Geen lijk, geen zaak. Met je vader had ik geen contact meer, nadat jullie verhuisd waren. Dat is, *tot* een maand of drie geleden. Toen kwam hij bij me langs voor een praatje. Hij zei dat hij erover dacht om hier weer te komen wonen. Ik moet toegeven dat ik ervan opkeek. Maar goed, ik wou me nergens mee bemoeien."

Ik verslikte me haast in mijn thee. Ella die zich nergens mee wou bemoeien – *dat* was nieuws. Ik keek haar niettemin vol begrip aan. "Misschien dacht hij dat mijn moeder eindelijk ook weer terug zou komen naar Marketville, als hij dat deed."

"Als hij dat geloofde, Callie, dan was hij een grote onnozelaar."

De kop vloog me op oranje en ik flapte er meteen een

antwoord uit. Dat was weer zo'n Barnstabletrekje van me – niet eerst tot tien kunnen tellen. "Mijn vader was geen onnozelaar, Ella. Ik wil niet uitsluiten dat hij mogelijk wat naïef was om onvoorwaardelijk in mijn moeder te geloven. Maar is niet *iedereen* naïef, als 't om liefde gaat?"

"Je begrijpt me verkeerd, Callie. Ik suggereer niet dat hij een naïef was omdat hij zoveel van haar hield. Ik bedoel dat hij naïef was om te denken dat ze na al die jaren nog terugkwam."

"Waarom?"

"Wel, omdat hij in één ding volslagen gelijk had – je moeder zou jou nooit verlaten. Tenminste, niet vrijwillig."

"Hoe bedoel je?"

"Ik bedoel, Callie, dat iemand die dood is, niet terugkomt. Tenminste, niet lijfelijk."

Ik staarde Ella Cole een volle minuut aan zonder wat te zeggen. Ik wilde niet dat ze er lucht van kreeg wat de werkelijke reden was van mijn terugkeer. Aan de andere kant wilde ik wel graag weten wat ze wist.

"Ik ben er altijd van uitgegaan dat ze ons verlaten heeft. Wil je zeggen dat ze *dood* is?"

Ella knikte zo heftig dat haar goudgerande bril naar het puntje van haar neus sukkelde en bijna afviel. Ze frommelde hem haastig terug op z'n plek. "Die rotbril. Ik ben al ontelbare keren bij de optometrist geweest om hem beter af te laten stellen. Maar het helpt allemaal niks."

Ik probeerde mijn ergernis over haar zijstapje niet te laten blijken. "Je vertelde me zojuist dat je gelooft dat mijn moeder dood is. Waarom denk je dat?"

Ella knikte opnieuw. "Dat heb ik de politie ook verteld, ook al ben ik niet zeker of ze er iets mee gedaan hebben. Wat dies ook zij, het jaar vóór die Valentijnsdag ... dat moet in 1985 zijn geweest – dat weet ik nog, omdat ik toen veertig werd ... en in die tijd was veertig nog veertig, hè. Niet zoals in deze tijd, waarin je veertigjarigen – ja zelfs vijftigjarigen – in de kleren van hun tienerdochter ziet rondlopen. Niet dat ik daar wat van wil zeggen … welnee, geen haar op mijn hoofd … maar ik mag toch *wel* vinden dat zoiets een *noodkijk* is … op die leeftijd nog in een trainingsbroek lopen … met teksten op je achterwerk. Maar daar gaat 't nu niet om."

Ik zei niets en knikte alleen maar, bang als ik was om haar van haar apropos te brengen. Als er één ding was dat ik geleerd had in mijn werk bij het callcenter, dan was 't wel dat eenieder zo zijn eigen manier heeft om zijn verhaal te doen. Proberen om iemand ter zake te laten komen werkte alleen maar averechts – zo ongeveer als een omweg nemen om wegwerkzaamheden te omzeilen en dan vast komen zitten omdat er een aanrijding is.

"Waar was ik?" vroeg Ella. "Oh ja, ik herinner me dat omdat ik jarig was op dezelfde dag dat je moeder vijfentwintig werd – zaterdag, 14 december 1985. Eddie en Jim – jouw vader – gaven een buurtfeest. We waren dik met elkaar in die tijd. Eddie en Jim waren beste vrienden, ondanks het leeftijdsverschil van vijftien jaar. Je moeder en ik konden het ook goed met elkaar vinden. Vooral omdat je moeder zo goed kon bakken en ik nogal een zoetekauw was."

Ella glimlachte ondeugend. "Misschien is 'zoetekauw' wat een understatement – ik lustte er wel pap van." Ik grinnikte plichtmatig. Dat volstond om Ella verder te laten vertellen.

"Die avond kreeg ik er voor de eerste keer lucht van dat je moeder ergens bang voor was, ofschoon ik dat al eerder had kunnen zien, vanwege die foto's."

Ik ging meteen rechtop zitten. "Welke foto's?"

Ella hield met de punt van haar vinger haar bril in bedwang en knikte. "Ze begon erover, als ik 't me goed herinner, in februari van dat jaar. Of was het januari? Mijn geheugen wordt er niet beter op. Afijn, je moeder kreeg het in haar hoofd om iets te maken dat ze "de vier seizoenen van een gelukkig gezinnetje" noemde. Vier foto's van jullie drieën, alle op dezelfde plek en eentje in elk seizoen. Als ik 't me goed herinner, liet ze de eerste foto met Pasen maken."

Als ik al iets had willen zeggen – wat ik niet wilde, bang Ella van haar stuk te brengen – dan waren de woorden me denk ik in de keel blijven steken.

"Achteraf gezien," zei Ella nadenkend, "had ik me misschien de vraag moeten stellen, waarom ze dat nodig vond. Maar destijds vond ik het alleen maar een hele eer dat ze me vroeg."

Ik kon nog net op tijd de vraag inslikken "Waarom bij de school?" Dat zou Ella niet alleen aan de neus gehangen hebben dat ik weet had van die foto's, maar ook dat ik had uitgevist waar ze genomen waren. Ik nam een teugje thee en wachtte af. Bij het tempo dat ze aanhield, zat ze hier morgenvroeg nog.

"We besloten om ze bij de school te maken, een paar straten hiervandaan. Je moeder had daar een jaar eerder op Canada Day een esdoorn geplant. Hij staat er nog steeds. Ga maar kijken. Die nationale feestdag stond hoog bij haar aangeschreven, bij je moeder. Het was op zulke dagen sowieso traditie om bomen aan te planten. De stekjes werden aangeboden door het stadsbestuur van Marketville."

Ik vroeg me net af waarom mijn moeder Ella gevraagd had voor het maken van de foto's, toen ze het antwoord op die vraag al gaf.

"Ik liefhebberde indertijd in fotografie, zie je. Daarom vroeg ze mij. Ik doe het nog graag, hoewel het nu stukken eenvoudiger geworden is, met die digitale camera's en de enorme keus aan computersoftwarepakketten. Maar dan nog; er komt veel bij kijken als je het goed wilt doen. In ieder geval meer dan wat lukraak schieten met je mobiel, en meteen zien wat er geslaagd is. Destijds maakte je een opname en zag je pas bij het ontwikkelen of de foto goed uitgevallen was. Ik was een vrij goede fotograaf, al zeg ik het zelf, en ik had een goede camera. Dus vroeg ze mij, of ik de vierseizoenenfoto's wilde maken. En ik zei meteen van ja. Waarom niet? Ik zag toen nog niets merkwaardigs aan dat verzoek. Natuurlijk was jij nog te klein om het maar gek te vinden. En je vader ... ach, die deed gewoon alles wat je moeder hem vroeg."

"Dus je maakte de foto's."

"Ja. We maakten de eerste in de lente en waren er verheugd over, hoe goed ze gelukt was. Ik zou de zaak verder vergeten zijn, als je moeder me in de zomer niet opnieuw had gevraagd. En toen het herfst werd, zat ik er al op te wachten dat ze me vroeg. Ik had al helemaal in mijn hoofd hoe ik het wilde hebben, met de bladeren die dan zo'n mooie goudrode kleur krijgen. De laatste, de winterfoto, maakten we op 13 december, de dag vooraf aan ons beider verjaardag."

Ella speelde in gedachten verzonken met haar theekopje. "Die dag was je moeder anders dan anders. Een beetje nerveus en prikkelbaar, ook al valt dat op de foto die ik nam, niet te zien. Destijds weet ik het aan zenuwen, vanwege het buurtfeest. Je moeder moest niet zoveel hebben van grote gezelschappen. Ze placht te zeggen dat dat kwam omdat ze enig kind was."

Ik kon me dat, zelf enig kind, wel voorstellen. Ik had geen moeite met tweegesprekken, maar ik was liever alleen dan in gezelschap van een groep. Ik was niettemin nooit prikkelbaar en nerveus bij het vooruitzicht van een feestje. "Je zei net dat je het destijds weet aan zenuwen. Wil je daarmee zeggen dat je er later anders tegenaan bent gaan kijken?"

Ella beet op haar onderlip, waarvan de rode lipstick nu zo goed als verdwenen was. Toen knikte ze twijfelmoedig. "Toen ik haar de laatste foto van jullie drieën gaf – die in de winter – zei ze: 'Nu heeft Callie, mocht er iets gebeuren, tenminste een herinnering aan ons gezinnetje.' Daar keek ik van op. Maar toen ik haar vroeg wat ze bedoelde, lachte ze en zei ze dat ze het niet zo dramatisch bedoelde. Ik wilde doorvragen, maar Eddie zei altijd dat ik me niet met andermans zaken moest bemoeien. Had ik maar doorgevraagd. Dan *was* je moeder er misschien nog."

"Dus je bent er absoluut van overtuigd dat ze dood is?"

"Oh, niet dat ik 't kan bewijzen, hoor. Ik weet alleen dat ze ergens bang voor was. Maar voor wat of wie, of waarom ... *dat* weet ik niet. 'k Wou dat ik 't wist."

En ik wou graag weten waarom mijn vader de foto's verstopt had in een nepdoodskist onder een nepskelet.

"Ik weet dat je vindt dat mijn vader vasthield aan een illusie, maar *iets* moet hem hebben doen geloven dat ze terugkwam. Waarom zou hij anders al die jaren het huis gehouden hebben?"

"Heeft hij er nooit iets over gezegd?"

"Ik wist niet eens dat het huis ..." Ik zweeg. Te laat. Ella was er als de kippen bij.

"Je wist niet dat hij dit huis nog had?"

Ik kon me wel voor m'n kop slaan. Dit zou als een lopend vuurtje rondgaan. Maar goed, gedane zaken nemen geen keer.

"Niet eerder dan toen ze me zijn laatste wil voorlazen. Ik geef toe dat ik ervan opkeek."

"Dus ben je nu hier." Ella keek me door samengeknepen oogjes aan. "Maar waarom?"

Ik zei niets, haalde de schouders op en keek weg, in de hoop dat daarmee de kous af was. Ja, lou loene.

"Laat me raden ... een clausule dat je hier een poosje moet wonen vóórdat het van jou is. Misty Rivers liet zoiets al doorschemeren, maar ik dacht dat ze onzin uitkraamde. En dat heb ik haar gezegd ook. Ook toen ze me wou wijsmaken dat het hier spookte."

"Misty Rivers wou je wijsmaken dat het hier spookte? Hier in huis?"

Ella knikte. "Je moet weten, lieve Callie, dat zij *zeker* weet dat je moeder is *vermoord* en dat je moeder geen rust gaat vinden voordat de dader gepakt is."

Ik probeerde niets te laten merken. Dat Ella ging lopen rondbazuinen dat mijn vader ook in die flauwekul was gaan geloven, was wel het laatste waarop ik zat te wachten. Het zinde me niks dat Misty dat liep rond te vertellen, om de indruk te wekken dat ze de alwetende ziener was in plaats van de bedriegster waarvoor *ik* haar hield. Ik stond op 't punt Ella deelgenoot te maken van mijn opvatting over Misty, toen haar volgende vraag me de mond snoerde.

"En jij, Callie, wat denk jij, nu je terug bent en er oude herinneringen bovenkomen?"

Misschien was het de wijze waarop ze het vroeg, rechttoe rechtaan. Of misschien was 't omdat op datzelfde moment de oven luid en duidelijk een klaaglijk geluid liet horen. Wat de reden ervoor ook was, ik hoorde mezelf − eigenlijk voor het eerst sinds ze binnengekomen was − een eerlijk antwoord geven. "Ik weet 't niet, Ella. Ik denk dat ik dat maar eens ga uitzoeken."

14

———

Ella ging kort daarop weg. Ik voelde me schuldig dat ik 'r niet over de foto's verteld had. Net alsof ik daarmee gelijk toegegeven zou hebben *waar* ik ze gevonden had. Moest ik Ella wel op haar woord geloven dat zij de foto's gemaakt had? Maar hoe zou ze anders van hun bestaan hebben geweten? Ook kon ik geen reden bedenken waarom ze daarover zou liegen. Ik besloot dat ik 't even moest laten betijen. Ik kon ze haar altijd volgende week nog laten zien en vertellen dat ik ze tussen mijn vaders spullen gevonden had. En dat was op de keper beschouwd niet eens een leugen.

Er was nog iets in wat Ella zei dat me geïntrigeerd had. Maar wat dat was wilde me niet te binnenschieten. Het was mooi geweest voor vandaag. En zodra mijn hoofd het kussen raakte, viel ik als een blok in een droomloze slaap.

———

Ik stond die maandag vroeg op, verkwikt en energiek. Mijn eerste daad was Leith bellen. Ik werd meteen met hem doorverbonden.

"Callie," zei Leith, "ik heb je verslag vrijdag gekregen,

hoor. Dat was ruim voldoende. Wees maar niet ongerust." Het was goed om te weten dat hij niet alles tot in het kleinste detail uitgeschreven wou hebben.

"Daar bel ik niet over."

"Je gaat me toch niet vertellen dat je nog meer skeletten gevonden hebt, hè?"

"Gelukkig niet. Nee, ik bel omdat ik een bankafschrijving vond van een kluisje. Ik weet haast wel zeker dat het sleuteltje ervan aan de sleutelbos zit, maar ik vroeg me af of u soms weet bij welke bank ik moet zijn en of u daar een afspraak kunt regelen, wanneer ik kan langskomen om te kijken wat erin zit."

"Dat moet ik even checken. Ik bel je vandaag nog. Was dat alles?"

"Eigenlijk niet. De hele toestand heeft me nieuwsgierig gemaakt naar mijn grootouders. Misschien komt het door het gevoel van wees zijn. Enig idee waar ik moet beginnen te zoeken? Ik weet niet eens waar ze wonen of hoe ze heten."

"Ik vrees dat ook ik daarover bitter weinig weet. Ik weet wel dat je moeder uit Lakeside kwam. Een rustig dorpje op zo'n drie kwartier rijden ten noordoosten van Marketville. Je vader heeft haar daar op een zomer ontmoet, toen hij er kampeerde. Helaas weet ik er niet meer over. Je vader weigerde over hen te praten. Ik vermoed dat ze 'm niet zagen als de ideale schoonzoon."

Dat bevestigde het vermoeden dat ik zelf altijd al had. Maar dat bracht me er niet vanaf dat ik ze graag wilde leren kennen. Misschien was het vergezocht van me, maar er was een kans dat mijn moeder buiten mijn vaders medeweten om contact met hen gehouden had.

"En mijn vaders familie?"

"Peter en Sandra Barnstable woonden destijds in Toronto, maar ik weet dat ze verhuisd zijn rond de tijd dat je ouders trouwden. Waarnaartoe weet ik helaas niet. Ze waren tegenstander van het huwelijk. En dat heeft je vader hun nooit vergeven. Hij was erg koppig in zulke dingen." Ik zuchtte hoorbaar. *Vertel mij wat.*

"Je zou een informatiemakelaar in de arm kunnen nemen", zei Leith. "Ik zal een assistent vragen je wat namen toe te sturen, want ook daar zit veel kaf tussen het koren."

Ik had nog maar net opgehangen en zat me af te vragen hoeveel een informatiemakelaar me ging kosten, toen de voordeurbel haar vrolijke tonen door het huis zong. Dat zou Royce zijn, om te praten over renovatiewerkzaamheden.

———

Daar waren we een uurtje zoet mee. Royce toonde me op zijn tablet de tekeningen van vóór en ná de verbouwing. De verbouwing zelf kwam neer op het weghalen van de tussenmuur en het toevoegen van een centraal eiland, dat niet alleen dienstdeed als tafel voor acht personen maar ook als ruimteverdeler. Ik moest toegeven dat het eindresultaat er gelikt uitzag: een kookparadijs dat in open verbinding stond met het woongedeelte. Bovendien werd de bestaande hardhouten vloer perfect aangesloten op een nieuwe tegelvloer in keuken en hal.

"Het ziet er geweldig uit," zei ik, "maar wat gaat dat grapje me kosten?"

"Dat hangt een beetje af van jouw keuze van meubilair en afwerking. Maar ik krijg korting bij de grote bouwmarkten. We kunnen er deze week eens gaan kijken, als je dat wilt."

Hij trok zijn mobieltje. "Ik kan op woensdag. Zal ik je dan rond tweeën oppikken?"

Ik wou niet toegeven aan het geluksgevoel dat ik kreeg bij de gedachte aan een samenzijn met Royce. Althans, nog niet. Welbeschouwd doet een mooie keuken het goed bij de verkoop van een huis. En normaalgesproken ging ik over hooguit een jaar terug naar de anonimiteit van de grote stad.

"Afgesproken. Woensdag, twee uur."

Toen hij weg was pakte ik het mapje met de uitgeprinte versies van de huurcontracten van de laatste vijf jaar. Ik begon bij die van Misty Rivers, omdat ik wist waar ze nu was. Bij Werkgever had ze "zelfstandige" ingevuld en bij Betaalmethode had ze zich akkoord verklaard met automatische incasso op de eerste van elke maand.

Misty had twee eerdere verhuurders opgegeven voor referenties. Beiden hadden gezegd dat ze bonafide was en tijdig betaalde. Verder geen bijzonderheden.

Tijd om Jessica Tamarand onder de loep te nemen. Dat was de dame die haar contract voortijdig beëindigde omdat het hier zou spoken. Het contract vermeldde *Zon, Maan & Sterren* als haar werkgever. Ik googelde hun website. Ik werd er onthaald op "een unieke winkelsfeer waar lokale ambachtslieden tegen eerlijke prijzen hun milieuvriendelijke producten aanbieden die helpen op de weg naar genezing."

Hun dienstverlening omvatte Holistische Genezing, Toekomstvoorspelling aan de hand van tarotkaarten, theeblaadjes en persoonlijke voorwerpen, Energiepsychologie, Chakrahealing en iets dat luisterde naar de naam *Belvaspata* en als volgt omschreven werd: "engelachtige geneesmethode met pijnloze en snelle resultaten, die je bewust maakt van je ware Goddelijkheid en Majesteit en je hart doet overlopen van blijdschap." De lijst met genezers vermeldde alleen voornamen. De tarotkaartenlegger heette Randi.

Dat moest Jessica Tamarand zijn. Leith had me verteld dat Jessica geklaagd had over herrie op zolder en zo onder haar contract uitkwam. Ella zei dat ze hier maar kort gewoond had en werkte bij die biologische winkel in de Hoofdstraat. Ik keek naar het adres. Dat klopte.

Leith was ervan overtuigd geweest dat Jessica domweg onder haar contract uit wou zónder een boete te hoeven betalen. Maar wat, als ze echt een gave had en hier dingen had gezien die haar onbehaaglijk maakten? Ik geloofde niet in zulke dingen, maar ik wilde niets uitsluiten.

Wat hadden ze nog maar weer gezegd? Ik ging terug naar hun site en herlas het lijstje: "Toekomstvoorspelling aan de hand van tarotkaarten, theeblaadjes en persoonlijke voorwerpen." Tarotkaarten.

Ik moest maar eens een kaartlegging boeken bij Randi.

———

DE GEHEIMZINNIG LISPELENDE RECEPTIONISTE BIJ *Zon, Maan & Sterren* vertelde me dat Randi op dinsdag en vrijdag werkte, dat een kaartlegging een uur vergde en dat Randi geen gaatje had. Maar, zei ze, er was warempel net een afzegging geweest. Kon ik de volgende dag om elf uur? Zo niet, dan moest ik een week wachten.

Ik kon. Ik vroeg of ik ook iets moest meebrengen. Mij werd verzekerd dat zulks alleen maar kon bijdragen aan de accuraatheid van de voorspelling omdat het Randi meer houvast gaf, "ofschoon alleen God volkomen accuraat is."

Ze giechelde zachtjes bij die woorden.

15

Zon, Maan & Sterren was weggestopt achterin de winkel met biologische producten – variërend van vlees, vis, eieren en groenten tot vitaminen, eiwitpoeder, huidverzorgingsartikelen, milieuvriendelijke schoonmaakproducten en medicinale kruiden. Er was tevens een ruime keus aan baksels – vele met graansoorten waarvan ik nog nooit gehoord had – en glutenvrije spullen. Er was een geheel aparte sectie voor veganisten. Nee was er niet te koop. Als je in deze winkel nog niet kon vinden wat je wilde eten, dan was je waarschijnlijk te kieskeurig om te overleven.

Tegenover die sectie zat *Zon, Maan & Sterren* weggestopt in een hoekje volgestouwd met snuisterijen en weefsels van lokale handwerkslui. De kenner kon hier terecht voor sieraden van natuursteen, heilzame kristallen, occulte boeken en soepjurken met gebatikte patronen, kraaltjes en borduurwerk. Uit een met de hand beschilderde houder van geglazuurd aardewerk stak een brandend wierookstokje met lavendelgeur.

Een opgewekte jongedame gehuld in iets wat leek op een zwart turnpakje uit één stuk en een explosie aan kleurrijke sjaaltjes begroette me. Naar haar stem te oordelen, zacht en hijgerig, was dit de dame die ik de dag ervoor aan de lijn had gehad. Ik wilde ook haast gaan fluisteren, alsof ik in een bibliotheek of een gebedshuis was.

"Callie Barnstable. Ik heb een afspraak met Randi."

"Welkom, Callie. Je bent precies op tijd." Ze wees op een nauwe houten trap in de hoek. "Alle praktijkruimten zijn boven. Ik zal Randi laten weten dat je eraan komt."

Boven kwam ik in een gang met zeven deuren, drie aan elke kant en een wc op 't eind. De gang diende tevens als wachtkamer en bevatte een oranje ribfluwelen bank en dito stoel. Rechtstreeks van uitdragerij *Malle Pietje*, als ik mocht raden. De muren waren helemaal bedekt met een soort lappendekens, de lapjes zelf vol met geborduurde of verfraaide stukjes fabrieksstof in een diverse vormen en kleuren. Het zag eruit als een project waaraan vele handen vele uren gewerkt hadden. Het resultaat was ... eh, *boeiend*.

Ik wou net gaan zitten, toen zich een deur opende en een wolk van een vrouw uitblies. Ze had lang, donker haar dat tot aan haar middel golfde, een kaneelkleurige huidskleur, azuurblauwe ogen en het lange, lenige lijf van een ballerina. Ze was gehuld in een zwarte legging en een oversized, koperkleurige sweater. Haar nagels waren zwartgelakt en om elke vinger, inclusief haar duimen, droeg ze een zilveren ring, bewerkt of glad, sommige met een steen, andere zonder.

Er zijn maar weinig mensen op deze wereld die tegelijkertijd hartelijkheid, schoonheid en charisma uitstralen. Randi was de personificatie van alle drie. Ze zou goede zaken kunnen doen als ze erin slaagde haar wezen in flesjes te verkopen bij wijze van toverdrankje. Ik kon mijn ogen niet van haar afhouden. Ze glimlachte en toonde daarbij een kaarsrechte rij hagelwitte tanden.

"Wees welkom bij *Zon, Maan & Sterren*, Callie. Ik ben Randi. Ik verwachtte je al."

Haar stem had een kalme, muzikale klank en een licht Brits accent.

Misschien was het de manier waarop ze het zei, of

misschien verbeeldde ik het me alleen, maar ik had kunnen zweren dat ze bedoelde dat ze me al verwachtte vóór ik een afspraak maakte. Maar dat was natuurlijk onzin. Toch? Ik volgde haar naar binnen, haar spreekkamer in.

De ruimte was geschilderd in een middernachtelijk donkerblauw. Een kamerbrede zwerm lichtjes boven onze hoofden moest de indruk wekken dat we ons onder de blote hemel bevonden op een wolkeloze zomernacht. Een enorme kaars op een hoge gietijzeren standaard brandde stil in een hoek van de kamer en verspreidde een geur die het midden hield tussen kaneel en vanille. De enige meubelstukken vormden een zwartgelakte, langwerpige tafel met een spel tarotkaarten in het midden en twee zitstoelen die waren bekleed met donkerblauwe stof. Er was een zon geborduurd op de rugleuning van de ene en de vier maanstanden op die van de andere. Randi ging op de stoel met de zon zitten, sloeg haar lange slanke benen over elkaar, vouw haar voeten tot onder de zitting ervan en wees naar de andere. Kleurige ringen rinkelden om haar arm.

"Neem plaats."

Ik gehoorzaamde en onderdrukte daarbij de sterke drang om halsoverkop langs de weg die ik gekomen was naar beneden te vluchten en terug naar mijn huis aan Snapdragon Circle. Wat deed ik hier in godsnaam? Ik geloofde helemaal niet in die flauwekul. Ik las mijn horoscoop in het ochtendblad niet eens.

Randi scheen te voelen dat ik slecht op mijn gemak was en schoof de tarotkaarten opzij. "Elaine vertelde dat je een kaartlegging wou, maar ik heb 't gevoel dat je voor iets anders komt. Zeg 't maar, Callie, wat kan ik voor je doen?"

Ik nam aan dat Elaine de receptioniste was. En als dat zo was, dan had ze tevens verteld dat ik een voorwerp mee zou brengen. Ofwel, Randi's "gevoel" was slechts een rekensommetje. Ik had op internet gelezen dat de tien tarotkaarten het Keltisch kruis of zo moesten voorstellen, als er al zoiets bestond. Voor die kaarten was ik hier. Maar voordat ik mijn kaarten op tafel lei, wilde ik zeker weten of ik haar kon vertrouwen. Ik wou in ieder geval haar kennis even testen.

"Vóór we beginnen, zou ik graag wat meer weten over tarot. Zodat ik een beetje begrijp wat ik ervan mag verwachten."

"Natuurlijk." Randi pakte het spel tarotkaarten en begon ze al vertellende te schudden. "Er zijn diverse varianten van tarotkaarten. Ik gebruik de meest gangbare Rider-Waitevariant. Ongeacht de plaatjes bevat een reguliere set achtenzeventig kaarten, verdeeld in twee groepen: tweeëntwintig kaarten in de Grote Arcana en zesenvijftig in de Kleine Arcana. *Arcana* is Latijn voor geheimen. De naam van de symbolen varieert ook, maar de meest gebruikelijke – zo ook deze set – zijn toverstokken, bekers, zwaarden en pentakels. Heb je dat?" Ik knikte.

"Goed. De Grote Arcana heten ook wel troeven – afgeleid van het Latijnse woord *trionfi* voor triomf. Elk daarvan heeft een naam en Romeins cijfer, te beginnen met nul voor De Dwaas door tot XXI, De Wereld." Randi draaide een paar kaarten met het plaatje naar boven op tafel. "X, Het Rad van Fortuin, en XVII De Ster. De illustraties zijn rijk gevuld met symbolen. Zie je? Te veel om nu op in te gaan, maar iets wat je wel leert, mocht je je gaan interesseren voor tarot."

Ik knikte opnieuw. De eerbied in haar stem en de wijze waarop ze de kaarten streelde, hadden me overtuigd. Het was net of ze me een verhaaltje zat voor te lezen, voor het slapengaan. En de plaatjes op de kaarten versterkten dat gevoel nog.

Randi draaide nog vier kaarten om, van elk symbool eentje, toverstokken, bekers, zwaarden en pentakels. "Elke reeks heeft dezelfde structuur, net als die in een bridgekaartenspel: aas tot en met tien, schildknaap, ridder, koningin en koning."

"Dus de symbolen zijn een beetje als schoppen, klaveren, harten en ruiten?"

"Meer dan je denkt. Sterker nog, ons huidige spel van tweeënvijftig kaarten is afgeleid van de tarotkaarten. En de vier reeksen komen overeen met de reeksen in een set tarotkaarten. Toverstokken zijn klaveren, bekers zijn harten, zwaarden zijn schoppen en pentakels zijn ruiten. We kunnen nog een stapje verder gaan en de reeksen associëren met haar- en oogkleur."

"Hoe bedoel je?"

"In tarot stellen bekers mensen voor met lichtbruin haar en een lichte huidskleur, toverstokken hebben blond of rood haar en blauwe ogen, zwaarden hebben donkerblond haar en bruine, grijze of blauwe ogen, en pentakels representeren mensen met een donkere huidskleur."

"Dus volgens tarot zou ik met mijn kleur haar en ogen zwaarden zijn en mijn moeder, die blond was, toverstokken."

"Inderdaad. Maar er is meer. We hebben ook nog de elementen, net als in de astrologie. Zo staan toverstokken en klaver voor vuur, bekers en harten voor water, zwaarden en schoppen voor lucht, en pentakels en ruiten voor aarde. Iemand die geboren is onder het sterrenbeeld Stier, zou in tarot voorgesteld worden als pentakels en in het moderne kaartspel als ruiten."

Had ze geraden dat ik een Stier was? Of was 't een gokje van haar? Ik raakte steeds slechter op mijn gemak.

"Het lijkt allemaal ingewikkelder dan ik had gedacht."

"Om tarot te leren, daar gaan jaren overheen. En je krijgt 't nooit helemaal onder de knie. Er zijn geen absolute waarheden. Omdat ik 't van jongs af bestudeer, vlei ik me met de gedachte dat ik inzicht gekregen heb." Ze glimlachte. "Goed. Zullen we nu even naar de kaarten kijken, die jij hebt meegebracht?"

Ik staarde haar verbijsterd aan. Hoe wist ze dat ik kaarten bij me had?

Randi lachte, met het klingelende geluid van windklokjes. "Wees maar gerust. Ik ben geen gedachtelezer, mocht je dat denken. Elaine vertelde me dat je iets zou meebrengen. En indien dat een willekeurig voorwerp was geweest, had je vast niet zoveel belangstelling gehad voor tarot. Daar komt nog bij dat je gedurig met iets in je handtas zit te spelen."

Eigenlijk had ik met de gedachte gespeeld mijn lippenbalsem tevoorschijn te halen. Maar ik wilde breken met die verslaving, of 'r tenminste beter leren beheersen.

"Ik heb inderdaad tarotkaarten meegebracht."

"Ik neem aan dat ze een speciale betekenis voor je hebben."

Ik moest een beslissing nemen. Ging ik mijn kaarten op tafel leggen of niet? Ik besloot dat als ik haar hulp wilde, ik open kaart met haar moest spelen. "Ik denk dat ze van mijn moeder zijn. Ik vond ze in een huis dat ik heb geërfd, op Snapdragon Circle."

"Nummer 16?" vroeg Randi.

"Ja."

"Daar heb *ik* kort gewoond."

"Dat weet ik. Of liever, ik nam aan dat jij Jessica Tamarand bent."

Ik zag aan haar opgetrokken wenkbrauwen dat *ik* 't was deze keer, die *haar* verraste.

"Ben je van de politie? Of een privédetective of zoiets?"

Wat een vreemde gevolgtrekking. Waarom dacht ze dat?

"Nee. Ik nam mijn vaders papieren door en vond onder meer oude huurovereenkomsten. Hij is kortgeleden gestorven en heeft mij het huis nagelaten."

"Dat doet me verdriet. Ik heb hem maar één keer ontmoet, maar hij leek me alleraardigst. Een goed hart en intelligent, maar er was iets dat hem innerlijk verscheurde. Wellicht het verlies van je moeder."

"Je weet van mijn moeders vermissing?"

Randi knikte. "Mijn familie kwam hier in 1986, vanuit

India. Ik was twaalf. De zaak was niet van de lucht destijds en mijn ouders waren geschokt dat hier zoiets kon gebeuren en vroegen zich af of ze er wel goed aan gedaan hadden naar Marketville te verhuizen."

Ik nam aan dat Randi ook op de hoogte was van de geruchten die er gingen, waaronder die dat mijn moeder zou zijn vermoord. Het was inderdaad tijd om open kaart te spelen.

"Zoals ik al zei, kwam ik bij het doornemen van mijn vaders papieren een huurcontract tegen dat getekend was door ene Jessica Tamarand. Het viel me op dat het voortijdig beëindigd was. En toen ik in de buurt hoorde praten over iemand die er kort gewoond had en hier werkte als tarotkaartenlegster, telde ik twee en twee bij elkaar op en concludeerde dat jij die Jessica bent en je nu Randi noemt."

"Laat me raden", zei ze met een glimlach. "De buurt was niemand anders dan Ella Cole." Ik beantwoordde haar glimlach en moest me inhouden, om het niet uit te proesten.

"Ik kan me wel zo'n beetje voorstellen wat Ella over me verteld heeft. Ik vrees dat ik zowel haar gevoelens als haar ego gekwetst heb door haar die eerste keer toen ze langskwam, niet binnen te laten. Ik vermoed dat alle huurders vóór mij dat wel hadden gedaan. Maar helaas heb ik 't niet zo op bemoeials. Daarbij had het huis een nare uitstraling, die alleen maar toenam toen zij op de stoep stond. Pas toen ik er was komen wonen, ontdekte ik dat 't hetzelfde huis was waar die dame destijds was ... eh, *verdwenen*."

Haar oordeel over Ella liet me koud, maar dat over die uitstraling verontrustte me nogal. Randi zag dat.

"Oh, maak je maar geen zorgen, Callie; wat er door het huis waart, doet jou geen kwaad. Het zal je eerder beschermen. Want jij hoort er te zijn. Net zoals in de sterren geschreven stond dat jij de briefomslag met deze kaarten zou vinden – deze boodschap. Anders zou iemand anders die immers wel eerder hebben gevonden. Waar of niet?"

"Dat denk ik niet. Want ze lagen verstopt onder het tapijt sedert 1986. Of misschien al langer."

"Dat staaft alleen maar wat ik net zei. Dat kon heel wel al veel eerder weggehaald zijn, door willekeurig welke bewoner. En toch gebeurde dat niet. En het allereerste wat jij doet, is … de vloerbedekking weghalen. Ik geloof niet in toeval. Hier zijn ander krachten in het spel."

Ik wist niet goed wat ik van die theorie moest denken, maar ik wilde niet onbeleefd zijn. "Zou je naar die kaarten willen kijken?"

"En of."

"Het zijn er maar vijf." Ik haalde het papier met mijn moeders schuinschrift tevoorschijn en gaf het haar, tezamen met de vijf kaarten.

"Mogelijk een vijfkaartlegging", oordeelde Randi. "Het komt goed uit dat je moeder dat lijstje erbij gedaan heeft, want in een andere volgorde zouden ze iets totaal anders betekenen."

"Kun je me vertellen *wat* ze betekenen?"

"Ik kan zeggen wat *ik* erin lees. Maar ik weet niet of dat overeenkomt met de boodschap die je moeder ermee wilde overbrengen. Wil je dat?"

Ik had eigenlijk gehoopt op iets exacters. "Nou, goed. Mag ik noteren wat je me vertelt? Ik heb een opschrijfboekje bij me."

Randi dacht even na. Kennelijk was zulks niet gebruikelijk. Het duurde een eeuwigheid. Maar uiteindelijk gaf ze toe. "Gewoonlijk wil ik dat niet, omdat de kaarten je steeds iets anders vertellen, afhankelijk van de levensfase waarin je zit. We veranderen voortdurend, zie je. Maar dit geval is anders. Dus heb ik er geen moeite mee. 't Zou ook wat veel zijn om te onthouden. Bovendien is het geheugen vaak selectief." Ik haalde een pen en mijn zwarte opschrijfboekje tevoorschijn.

"We gaan beginnen."

16

───────

Randi legde de kaarten in de volgorde van mijn moeders lijstje. "Er zijn honderden volgordes denkbaar," zei ze, "maar laten we aannemen dat je moeder deze ene bedoeld heeft. Persoonlijk vind ik het een heel handige volgorde voor het kiezen van een te volgen handelwijze. Kaart 1 staat voor het heden en kaart 2 staat voor het verleden of voor vroegere gebeurtenissen die nog van invloed zijn. Kaart 3 staat voor de toekomst. Kaart 4 geeft aan welke motieven of factoren er achter eventuele besluiten kunnen steken. Kaart 5 vertelt het resultaat van de keuze voor een te volgen koers." Ik schreef een en ander als volgt op in mijn boekje:

- III: De Keizerin – Heden
- IV: De Keizer – Verleden
- VI: De Geliefden – Toekomst
- Zwaarden Drie – Motief
- XIII: De Dood – Mogelijk gevolg

"En wat betekent 't?" vroeg ik, toen ik uitgeschreven was.

Randi beroerde de kaarten zacht, sloot haar ogen en begon een soort mantra te neuriën. Dat duurde een minuutje. Toen zweeg ze, opende haar ogen en schudde met haar hoofd. "Ik kan me vergissen, Callie, maar hoewel deze kaarten een vijfkaartlegging zouden kunnen voorstellen, zoals ik net zei, ligt dat er een beetje *te* dik bovenop."

"Hoe bedoel je?"

"Ik denk dat deze kaarten aan je moeder gegeven zijn, of misschien toegestuurd, mogelijk één voor één, omdat zij ze in volgorde opgeschreven heeft. Als ze alle tegelijk gekomen waren, zou zij vermoedelijk geen aandacht aan de volgorde hebben gegeven en die opgeschreven."

Ik haalde mijn cacaoboter tevoorschijn. "Wil je zeggen dat iemand ze haar toestuurde, mogelijk bij wijze van bedreiging?"

"Dat kan ik niet met zekerheid zeggen. Ik wil geen woorden als 'bedreiging' in de mond nemen, zonder aanvullende bewijzen. Maar ik geloof stellig, dat iemand met een uitermate basale kennis van tarot ze gestuurd heeft. De vierde kaart lijkt niet helemaal te passen, maar … het is meer dan dat. Het is allemaal een beetje te gekunsteld. Ik denk dat de afzender de plaatjes, alsook de betekenis ervan, letterlijk nam." Randi boog zich voorover en sloot de ogen opnieuw. Toen knikte ze bevestigend, alsof ze een stemmetje in haar hoofd antwoord gaf.

"Ja, dat is beslist de boodschap die ik doorkrijg."

Ik rolde nog net niet met mijn ogen. Het was voor mij al heel wat om naar al dat geneuzel over tarot te hebben geluisterd, maar onderbewuste narichten uit het hiernamaals gingen me nou net een tikje te ver.

Maar dat even buiten beschouwing gelaten, wat als Randi gelijk had wat 't eerste betrof? Wat als iemand – bijvoorbeeld Reid, de schenker van het kettinkje – mijn moeder die kaarten gegeven of toegestuurd had? Wat had 't te betekenen? Kon 't iets met mijn moeders vermissing te maken hebben? Ik zat daar nog over na te denken, toen Randi opnieuw het woord nam.

"Zullen we op die manier naar de kaarten kijken, Callie?

Alsof iemand ze gestuurd heeft, om een boodschap af te geven?"

Ik keek haar aan. Ze was zo wonderlijk oprecht in haar hele wezen.

"Waarom niet?"

Randi begon met de Keizerin. "De dame op de kaart heeft lang blond haar. Weet je nog of je moeder lang blond haar had?"

Ik moest denken aan de vier foto's. "Ja, dat had ze."

"Oké. Zie je dat ze een kroon met twaalf sterren draagt? Die stellen alle sterrenbeelden van de dierenriem voor. Dat maakt haar tot de Koningin van het Heelal. Anders gezegd, ze staat in hoog aanzien."

"De japon die ze aan heeft is erg wijd", merkte ik op. "Is de Keizerin zwanger?"

Randi glimlachte beminnelijk. "Wat scherp opgemerkt, Callie. Daar lopen de meningen over uiteen. Sommigen denken dat de Keizerin moederschap verzinnebeeldt. Anderen houden het erop dat ze inderdaad zwanger is. In dit geval, kunnen beide interpretaties geldig zijn. Was je moeder zwanger, toen ze verdween?"

Ik keek zo geschrokken op dat ik mezelf bijna een zweepslag in mijn nek bezorgde. Zwanger? Zou er ergens een broer of zus van me rondlopen? "Mijn vader heb ik daar nooit over gehoord. En daar ze nooit gevonden is, dood of levend, kan ik die vraag niet beantwoorden."

"Dat is waar. Laten we naar de tweede kaart kijken, de Keizer."

Ik keek naar de witte baard en de strenge uitdrukking van de man op de troon. Hij droeg een kroon en een lange rode mantel. "Hij ziet er oud uit, en nogal ... eh, *autoritair*."

"Ja, het is gemakkelijk om in hem iemand te zien die met ijzeren vuist de scepter zwaait. Het is mogelijk dat hij iemands vader verzinnebeeldt. Wat was je moeders relatie met haar vader, jouw grootvader?"

"Die heb ik nooit gekend. Dus dat zegt genoeg. Ik geloof dat haar ouders haar onterfd hebben toen ze zwanger was, zwanger van mij. Ze was zeventien." Ik dacht erover na. "Misschien stelde de eerste kaart haar zwangerschap voor."

"Dat is alleszins een mogelijkheid."

Oftewel, dat gold ook voor de mogelijkheid dat ze zwanger was, toen ze de plaat poetste. "Vertel me eens wat meer over de derde kaart, de Geliefden."

"In de Rider-Waitevariant stelt het koppel Adam en Eva voor, voor de boom van leven en de boom van kennis. Ze zijn niet het verdoemde stel uit het Bijbelverhaal. Ze verzinnebeelden het ideale echtpaar." Randi wees op het engeltje dat boven hun hoofden zweefde. "Dat is Rafael, de aartsengel die hen verenigt en zijn zegen geeft."

"Denk je dat ze mijn vader en moeder voorstellen?"

Randi schudde beslist haar hoofd. "Dat denk ik niet. Je ouders *waren* al geliefden. Als ik gelijk heb met mijn veronderstelling dat de kaarten een traditionele vijfkaartlegging voorstellen, dan slaat deze kaart op de toekomst. En degene die ze stuurde, is Adam. En je moeder is Eva."

Ik keek naar de donkere vierde kaart, de Zwaarden Drie. Het stelde een bloedrood hart voor met drie staalblauwe zwaarden die eruit staken, terwijl zich donkere wolken samenpakken met regen op de achtergrond. "Het ziet niet echt uit naar *En ze leefden nog lang en gelukkig.*"

"Ik vind het opvallend dat dit ook de enige kaart is uit de Kleine Arcana. Het illustreert dat degene die ze stuurde zich door de hele set van 78 kaarten heen geworsteld heeft, om er uiteindelijk niet meer dan 5 uit te halen."

Randi's lange vingers streelden de omtrek van de zwaarden. "Deze kaart verzinnebeeldt leed, diepe droefenis en hartzeer. Wat me intrigeert zijn de drie zwaarden. Alsof de droefenis niet alleen de afzender en je moeder treft, maar nog een derde."

"Mijn vader?"

Randi haalde haar schouders op. "Misschien, misschien ook niet. Maar het is zeker niet uitgesloten."

Het was tijd voor de laatste kaart. Daarop stond een skelet afgebeeld, gekleed in een cape en gezeten op een wit paard. Een dode koning lag op de grond, als onder de voet gelopen. "Hoe zit 't met die laatste kaart?"

"Dat is de enige kaart die door iedereen wordt gevreesd, ook al is dat niet altijd terecht. De kaart heeft vooral een symbolische betekenis. De dode koning is al wie tegen verandering is. De bisschop in het hoekje rechtsonder symboliseert het onbevreesd onder ogen zien van de dood. Naast hem kijkt een jonge vrouw weg, alsof ze plotseling haar eigen sterfelijkheid beseft, terwijl een klein kind juist blij opkijkt, onschuldig en zonder angst, terwijl het een bloem omhoog reikt. Er schijnt een helder zonnetje rechts van het midden over een muur. Aan de linkerkant zien we een Egyptische nijlaak. De Egyptenaren geloofden dat de dood niet meer was dan een overgang van de ene staat in een andere."

"Dus men kan er alle kanten mee op?"

"Hmm. Nee, niet alle kanten. De kaart verzinnebeeldt wel degelijk het einde van iets, misschien zelfs de lijfelijke dood. Maar het plaatje laat zien dat daar diverse kanten aan zitten." Randi schonk me een medelevende glimlach. "Ik realiseer me dat je hier komt voor antwoorden, Callie. Maar die heb ik niet."

"Je hebt me al veel meer verteld dan ik vooraf verwachtte."

"Dat was niet zo moeilijk," lachte Randi, "want je verwachtte niets."

Ik moest grinniken. Daar had ze me. "Nou, in ieder geval zwaar bedankt, voor je tijd en je kennis van zaken. Ik neem aan dat het nu aan mij is om uit te vogelen wie de kaarten stuurde. Ook al heb ik nog geen idee, hoe ik daar ooit achter kan komen."

Randi keek opeens ernstig, de bezorgdheid droop uit haar ogen. "Je hebt een lange weg voor de boeg en je kunt die niet alleen gaan. Je zult mensen tegenkomen die je kunt vertrouwen, en mensen bij wie dat niet kan. Soms is 't lastig dat onderscheid meteen te zien. Dikwijls worden de mensen die ons aanvankelijk niet aanstaan, onze beste vrienden. En vaak zijn goede vrienden ons bij nader inzien niet welgezind."

Ik moest even denken aan de mensen die ik tot nu toe had ontmoet. Misty, Ella en Royce. Ik wist dat ik Misty niet mocht en niet vertrouwde. Ella was een roddelaarster, maar ze had iets vertederends over zich. Bovendien zou ze, omzichtig benaderd, goed van pas kunnen komen. En ook al gaf ik 't niet graag toe, zou ik Royce dolgraag willen vertrouwen. Maar kon ik dat?

Ik keek in Randi's azuurblauwe ogen, beet op m'n onderlip en knikte. "Ik zal voorzichtig zijn." Randi leek allesbehalve overtuigd. "Mag ik je iets aanbevelen?" Ik knikte nogmaals.

"De winkel verkoopt smudge-sticks van gedroogde salie. Het zou goed zijn als je daarvan eentje kocht en je huis ermee behandelde, om het te ontdoen van de negatieve energie. Het zou alle verschil maken en je beschermen zolang je er woont."

Ik dacht aan de doodskist met het geraamte op zolder. Het huis van negatieve energie ontdoen klonk niet zo verkeerd, ook al was ik er niet zeker van of zulks te fiksen viel met iets dat *smudge-stick* heette. "Een smudge-stick? Wat is dat?"

"Smudgen is een indiaanse gewoonte. Ik raad altijd aan om de smudge-stick aan te steken met een kaars. Want het kan even duren voordat hij gaat roken. Als er een vlammetje op komt, blaas je dat uit. De stick moet namelijk smeulen, niet branden. Dan ga je er het huis mee door, vertrek voor vertrek. Je zwaait met de rokende stick en zingt iets in de geest van 'Ik verdrijf alle negatieve energie en vervang het door positieve energie.' Zorg er wel voor dat je er een asbak onder houdt, zodat er geen hete as op de grond valt. Het belangrijkste is dat het met zorg en respect gebeurt. Neem je vooraf voor *wat* je wilt smudgen en houd dat goed vast bij het uitvoeren van het ritueel. Na afloop begraaf je de smudge-stick in de tuin."

Ik beloofde Randi met de hand op het hart dat ik het huis zou smudgen. In de winkel kreeg ik voor het luttele bedrag van 10 dollar iets wat leek op een bosje bijeengebonden twijgen.

Geraamtes, kisten, kaarten, twijgen. Serieus, pa, wat heb je nog meer voor me in petto?

17

___

Het ritueel nam ongeveer een halfuur in beslag en liet een vage marihuanageur achter. Niet dat ik een kenner ben, maar ik herinnerde me de zoete geur van de middelbareschooltijd toen ik weleens een trekje meekreeg. Ik zette de ramen tegen elkaar open om het huis te luchten, want ik wist dat Royce me met een uur zou ophalen om te gaan winkelen. Ik wilde niet dat hij zich dingen in 't hoofd zou gaan halen. En 'm uitleggen dat ik alleen maar aan 't *smudgen* was ... 'k wee nie.

Hij was opnieuw stipt op tijd. Klokslag twee uur trok hij aan de bel. Hij had al geregeld dat de dakbedekker aanstaande vrijdag zou langskomen.

Het uitstapje deed elke twijfel die ik nog over hem zou kunnen koesteren, in rook opgaan. Waar we ook waren, iedereen kende hem en scheen 'm te mogen. We eindigden bij een keuken- en badkamerzaak met een keur aan douchecabines en aanrechten, met een aantal standaardopties. De dame die ons hielp stak niet onder keukenstoelen of -banken dat ze een oogje op Royce had. Maar hij had dat kennelijk niet in de gaten. Hetgeen mijn voornemen, om *niet* voor 'm te vallen, alleen maar verder ondermijnde. Een geflopte flirt met de buurman was wel zo'n beetje 't *laatste* waarop ik zat te wachten.

Maar toch kon ik een vlinders-in-de-buikgevoel niet onderdrukken, toen Royce zijn hand op mijn schouder legde en me naar een tentoongestelde keukenopstelling leidde. Zijn hand lag daar nog steeds, toen een knappe dame met piekfijn gekapte blonde haren op hoge naaldhakken op ons toe heupwiegde. Op het eerste gezicht leek ze begin dertig, maar bij nader inzien was ze denkelijk een goed geconserveerde veertiger. Te oordelen naar haar figuur, als van een model, nog geaccentueerd door haar strakke jeans en diep uitgesneden V-halstop die als een tweede huid om haar rondingen sloten, bracht ze ieder vrij uurtje op de sportschool door. Of op de sportleraar, dacht ik bij mezelf. Maar … *dat* was de kift.

"Nee maar, Royce Ashford, jij hier?" zei ze met een mierzoet stemmetje. "En wie hebben we daar? Een nieuw vriendinnetje, dat je tot nu toe voor me verborgen hield?"

"Chantelle", zei Royce op neutrale toon, "mag ik je voorstellen aan Callie Barnstable, de dochter van Jim van nummer zestien?" En tegen mij: "Callie, dit is Chantelle Marchand-Thomas. Chantelle woont tegenover ons, op nummer elf."

"Alleen Marchand, Royce," zei Chantelle, terwijl ze – zogenaamd speels – een hand op zijn borst lei, "dat weet je best." In gedachten zag ik haar nagels rode krassen op zijn blote huid achterlaten.

"Neem me niet kwalijk," zei Royce, "dat was ik even vergeten."

"Ik heb Thomas laten vallen op de dag dat de heer Thomas mij liet vallen," zei Chantelle tegen mij, "omdat ik niet nog langer herinnerd wilde worden aan Lance Lapzwans." Ze nam me van top tot teen op. Ik weet niet of ik haar goedkeuring mocht wegdragen of niet, maar ze wrong een zuur glimlachje tevoorschijn. "Aangenaam, Callie … eh, ondanks de omstandigheden. Want ik begreep dat je vader onlangs overleden is. Een ongeval, hè? Hij was ... eh, bouwvakker?"

"Hij was plaatwerker. Dat is *specialistenwerk*."

"Oh, is dat zo, Callie?" zei Chantelle op ongeïnteresseerde en neerbuigende toon. "Nu we 't toch over specialisten hebben, ik zie dat je onze lokale specialist al voor je aan het werk hebt. Ik hoop dat je 'm niet alleen voor jezelf houdt. Wij vrijgezelle vrouwen moeten kunnen delen." Ze nam me nog eens scherp op. "Zo te zien ben je tenminste nog vrijgezel."

"De spijker op z'n kop, Chantelle. Maar maak je geen zorgen. Geen haar op mijn hoofd die erover peinst misbruik te maken van zijn goede inborst, alleen omdat ik alleenstaand ben." Ik trakteerde haar op een glimlachje van eigen zuurdeeg. "Gescheiden vrouwen die van meet af aan in de slachtofferrol kruipen omdat ze niet aan hun trekken komen, zijn nogal zielig, vind je niet?"

Chantelle kreeg een hoogrode kleur, die haar niet goed stond. Ze keek op haar mobieltje, alsof dat redding moest brengen, en mompelde iets over een belangrijke afspraak.

"Ik geloof dat onze ijskoningin haar evenknie gevonden heeft", grinnikte Royce, toen ze op hoge poten weggebeend was en uit het zicht verdwenen.

"Ik had ook wat aardiger tegen haar kunnen doen. Tenslotte is ze mijn overbuurvrouw. Bovendien is ze onlangs door haar man in de steek gelaten, begreep ik. Dat is niet niks."

"Lance is al een jaar weg. Van wat hij vertelde, begreep ik dat 't al jaren niet boterde. Heb maar geen meelij. Ze vroeg er zelf om. Dat weet jij, dat weet ik en dat weet Chantelle ook."

"Dat is misschien wel zo, maar ze heeft duidelijk een oogje op jou."

Royce barstte in lachen uit. "Ik met Chantelle? Alsjeblieft, zeg. Ik geef toe dat ze er leuk uitziet, maar ik heb meer overlevingskansen met een frisse duik tussen mensenhaaien. Trouwens, ik moet niet veel hebben van vrouwen met een gat in de hand. En van wat ik van Lance begreep, is Chantelle daarvan het ultieme voorbeeld. Daar komt bij dat Lance een goede vriend van me is. Hij heeft 'r dan wel in de steek gelaten, maar hij zal niet staan te juichen als ik 't met 'r aanleg." Daar kon ik wel inkomen.

———

Ons winkelmiddagje verliep verder zonder incidenten, vanuit het oogpunt van boze buren tegen het lijf lopen tenminste. We slaagden er nog wel in keukenkastjes op maat te bestellen alsmede een kookeiland en een aanrecht van graniet.

Ik geef toe dat ik bijna een wegtrekker kreeg toen de kassier het totaal aangeslagen had en ik betalen moest. Zelfs met Royces aannemerskorting hakte het bedrag er nog flink in.

We laadden zijn pick-up vol met spullen die wel kant en klaar konden worden gekocht, en reden terug naar Snapdragon Circle. We zouden net het erf opdraaien toen Royce me verraste met zijn uitsmijter. Ik had erop kunnen wachten, maar ik had de gedachte eraan verdrongen.

"M'n ouwelui hebben ons uitgenodigd in Muskoka over een week. Wat vind je ervan? Ruimte zat. Je hebt je eigen kamer en alles. Toen ik mijn moeder vertelde over de foto's, zei ze dat ze je beslist wilde ontmoeten. We kunnen er 's zaterdags op ons gemak naartoe rijden en zondagmorgen weer terug, vóór de grote drukte uit. Herinneringen ophalen, beetje zwemmen, een boottochtje maken. Je zult staan te kijken van de weelde van sommige optrekjes daarginder. Er zitten beroemdheden, topsporters en zware jongens uit het bedrijfsleven. Van de OZ-belasting van sommige zomerhuisjes alleen zou deze jongen al failliet gaan."

Een weekendje ertussenuit klonk niet verkeerd. En samen met Royce al helemaal niet. Stond ik stevig genoeg in mijn schoenen voor wat ik mogelijk te weten zou komen? Daar was ik niet helemaal zeker van. Maar ik wist wel dat 't er ooit van moest komen.

"Ja hoor, waarom niet? Oh, sorry… ik bedoel … ja, hartstikke *leuk*!"

Royce boog zich naar me toe om m'n gordel los te maken. In één moeite door streek hij een weerbarstige haarlok van me naar achteren. "Rustig, Callie. Je wilt de waarheid kennen, toch? Of tenminste *proberen* die te weten te komen."

Op dat moment drong het tot me door dat Royce van de geruchten wist, net als iedereen; dat hij ook begreep of tenminste vermoedde wat de ware reden was waarom ik hier was. Ik wou 't 'm inpeperen, vragen waarom hij dat niet gelijk gezegd had. Wat *was* dat voor steels gedoe?

Maar toen zag ik zijn oprecht warme blik en kreeg ik een heel apart gevoel vanbinnen. Mijn voornemen *niet* voor 'm te vallen, verdampte wel *erg* snel. Maar ik kon er *niets* aan doen.

18

———

Bij thuiskomst trof ik een e-mail van Leith aan. Hij vertelde me dat hij me de autorisatie gestuurd had voor het kluisje, per koerier. Even later ontving ik die inderdaad, zodat ik de zaak nog kon regelen voor de volgende morgen. Ik was bijna te opgewonden om de slaap te vatten. Wat zou ik gaan vinden in dat kluisje?

Maar ik sliep wel degelijk, met dromen over tarot en salietwijgjes. Toen de wekker afliep om zeven uur, was ik in een wip uit de veren om de dag aan te vallen. Toen ik naar buiten keek, zag ik dat het goot. Een oude kennis van me uit Portsmouth, New Hampshire, noemde dit ooit "een Canadese autowasbeurt" vanwege de intensiteit. Niet de fijne motregen, nam ik toen aan, die ze in Seattle of San Francisco gewoon zijn. Maar wanneer het hier regent, regent het ook. Pijpenstelen.

Ik worstelde zuchtend en steunend met mijn weerbarstige haar. Het liet zich maar amper in staart of vlecht dwingen. Mensen met sluik haar die klagen dat hun haar niet in de krul wil, zijn zeurpieten; ze moesten eens weten. Plat was immers altijd beter dan weerspannig en krullig. Ik stond op het punt om de deur uit te gaan, toen de bel ging. Door mijn nieuwe deurspion zag ik Chantelle staan onder een zwarte paraplu met witte stippen. Benieuwd naar wat die kwam doen, deed ik open.

"Chantelle, wat een verrassing. Kom gauw binnen, vóór je verzuipt."

Binnengekomen draaide ze zich om en schudde zorgvuldig haar paraplu buiten uit. Ik zag dat ze haar stiletto's verruild had voor gympies en haar strakke outfit voor een zwarte yogabroek met bijpassende hoodie. Ze deed haar capuchon af en schudde een weelderige bos zorgvuldig gecoiffeerd blond haar tevoorschijn en kamde het met haar vingers. Ik moest toegeven dat ze er in een yogapakje en zonder enige make-up op nog akelig mooi uitzag. Ze had ook nog *sluik* haar. Ik deed mijn best om haar niet intensief te haten.

"Ik kom mijn verontschuldigingen aanbieden," zei ze met een berouwvolle glimlach, "voor dat ik zo naar tegen je deed in die winkel. De scheiding heeft er nogal bij me ingehakt, vrees ik, en de minder fraaie kant van m'n karakter wakkergemaakt. Ik moet trouwens bekennen dat ik een schoolmeisjesachtige verliefdheid voel voor Royce. Niet dat hij de geringste interesse in me heeft, hoe ik ook mijn best doe zijn aandacht te trekken. Dus toen ik 'm daar met jou zag, heel intiem met zijn hand op je schouder, brak er iets in me. Ik schaamde me achteraf diep."

Ik bewonderde haar eerlijkheid. En het zou ook leuk zijn om hier een vriendin te hebben die me qua leeftijd wat meer benaderde dan Ella Cole dat deed. Trouwens, je kon nooit weten wat voor bruikbaars ze me kon vertellen. Misschien was Chantelle hier ook opgegroeid.

"Ik kan hetzelfde zeggen. Als we de zaak nu eens vergeten en opnieuw beginnen?"

"Dat is goed." Ze reikte me de hand. "Chantelle Marchand, je overbuurvrouw."

Ik schudde de uitgestoken hand. "Callie Barnstable. Nieuwe buurtbewoner. Ik wilde net naar de bank gaan, maar dat kan wachten. Kom binnen. Dan maak ik wat warms te drinken." Koekjes kreeg ze niet van me. Te oordelen naar haar figuur was Chantelle niet een liefhebber. Als ze dat wel was en toch zo in vorm kon blijven, dan wou ik dat liever niet weten.

"Zeker weten? Had je een afspraak? Ik kan best een ander keertje komen, hoor."

"Niet een afspraak, nee. Ik wilde alleen gaan zien wat er in mijn vaders bankkluisje zit."

Ze volgde me naar de keuken en pakte een stoel terwijl ik water opzette. "Een kluisje? En je hebt geen idee wat erin zit?" Ze bloosde. "Neem me niet kwalijk. Dat was wel erg vrijpostig van me. Vergeet 't alsjeblieft."

"Helemaal niet erg. Geen idee, nee. Ik ga 't wel zien."

"Je bent vast reuzenieuwsgierig. Dat zou ik tenminste zijn."

Ik moest lachen. "Ja, ik eigenlijk ook wel. Maar ik heb echt wel tijd voor een kopje koffie met de buuf. Of liever thee?"

"Dan een kopje thee, graag."

"Earl Grey, zwarte thee, groene of Rooibos?"

"Groene."

Ik knikte en liet de thee trekken.

"Ik neem aan dat je een en ander aan het huis gaat doen", zei Chantelle toen ik inschonk.

"Ik heb Royces bedrijf in de arm genomen om de keuken onderhanden te nemen. Hij gaat deze muur eruit slopen om ruimte te creëren. Het is een heel gedoe. Maar ik denk dat het loont, als ik het huis over een jaar wil verkopen. Zoals het nu is, kan ik 't aan de straatstenen niet kwijt. Die lelijke vloerbedekking heb ik er al uit gesloopt."

Chantelle trok haar wenkbrauwen op. "Denk je na over *verkopen?*"

"Misschien. Ik weet 't nog niet. Daarom ga ik 't een jaar aanzien." Niet helemaal waar, maar waar genoeg. "Er moet zo ontzettend veel aan gebeuren. Nadat ik bij de bank geweest ben, ga ik denk ik verf voor de slaapkamers kopen. Als ik het werk in kleine klusjes verdeel, blijft het tenminste een beetje te overzien."

"Heb je hulp nodig?"

"Om verf te kopen?"

"Ook dat, als je wilt. Maar ik bedoel met verven. Sinds Lance weg is, verveel ik me dood. Ik kan vrij goed schilderen, al zeg ik 't zelf." Ze grinnikte. "Ik ben ook vet goed in het uitgeven van andermans geld, mocht je hulp willen bij de aanschaf van meubels. Dat kan Lance getuigen." Ze werd ernstig. "Zonder gekheid, ik weet dat Royce denkt dat ik een gat in de hand heb, maar dat is niet zo. Niet echt. Ik was de vijfde van zes kinderen. M'n kleren waren afleggers van mijn oudere broer en zusters. Dat was goed nieuws voor de benjamin, want tegen de tijd dat ik eruit gegroeid was, waren ze meteen schoon op. Dus kreeg zij steeds nieuwe kleren."

"Ik ben enig kind, dus ik heb geen idee hoe 't is om met z'n achten in een huis te wonen – laat staan, om alleen afleggertjes te moeten dragen. Niet dat mijn vader ook maar enig benul had van mode. Kleren kopen stond sowieso niet met stip op zijn prioriteitenlijstje. Ik ben bang dat ik dat gebrek aan belangstelling geërfd heb. Maar ik kan me indenken dat je eigen spullen wilt."

"Oh, absoluut. Het was mijn ideaal kleren te hebben die nog nooit gedragen waren, boeken te lezen die niet al stukgelezen waren en in een bed te slapen dat niet uitgewoond was. Maakt dat me een geldverspiller? Ik ben trouwens altijd op koopjes uit. Nu helemaal, nu Lance en ik uit elkaar zijn. Ik wou het huis houden, dus ik moest hem uitkopen." Chantelle lachte. "Moet je mij horen – gooi ik mijn hele leven op tafel, terwijl ik alleen wou aanbieden te helpen met schilderen."

Ik vroeg me af of Chantelle werkte. En of er wellicht een addertje onder het gras school. Niet zo cynisch, Callie! Waarom niet enthousiast zijn over haar aanbod, in plaats van er meteen wat achter te zoeken? De woorden van Randi schoten me weer te binnen. Soms kun je het meest van die mensen op aan die je aanvankelijk niet eens mocht, en zijn je beste vrienden uiteindelijk je ergste vijand. Misschien behoorde Chantelle tot de eerste categorie.

"Ik heb altijd gehuurd. En dan is het schilderwerk voor de eigenaar. Ik kan wel enige hulp gebruiken. Als je het serieus meent, ga *ik* geen nee zeggen. *Echt* niet."

"Ik ben nog nooit zo serieus geweest! Leuk, man! Mijn werk − stamboomonderzoek − is niet aan vaste tijden gebonden. We hoeven alleen maar rekening te houden met mijn lesschema bij de sportschool." Chantelle moest een blik of gebaar van mij verkeerd geïnterpreteerd hebben, want ze giechelde als een schoolmeisje. "Nee, hoor, ik ben geen fitnessfreak. Ik geef les − yoga en conditietraining. Maar de lestijden variëren per weekdag. Normaalgesproken enkele morgens en middagen. En soms ook in het weekend, als ik voor iemand moet inspringen."

Nu snapte ik waarom ze er zo uitzag. "Ik zit er ook over te denken. In Toronto zat ik ook op een sportschool en ik begin 't nu al te missen. En je leert er nieuwe mensen kennen."

"Ik zorg dat je er een maand gratis mag uitproberen. Als 't je bevalt, kan ik ook nog zorgen voor een beetje korting. En als je meubeltjes wilt gaan kopen, kan ik je rijden. Lance z'n pickup heb ik ook overgehouden aan de scheiding." Chantelle lachte als een boer met kiespijn. "Het was moeilijker om afscheid te nemen van zijn truck, dan van zijn huwelijk van tien jaar."

―――――

EERST NADAT CHANTELLE DE DEUR UIT WAS, drong het goed tot me door dat ze iets gezegd had over stamboomonderzoek. Misschien kon zij me helpen bij het opsporen van mijn grootouders. Daar had ik nog geen werk van gemaakt. Het hield wel in dat ik 'r in vertrouwen moest nemen, maar dat gold natuurlijk voor iedereen die ik daarvoor zou inhuren. Ik was ook erg in m'n nopjes met dat ik nu een vriendin had, tot mijn eigen verbazing eigenlijk. Het was al heel lang geleden dat ik dik met iemand was. Af en toe met een paar collegaatjes naar de film, dat was alles. Maar niet iemand aan wie ik mijn hartsgeheimen toevertrouwde. Wat dat aangaat, was ik sowieso gauwer een ontvanger dan een verstrekker.

Toen ik naar de bank ging, was het inmiddels droog geworden. Het navigatiesysteem kwam goed van pas. Ik ben iemand die al verdwaalt in de achtertuin. En Marketville, hoe klein ook in vergelijking met Toronto, stond me nog lang niet op het netvlies. Toronto had bovendien het Ontariomeer in 't zuiden en de ruim 550 meter hoge CN Tower. De toren was geen garantie dat ik de weg niet kwijtraakte, maar het was een goed oriëntatiepunt in de stad. Je hoeft bij mij niet aan te komen met noord en zuid. Ik geef de voorkeur aan *linksaf bij de supermarkt, rechtsaf bij de kruidenier over de brug en links van het winkelcentrum met het Chinese afhaalrestaurant.* En zo bereikte ik de bank.

Er stond een flinke rij in weerwil van de vier flappentappers in de entreehal. Ik sloot aan achter een tot op zijn modderige schoenzolen doorweekte bouwvakker. Het was er niet anders dan in een willekeurige bank in een willekeurige plaats of stad. Een rij loketten, een infodesk, een paar stoelen voor klanten en enkele met glas afgeschutte kantoortjes leidinggevenden, adviseurs en aanverwant grut.

Een ostentatieve dame in schreeuwerige kleren voerde luidkeels een geanimeerd gesprek met haar mobieltje. Ze beëindigde het niet, toen er een loket voor haar vrijkwam. Ik vroeg me af of ze wel besefte hoe onbeschoft haar gedrag eigenlijk was, totdat ik me realiseerde dat haar dat vermoedelijk aan de reet zou roesten. Ze liep *nog* in haar gsm te schreeuwen toen ze wegging. Iets over een barbecue in de achtertuin en een onverschillige schoonzuster. Ik moest grinniken om de ironie van dat laatste, terwijl ik haar plek aan het loket innam.

De lokettist, een knul van in de twintig met donker haar, puistjes en breedgerande bril, bladerde streng door mijn papieren en zei toen dat hij ruggespraak moest houden met zijn baas. Ik kon de bloeddorstige blikken in mijn rug bijna voelen en slechts hopen dat hij zou opschieten. Ik kon me het gevoel van de rij wachtenden levendig voorstellen. Ik las ooit dat we een derde van ons leven slapend doorbrengen. Ik begon te geloven dat iets soortgelijks geldt voor wachten. Ik draaide me om teneinde de wachtrij een verontschuldigend glimlachje te schenken en kon mijn ogen niet geloven toen ik achteraan in de rij Misty Rivers ontwaarde. Toeval? Zou kunnen. Of was ze me gevolgd? Maar met welk doel dan? Ik knikte haar vriendelijk toe. Ze knikte terug, maar zei niets. Waarschijnlijk maakte ik me zorgen om niets.

Het leek een eeuwigheid te duren voordat de lokettist terugkwam. Vermoedelijk waren er niet meer dan twee minuten verstreken. Hij begeleidde me naar een ruimte achter een stalen deur met een hele hoop kluisjes. Hij gebruikte zijn eigen sleutel op een kluisje en vertelde me daarna dat mijn sleutel het kistje definitief zou openen.

"Druk op de bel wanneer u klaar bent en ik kom u halen", zei hij en liet me alleen.

Ik opende het kistje met trillende vingers.

19

ALS IK VERWACHT HAD DAT DE INHOUD VAN HET BANKKLUISJE AL MIJN VRAGEN ZOU BEANTWOORDEN, dan kwam ik wel erg bedrogen uit. Wat muntgeld, mogelijk van numismatische waarde, en een paar honderd dollar in biljetten van vijf, tien en twintig.

Er was ook een envelop. Ik herkende mijn vaders in zwarte inkt geschreven hanenpoten op de omslag. "Alleen door Calamity Doris Barnstable te openen, mocht ik omkomen." Die woorden voelden als een stomp in mijn maag, want 't impliceerde dat hij wist dat hij de kans liep het leven erbij in te schieten. De man die ik gekend had – of dacht gekend te hebben – had nooit de geringste toespeling gemaakt dat hij zich daarover zorgen maakte.

Ik wou de brief bij me steken om 'm straks thuis te lezen, maar ik had al zolang gewacht. Nog een halfuur wachten leek opeens geen optie. Ik scheurde de envelop open.

De brief dateerde van een maand voor mijn vaders dood. Ik staarde eventjes nietsziend naar het zo vertrouwde handschrift, en moest een paar keer slikken om mijn tranen te bedwingen. Toen begon ik te lezen.

Lieve Calamity,

Ja, ik weet dat je liever niet zo genoemd wordt, maar ik ga ervanuit dat je 't me vergeeft, nu ik dood ben. Ik neem tenminste aan dat ik dat ben, als je dit leest. Ik hoop ook dat je me vergeeft voor 't codicil over Marketville in mijn testament.

Natuurlijk wist ik dat de kans bestond dat je het jaar gaat uitzitten en dan de zaak verder overlaat aan Misty Rivers. En misschien had ik daarop moeten aandringen, als ik je voor leed wil behoeden. Punt is alleen, ik heb je al die jaren al willen behoeden voor de waarheid. Daar deed ik verkeerd aan. Je had het recht om die te kennen. Misschien niet toen je zes was, maar wel degelijk toen je oud genoeg was om zaken in perspectief te zien. In plaats daarvan liet ik de tijd verstrijken zonder ooit over je moeder te praten. Dat was niet eerlijk. Niet tegenover haar nagedachtenis en niet tegenover jou.

Dit is wat ik weet: Je moeder hield van je. Ze hield ook van mij, hoewel er natuurlijk weleens wat was. Zo gaat dat nou eenmaal in een huwelijk. Vooral als 't twee mensen betreft die zelf nog kinderen waren, toen jij geboren werd. Maar ik geloof niet, en heb dat nooit geloofd, dat je moeder ons uit vrije wil in de steek liet. Iets of iemand heeft haar daartoe gedwongen. Lang heb ik gedacht dat ze zou terugkomen. Om die reden heb ik het huis aan de Snapdragon Circle aangehouden. Hoe zou ze ons anders moeten terugvinden? Vergeet niet dat er destijds nog geen sociale media waren, zelfs geen internet.

De jaren verstreken. En na verloop van tijd begon zelfs ik te wanhopen. Leith Hampton, mijn ouwe trouwe vriend, ondanks zijn poenige gedoe en op de klippen gelopen huwelijken, smeekte me om het zoeken te staken, nadat een privéspeurneus, aan wie ik een smak geld betaald had, met lege handen terugkwam. Dat advies heb ik toen maar opgevolgd. De speurneus was tenslotte aanbevolen door iemand die ik hoogachtte.

Dat veranderde toen Misty Rivers het huis huurde. Zij vertelde me dat het er weliswaar niet spookte, maar dat het huis bezeten werd door de geest van je moeder. Ik weet dat het wat vergezocht klinkt, maar een andere huurder had min of meer hetzelfde verhaal opgehangen.

Misty was ervan overtuigd dat je moeder vermoord was. Ze wilde me helpen de waarheid boven water te krijgen. Ik geef toe dat ik aanvankelijk nogal sceptisch was. Ik geloofde niet in geesten en helderziendheid, maar ik had me nooit verzoend met je moeders verdwijnen. Ik redeneerde; *baat 't het niet, 't schaadt ook niet.*

Dat laatste viel tegen. We waren nog maar nauwelijks begonnen toen ik bijna de dood vond tijdens een lunchpauze. We werkten aan een flatgebouw. Dat had nogal wat voeten in de aarde en we waren achtergeraakt op ons schema. Om verloren tijd goed te maken, nam een van ons alle bestellingen op om ze vervolgens door te bellen en te gaan halen bij het restaurant ertegenover. Die dag was ik aan de beurt. Ik stak de straat over naar de broodjeszaak toen een zandauto van ons bouwbedrijf door rood reed. Als een andere voetganger, een oudere man die me op het allerlaatste moment met zijn wandelstok terugtrok, me niet gered had, zat ik hier nu niet deze brief te schrijven.

Een week later ongeveer viel er weer iets voor. Die keer stond ik op het punt naar huis te gaan. Ik had mijn helm al afgedaan en liep net het gebouw uit, toen een popnageltang van de dertigste verdieping naar beneden kwam zeilen en me op een haartje miste. Als ik dat ding op m'n kop had gekregen, was ik op slag dood geweest.

Ik sloot mijn ogen voor een moment. Twee bijna-ongevallen op zijn werk, gevolgd door een ongelukkig bedrijfsongeval. Was dat toeval? Was er alleen maar sprake van een werkplek die niet voldeed aan de arboregels, of was hier opzet in het spel?

Ik wilde net verdergaan met lezen, toen de lokettist zijn hoofd om de hoek van de deur stak om te checken of alles naar wens was. Ik stelde hem gerust en zei dat ik klaar was. Ik liet het munt- en papiergeld in het kluisje, sloot 't af, stak de brief in zijn omslag en deed 'm in m'n tas. Tijd om naar huis te gaan. En met naar huis bedoelde ik Snapdragon Circle nummer 16.

———

Ik zette een pot Earl Grey, schonk een mok thee in en ging aan mijn bistrotafeltje zitten om verder te lezen. Ik vond algauw waar ik gebleven was.

> Ik wou dat ik je meer kon vertellen. Ik weet alleen dat de twee incidenten voorvielen *nadat* ik besloten had terug te verhuizen naar Marketville en het onderzoek naar je moeders vermissing zelf ter hand te nemen. Misty wou een seance houden. Ik zag daar niets in, maar ze is er goed in haar zin door te drijven. Afijn, op haar aanwijzingen bestelde ik een nepdoodskist en een kunstskelet uit een catalogus.
>
> Van Misty moest ik er een paar familiefoto's in leggen, dus koos ik er een paar uit het jaar vooraf aan je moeders verdwijnen en legde ze in de kist. Nu ik het zo neerschrijf, besef ik pas hoe belachelijk het moet overkomen. Maar ik was op een punt beland waarop ik bereid was *alles* te proberen. Het kwam zelfs bij me op om verdachten in de zaak bij de seance te betrekken en scherp te letten op hun gezichtsuitdrukking. Punt was alleen even, dat ik nog geen verdachten had.

Dat verklaarde het nepskelet op zolder. Ik vroeg me af

wanneer hij van plan was geweest me dit alles te vertellen. Ik kreeg meteen antwoord.

Ik wou je dit alles vertellen na de verhuizing. Ik wist niet goed hoe je zou reageren en – om eerlijk te zijn – ook niet hoe ik je moest uitleggen *waarom* ik me hiertoe heb laten verleiden. Ik kan alleen maar hopen dat je nog niet op zolder gekeken hebt. Ik moet er niet aan denken dat je de doodskist vindt zónder deze verklaring. Er zijn weinig mensen die afweten van mijn verhuisplannen. Leith natuurlijk en Misty Rivers. Ook de naaste buren, Ella Cole en Royce Ashford, weten ervan. Maar ik kan me niet voorstellen dat een van hen iets kwaads in de zin heeft.

Ik heb nog wel tijd gevonden om naar de bieb te gaan in Marketville om de krantenverslagen over je moeders vermissing destijds door te nemen. Hun archief was nogal onvolledig, maar ze hebben me doorverwezen naar de provinciale bibliotheek, die wel een volledig overzicht bewaart. Daar moet ik nog naar toe.

Mocht jij ernaartoe willen, dan wil ik je wel waarschuwen dat je misschien dingen over me te weten komt die je liever niet zou weten. Ook al ben ik nooit gearresteerd, toch scheen iedereen in Marketville, inclusief de agent belast met het onderzoek, ervan overtuigd, dat ik er meer van wist. Men geloofde dat ik je moeder vermoord had en het lichaam verduisterd. Ik heb m'n medewerking verleend aan het politieonderzoek, maar nam tegelijk het besluit naar Toronto te verhuizen. Ik wilde niet dat die geruchten jouw jeugd zouden vergallen.

Voor zover ik weet, ben ik nog steeds een verdachte. In ieder geval is de zaak nooit opgelost. Maar je zult van me willen aannemen, Calamity, dat ik geen haar van je moeder gekrenkt heb. Ik wilde alleen maar weten waar ze naartoe gegaan is en waarom. Mocht je erachter komen wie mijn dood zocht, dan denk ik dat je eveneens ontdekt wat er met mijn lieve Abigail gebeurd is. Ik weet dat er risico's aan zitten. Dus wees alsjeblieft heel erg op je hoede. Maar ik hoop dat je de waarheid ontdekt. Misschien kan je moeder dan de vrede vinden die ze verdient.

Heel veel liefs,
Pap

Ik herlas de brief diverse malen. Toen schonk ik me een stevig glas witte wijn in en bestelde een pikante kaaspizza met extra tomatensaus. Tijd voor wat lekkers en een plan de campagne.

———

IK ZETTE EEN BISTROSTOELTJE OP DE VERANDA. Ik zat net pizza te kauwen en wijn te slurpen, toen Chantelle uit haar werk kwam en me zag. Ik was zo van de kaart geweest vanwege de brief dat ik vergeten was verf te kopen. Ik vertelde het haar onomwonden, ook al schaamde ik me wel voor die omissie. Vooral omdat ze spontaan aangeboden had te helpen. En ik? Ik vergat domweg om de benodigde spullen te halen. Heel fraai!

Chantelle wimpelde mijn verontschuldigingen weg en vroeg of ik in orde was. Ik denk dat mijn eenmansorgie een vingerwijzing was. Of misschien was 't mijn glazige blik geweest en mijn met tomatensaus besmeurde tronie.

"Nee, hoor. Ik heb alleen een brief ontvangen die me nogal heeft aangegrepen." Ik kwam weer tot mezelf. "Mag ik je een glas wijn aanbieden? Ik zit hier maar in m'n eentje te drinken. Dat is *gefundenes Fressen* voor Ella Cole."

"Als ze over jou roddelt, roddelt ze tenminste niet over mij", lachte Chantelle. "Maar dat sla ik niet af, een glaasje wijn en een puntje pizza. Omdat je zo *aandringt*. Ik heb drie work-outs van elk een uur achter de rug. Zie ik daar chilipepertjes?"

Ik knikte. "Met extra saus. Een smeerboel, maar reuzelekker."

Chantelle volgde me naar binnen en nam het tweede bistrostoeltje voor haar rekening, terwijl ik wijn inschonk en een pizzapunt op een bord schoof. Zo gingen we weer naar buiten.

"Deze veranda is het enige perfecte aan dit huis", zei ik om maar wat te zeggen. "Ik zou eigenlijk een paar rieten stoelen moeten kopen of zoiets. Dat oogt wat uitnodigender."

"Dat is een goed idee. Maar de rest van het huis is ook perfect tegen de tijd dat je ermee klaar bent."

"Nogmaals mijn verontschuldigingen voor dat ik de verf niet gehaald heb. Ik ga er morgen meteen achteraan." Toen schoot me de provinciale bieb te binnen. "Of zaterdag."

"Als je tot zondag kunt wachten, dan ga ik met je mee. Dan is 't mijn vrije dag. Misschien vinden we ook nog een paar rieten stoelen. Ik zei toch dat ik dol op winkelen was. Bovendien heb ik een goed oog voor styling. Wat is de kleur van je beddensprei?"

"Eigenlijk ben ik toe aan een nieuwe. Die ik nu heb is nog ouder dan dit huis. En ik neem je aanbod om samen te gaan winkelen met graagte aan. Het is namelijk niet mijn sterkste punt."

"Perfect. Wat dacht je van elf uur? Dan kunnen we winkelen en eventueel nog een hapje gaan eten, als je daarvoor tijd hebt."

Het vooruitzicht van niet te hoeven koken zondag lachte me wel toe. "Afgesproken."

Ik vroeg me af of Chantelle nog zou vragen naar de brief, maar dat deed ze niet. 't Stelde me bijna teleur; ik had de behoefte iemand in vertrouwen te nemen.

Kon ik haar vertrouwen?

"Hoelang woon je hier al?"

Als de vraag haar verraste, liet ze dat niet blijken.

"In oktober tien jaar. Lance en ik kochten het toen we trouwden." Ze glimlachte zuur. "Fijne tijd."

"Ben je oorspronkelijk van hier?"

"Nee, man. Lance ook niet. We komen allebei uit Ottawa. Maar Lance kreeg een baan in Toronto, en dat was te duur voor ons. Zelfs Marketville konden we ons amper veroorloven. Eerst haatte ik 't hier. Maar alles went ... behalve een vent. Ik mis Ottawa nog wel, maar hier voel ik me nu thuis."

"Heb je mijn vader ooit ontmoet?"

Chantelle schudde van nee. "Ik zag hem een paar keer voorbijkomen, maar we hebben nooit met elkaar gepraat. Ik geloof dat Royce hem wel kende. Hoezo? Is dit een kruisverhoor?"

"Neem me niet kwalijk. Ik was gewoon nieuwsgierig."

"Oh, is dat 't? Niet erg, hoor. Ik kreeg alleen even het gevoel dat ik getest werd of zo." Ze nam me onderzoekend op. "Het is die brief, hè, of niet? Je wilt me over die brief vertellen, maar je weet nog niet of je me kunt vertrouwen of niet."

Ik wist niet dat ik zo'n open boek was. Of was Chantelle zo scherpzinnig?

"Ik wil er gewoon met iemand over kunnen praten," zei ik, "maar nu nog niet."

"Wanneer je zover bent, ben ik zover om naar je te luisteren."

We genoten zwijgend van elkanders gezelschap, terwijl we van onze wijn nipten en aten. Ik wilde eigenlijk nog wat meer weten over haar stamboomonderzoekswerk, maat dit leek me niet het juiste moment daarvoor. Na een kwartier van aangename stilte stond Chantelle op, zei *Tot zondag!* en stak de straat over.

Ik hoorde een raam dichtgaan bij de buren. Ella Cole had meegeluisterd ... naar de stilte.

20

IK WERD 'S OCHTENDS WAKKER VAN GELUID VAN VOETSTAPPEN
BOVEN. Ik schrok me wezenloos, totdat ik me herinnerde dat
Royce die vrijdag uitgekozen had om het dak te laten
repareren. Toen ik van de schrik bekomen was, klom ik uit
bed en kleedde me aan.

Het eerste wat ik deed na het ontbijt, was vanuit de tuin
een schreeuwgesprekje voeren met de dakdekkers. Ik ging
weer naar binnen om mijn weekrapportage te schrijven.

Aan: Leith Hampton
   Van: Callie Barnstable
   Onderwerp: Weekverslag nummer 2

Twee buren ontmoet. Ella Cole en Chantelle Marchand.
Ella en haar inmiddels overleden Eddie waren vrienden van
mijn ouders. Ella verschafte me een beetje meer inzicht in
mijn moeders verdwijning. Dat mijn moeder me op 14
februari 1986 naar school bracht en voorgoed verdween.
Ella denkt dat de politie mijn vader verdacht, maar niets
kon bewijzen. Ik denk dat Ella me nog meer kan vertellen,
dus ik wil haar te vriend houden. Chantelle woonde hier

destijds nog niet. Het sleuteltje was inderdaad van het kluisje. Er zaten wat munten en Amerikaanse bankbiljetten in.

Ook heb ik Jessica Tamarand kunnen achterhalen. Jessica heet nu Randi en werkt als tarotkaartenlegger in Zon, Maan & Sterren, een trendy shop in Marketville. Ik bezocht haar dinsdag. Ze herinnerde zich mijn moeders vermissing omdat haar familie hier net was komen wonen en dat toen *het* gesprek van de dag was. Maar zijzelf was toen nog een tiener. Dus ze wist verder niets.

Ik liet een paar dingetjes onvermeld, zoals de vondst van de tarotkaarten alsook de brief van mijn vader. Maar dat rekende ik tot privézaken die hem niets aangingen. Mocht 't later nodig blijken voor het leggen van de hele puzzel, dan was het vroeg genoeg hem erover in te lichten. Tevreden met mezelf dat ik dit verplichte nummertje voltooid had, klikte ik op Verzenden en logde uit. Het was tijd om naar de provinciale bieb te gaan. Het was maar te hopen dat er niemand door het dak zou zakken en op zolder belanden. Want dan had ik heel wat uit te leggen.

De bibliotheek bevond zich ten zuiden van Marketville. Het bleek een enorm gebouw van vier verdiepingen. De bieb bediende de hele provincie Cedar County. Ze kon zich beroemen op de grootste verzameling, boeken, tijdschriften, digitale edities en archiefmateriaal in de regio. Bij de balie schreef ik me in voor een bibliotheekkaart en stevende toen af op de informatiebalie op dezelfde vloer. Ik probeerde zo min mogelijk lawaai te maken met mijn hakken op de tegelvloer. "Waar vind ik het dagbladenarchief?"

"Welke jaargang?" luidde de wedervraag.

"Negentienhonderdzesentachtig."

"Dat is op de derde verdieping. Vraag daar naar Shirley om u verder te helpen. Zij gaat over de archieven. Ik denk dat alles uit die tijd nog op microfiche staat."

Ik had geen benul wat microfiche betekende, maar glimlachte begrijpend. Ik nam de trap, een wenteltrap met veel glas en staal. Op de derde bevonden zich tijdschriften langs de wanden, ontelbare planken vol met boeken en een stuk of wat zwartmetalen archiefkasten. In het midden stonden ettelijke lange tafels met stoelen eromheen. Sommige tafels bevatten computers, waarvan enkele beeldschermen nogal verouderd waren. Twee tafels waren bezet met apparaten die wel iets weghadden van overheadprojectors. Er zaten wat mensen in tijdschriften te bladeren en ook enkelen achter een pc, maar niemand scheen interesse te hebben voor die projectors.

De bibliothecaris van dienst zat achterin achter een balie. Ze zat te werken op haar pc, toen ik me bij haar meldde. Ze keek op en schoof haar zwartgerande leesbril op haar voorhoofd. Ik nam aan dat het Shirley was, hoofd Archieven.

"Waarmee mag ik u van dienst zijn?"

"De dame van de infobalie beneden vertelde me dat ene Shirley me kon helpen. Ik zoek het archief van de *Marketville Post*, jaargang 1986." Ik gaf haar mijn bibliotheekkaart. Ze keek ernaar, scande de kaart en gaf haar terug.

"Ik ben Shirley", zei ze en wees op het naamplaatje bovenop de balie. "Die jaargang staat op microfiche."

"Ik weet niet wat dat is."

Ze glimlachte meewarig. "Ik schat dat u nog te jong was toen microfiches de hype waren. U kunt zich de fax misschien niet eens herinneren. Laat staan de telex."

Bij de bank maakten we soms nog gebruik van faxapparaten. Maar telex? Wat was dat in hemelsnaam? Mijn verwarde uitdrukking bevestigde haar in haar veronderstelling.

"Geeft niks, hoor," lachte Shirley, "het zegt meer over mijn leeftijd dan over de uwe. Microfiche was een manier om documenten te verfilmen. De film is een soort dia die je uitleest op een apparaat. Dat zijn die dingen die eruitzien als een overheadprojector. Daarmee blaast u alle documentjes die er op zo'n dia staan op tot leesbare grootte op het scherm. Verouderde technologie natuurlijk, maar indertijd heel innovatief. Ze bespaarde veel archiefruimte."

"Is 't moeilijk?" De apparaten leken uit de vorige eeuw te stammen. Wat op de keper beschouwd ook zo was.

"Nee, hoor. Het document dat u zoekt kunt u zelfs uitprinten. De prints zijn een dubbeltje per stuk. Een dollar voor een omslag om de prints in te bewaren. Laten we de sectie opzoeken die u moet hebben, dan laat ik u zien hoe 't moet. "

De microfiches voor de jaren 1980 pasten in een paar laden van zo'n zwarte kast.

"Ze zijn gerangschikt op datum en naam", zei Shirley, wijzend op de ruitertjes. "Weet u de naam van de publicatie? Of de exacte datum?"

Ik had me voorgenomen te beginnen met de *Marketville Post* van 13 februari 1986, de dag *vooraf* aan mijn moeders vermissing. Daar zou vermoedelijk niets opmerkelijks in staan, maar even checken kon geen kwaad. Wie weet, stond er iets in wat een en ander getriggerd had.

Shirley trok de microfiche uit de kast en drukte me op 't hart die niet terug te stoppen. "Als dat niet goed gebeurt, is de volgende persoon de pineut." Ik beloofde het, ook al moest ik inwendig grinniken dat ik niet in staat geacht werd iets op naam en datum te archiveren.

Daarna liet Shirley me zien hoe het apparaat werkte. Erg eenvoudig allemaal. Maar wat moest het een afschuwelijke klus geweest zijn voor iemand om al die oude rommel te verfilmen. Zelf had ik eens een stuk of wat artikelen over bankfraude naar Pdf-formaat moeten omzetten. Wat een vreselijk geestdodend werk was dat toen geweest!

Een vlugge blik leverde niet meteen een aanknopingspunt

op, maar het gaf wel een kijkje in een veel kleinere gemeenschap dan het Marketville van vandaag. Er stonden wel wervings- en overlijdensadvertenties in het blaadje, maar vooral veel foto's van dorpelingen doende met hun dorpse beslommeringen. Dik ingepakte kinderen die sleetjerijden speelden in de sneeuw en ouders die met een stijf bevroren glimlach toekeken. Puisterige adolescenten die optraden bij het Sadie Hawkins Schoolbal, een paar surveillanten in een hoekje die een oogje in het zeil hielden en tevergeefs hun best deden er niet al te verveeld uit te zien. Een artikel van wel twee pagina's over het plaatselijke hockeyteam, compleet met statistieken van reeds gespeelde wedstrijden.

Ik bekeek de foto's stuk voor stuk en las de namen. Geen enkele kwam me bekend voor. Het bracht me wel op het idee dat er mogelijkerwijs ook een artikel gewijd was aan de esdoorn die mijn moeder plantte op Canada Day in 1984. Ik deed de microfiche in de daarvoor bestemde bak en ging terug naar de archiefkast. Ik kon kiezen tussen 28 juli en 5 juli. Ik koos voor 5 juli, omdat de boom geplant was op de eerste van de maand.

Ik werd niet teleurgesteld. Op de voorpagina prijkte een foto van mijn moeder, haar lange blonde haar in een paardenstaart en een modderveeg op haar trots lachende gezicht. Ze droeg tuinhandschoenen, een afgeknipte spijkerbroek, een rood T-shirt met het nationale esdoornblad in een spadeblad en bergschoenen. Het bijschrift luidde: Inwoner Abigail Barnstable leidt het Marketville Canada Day bomenplantinitiatief bij de lagere school in Marketville.

Er stond een klein stukje bij de foto, geschreven door ene G.G. Pietrangelo, waarin mijn moeder een paar keer geciteerd werd over het belang van vrijwilligerswerk en gemeenschapszin. Ik begreep dat er diverse bomenplantinitiatieven ontplooid werden verspreid over Marketville, alle georganiseerd door mijn moeder. Het stukje eindigde met *Meer foto's op pagina 8.*

Ik deed de printer aan. Als beloofd stond er een hele collage foto's op pagina 8, ook alle op naam van G.G. Pietrangelo. Helaas hadden ze geen bijschriften. Ik schreef de naam op, ook al had ik nog geen idee wat ik hem of haar zou moeten vragen of vertellen, aangenomen dat ik hem of haar zou kunnen achterhalen na al die jaren. Toen bekeek ik de foto's nauwlettender. De beelden waren korrelig, de printkwaliteit liet ook te wensen over. Maar ik kon de gezichten onderscheiden. In een groepje van een tiental breed grijnzende vrijwilligers, allen gehuld in dezelfde rode T-shirts met het esdoornblad, stonden mijn vader en moeder vooraan. Hij zag er ontspannen en gelukkig uit. Allebei eigenlijk. Maar er was nog een gezicht dat me opviel. Van een man met blond haar, serieuze bruine ogen en een wilskrachtige, licht geheven kin. Het was de man van het medaillon – Reid – die daar stond op de tweede rij, vlak achter mijn moeder.

Weer bekroop mij dat gevoel dat ik 'm ergens van kende. *Had* ik die man ontmoet? En, zo ja, wanneer? Of ik 'm kende of niet, duidelijk was dat mijn vader hem wel gekend had. Zouden ze vrienden geweest zijn?

Was de verhouding toen al gaande, in 1984? Had mijn vader op Reid gedoeld toen hij schreef dat "er natuurlijk weleens wat was"? Wie weet? Wie weet had mijn moeder geprobeerd er een punt achter te zetten? Dat zou de foto's kunnen verklaren die in 1985 waren genomen onder de in 1984 geplante esdoorn. Ze waren toen gelukkig geweest; dat wist ik nu zeker.

Het medaillon stamde van 14 januari 1986. Ella Cole had verteld dat mijn moeder zichtbaar niet haarzelf was geweest op haar verjaardag in december 1985. Had de verhouding een doorstart gemaakt? Of was het omdat Reid geen "nee" geaccepteerd had? Ik moest denken aan de tarotkaarten. Randi geloofde dat ze een letterlijke betekenis hadden moeten overbrengen. Kon Reid ze gestuurd hebben? Als hij 't niet geweest was, wie dan wel?

Ik masseerde mijn slapen. Er waren zo veel onbeantwoorde vragen, zo veel alternatieve mogelijkheden. Ik raapte de printjes bij elkaar en stopte ze in de map die Shirley gegeven had. Vervolgens legde ik de microfiche in de daarvoor bestemde bak. Ik besefte dat ik de rest van 1984 plus heel 1985 en 1986 nog voor de boeg had. De gedachte alleen al was ontmoedigend. Hoeveel tijd ging dat niet in beslag nemen? Even heel diep ademhalen. En maar weer op weg naar de archiefkast.

———

DE REST VAN DE EDITIES VAN DE *MARKETVILLE POST* IN 1984 BLEKEN één GROTE TIJDVERSPILLING. Ik liet me achterovervallen tegen de rugleuning van mijn stoel en probeerde mijn nek en schouders met draaiende bewegingen uit hun verkrampte stand te bevrijden. Ik zat al bijna de hele morgen achter dat microficheapparaat. Ik was stijf geworden en had honger. Ik was toe aan een pauze voordat ik 1985 bij de lurven pakte. Ik had al besloten dat 1986 kon wachten tot na het weekend bij de ouders van Royce. Want om over je eigen vader te lezen als moordverdachte, moest je stevig in je schoenen staan. Ik zei tegen Shirley dat ik met een uurtje terug zou zijn. Ik betaalde alvast voor de gemaakte printjes en de opbergmap, en nam de wenteltrap naar beneden.

Er was een cafetaria op de benedenverdieping van de bieb waar ook muffins, tosti's en met eier- of tonijnsalade belegde broodjes te krijgen waren. Je kon er kiezen uit diverse koffie- en theesoorten. Ik bestelde een grote kop pepermuntthee en een kaastosti – die al van tevoren belegde broodjes vertrouwde ik nooit zo – en ging zitten aan een kleine ronde tafel. Om me een houding te geven haalde ik mijn lippenbalsem tevoorschijn en verloor me in het ritueel.

Toen mijn thee en mijn tosti gearriveerd waren, bestudeerde ik onder het eten de foto's en de bijdrage die ik uitgeprint had. Niemand op de foto's kwam me bekend voor. Allicht kon ik Royce vragen of hij iemand kende, ofschoon hij in 1984 acht was. Dus die kans was erg klein. Bovendien wist hij dan meteen dat ik op onderzoek uit geweest was. Wat meer over je moeder willen weten was nog even wat anders dan diepgaand in archieven gaan lopen graven. Hij moest niet gaan denken dat ik erdoor geobsedeerd was. Ik was er nog niet aan toe om 'm al te vertellen over het codicil bij mijn vaders testament.

Ella Cole kon ik natuurlijk vragen, maar ik moest er niet aan denken wat zij allemaal ging lopen rondvertellen. Misschien kon ik 't brengen als een poging om wat meer over mijn verleden te weten te komen in plaats van om het mysterie rond mijn moeders vermissing op te lossen. Daar kon ik nog even over nadenken. Ik was uitgegeten en ging op weg naar de derde verdieping om 1985 aan te vallen.

Even leek 't erop dat 1985 evenveel ging opleveren als de tweede helft van 1984 – niets. Maar in de editie van 15 mei vond ik opnieuw een foto van mijn moeder, te midden van blikken tomaten. En opnieuw had ze de voorpagina gehaald. Het begeleidende artikeltje loofde haar vrijwilligerswerk, ditmaal omdat ze de eerste lokale voedselbank gesticht had.

"Honger is niet voorbehouden aan grote steden zoals Toronto", zo wordt ze geciteerd. "In Marketville zijn er ook gezinnen die niet rond kunnen komen. Iedereen kan helpen door niet-bederfelijke etenswaar mee te brengen naar onze viering van Canada Day op 1 juli. Potten pindakaas, blikken vis, bonen, groenten en soep, pakken babyvoeding en ontbijtvlokken, zoals havermout en Brinta, en pakken vruchtensap zijn vooral welkom. Laten we de planken van onze voedselbank vullen!"

Ik voelde hete tranen opkomen. Mijn moeder mocht dan een verhouding gehad hebben, maar ze was beslist geen slecht mens.

Ze gaf om anderen.

Ik nam de rest van het krantje door. Ik kwam verder niets opvallends tegen. Volgende edities leverden ook niets op. Tot die van 4 juli. De voorpagina toonde een foto van het vuurwerk op Canada Day. Het bijschrift luidde:

Canada Day werd besloten met een groot vuurwerk bij het raadhuis. De festiviteiten overdag omvatten gezichtsbeschildering voor kinderen, voedselinzameling voor de nieuwe voedselbank in Marketville en een braderie. Sfeerfoto's op pagina's 15 en 16.

Ik ging vliegensvlug door de oninteressante pagina's en stopte bij middenpagina 15/16. Mijn moeder stond op een van de foto's, omringd door niet-bederfelijke etenswaar. Mijn vader stond naast haar. Geen foto's van Reid, wat nog niet hoefde te betekenen dat hij er niet was.

Ik maakte printjes, gooide de microfiche in de bak en ging terug naar de archiefkast. Tegen de tijd dat ik aanlandde bij de editie van 12 december, zat ik met rode oogjes en brulden mijn nek en schouders om ontspanning. Maar mijn doorzettingsvermogen werd beloond met weer een foto van mijn moeder op de voorpagina. Die keer ging het om voedselinzameling voor de feestdagen. Misschien lag 't aan mij, maar ze leek magerder geworden. Haar glimlach was vermoeid. Ik las het artikel:

"Ik weet dat er veel goede doelen en inzamelingsacties zijn in deze tijd van het jaar," zei Abigail Barnstable, "die geld kosten – en dan heb ik het niet eens over de uitgaven voor het eigen gezin – maar we hopen dat medeburgers 't in de goedheid van hun hart kunnen vinden een houdbaar product af te geven bij de brandweer of de voedselbank. We gaan de winter in, het getijde waarin velen binnen moeten blijven. Laten we er samen voor zorgen dat er ook wat te eten is!"

Mijn moeder stond vooraan. Maar er waren nog andere vrijwilligers zichtbaar op de foto. Een man met een dichte baard, een sikkelvormig litteken boven zijn linkerwenkbrauw, en twee vrouwen, eentje met kromme rug en bruin haar en een slanke roodharige. De kromme kwam me vaag bekend voor. En dan had je nog Reid. Geheid Reid.

Ik probeerde de kromme vrouw thuis te brengen. Er was iets in haar houding ... maar ook in haar gitzwarte en sluwe blik.

Toen had ik 't. Ze was weliswaar ruim dertig jaar jonger en heel wat pondjes lichter, en haar haren in jaren '80 afrostijl bruin in plaats van platinablond, maar 't was onmiskenbaar ... Misty Rivers.

Het plotselinge besef dat Misty mijn moeder kende, doch dat voor zich gehouden had tegenover mijn vader, riep meer vragen dan antwoorden op. Wat wist Misty Rivers werkelijk? Waarom had ze het huis aan Snapdragon Circle gehuurd? En wist Leith wat af van de connectie? Wilde ze de waarheid ontdekken of juist voorkomen dat die boven water kwam?

Randi had me gezegd dat ik erg voorzichtig moest zijn. Ik had het gevoel dat ik dubbel voorzichtig moest zijn waar het Misty Rivers betrof.

21

Ik besloot dat het microficheonderzoek eerst afgerond moest zijn, vóór ik de confrontatie met Misty zou zoeken. Het zou maar zo kunnen dat ik nog meer tegenkwam. Het betekende dat ik moest beginnen in maart 1979, toen m'n ouders hier domicilie kozen, door tot december 1986. We waren weliswaar in september al naar Toronto verhuisd, maar het kon geen kwaad een paar maanden extra te nemen. De omvang van de klus was afschrikwekkend. De *Post* verscheen tweeënvijftig keer per jaar. Dat betekende dat ik ruim 400 edities moest doornemen.

Ik stond op het punt terug te gaan naar 1979 – vooral omdat ik me nog niet klaar voelde om over mijn moeders vermissing te lezen – toen 't in me opkwam dat de baardman op de foto van de voedselbank mogelijk ook optrad in de bomenplantfoto op Canada Day 1984. Ik haalde de print uit de opbergmap en scande de fotocollage. Ja hoor, daar stond hij, op de achterste rij. Geheid dezelfde, want het litteken verried hem. Wie hij was, bleef een raadsel.

Ik deponeerde de microfiche in de bak, rekte me uit en vond dat het voor vandaag genoeg geweest was. Morgen was er weer een dag.

Shirley, hoofd archiefzaken van de bibliotheek, zat weer op haar post. Ze glimlachte vriendelijk toen ze me zag, en zwaaide even. Ik beantwoordde glimlach en gebaar en vroeg me af of ze me zou kunnen helpen. Ik ging naar haar toe. "Shirley, ik weet niet of de regels 't toelaten, maar zou u me kunnen helpen bij mijn onderzoek? Ik moet alle edities van 1979 tot 1986 door. Ik heb 1984 en 1985 al doorgenomen, maar in dit tempo kan ik hier beter komen inwonen. Ik zou heel goed wat hulp kunnen gebruiken."

Shirley keek zuinig en scande de omgeving. Er zat een handjevol mensen achter pc's, maar niemand scheen aandacht aan ons te schenken. Na enig nadenken zei ze: "Over 10 minuten neem ik pauze. We kunnen in het cafetaria praten. Als je me daar treft en me vertelt wat je zoekt, zal ik kijken wat ik kan doen."

Het was drukker in het cafetaria dan op vrijdag het geval was geweest, maar we vonden een vrij tafeltje. Ik haalde voor Shirley een cafeïnevrije koffie met extra suiker en een kop thee voor mezelf. Toen ik haar vertelde dat ik op zoek was naar elke vermelding van mijn moeder, Abigail of Abby Barnstable, of van mijn vader, James of Jim Barnstable, was ik zelf verbaasd over de emotie in mijn stem.

"Waarom zoek je naar ze?"

Een simpele vraag. Eén die een eerlijk antwoord verdiende, aangezien ik haar hulp zocht. "Mijn moeder verdween toen ik zes was. Op Valentijnsdag 1986. Ik heb begrepen dat mijn vader verdacht werd van betrokkenheid, ofschoon er nooit iets kon worden bewezen en hij vrijuit ging. Hij is onlangs om het leven gekomen bij een bedrijfsongeval. Ik erfde zijn huis in Marketville en ben er vorige week ingetrokken. Ik zou graag weten wat er destijds is gebeurd of in ieder geval wat meer te weten komen over mijn moeder.

Niet alleen over haar vermissing, maar over alles. Ik vrees dat ik me bitter weinig van haar kan herinneren."

"Arme schat", zei Shirley invoelend. "Ik weet me nog wel iets van de zaak te herinneren, maar niet tot in detail. Het was groot nieuws destijds." Ze leunde achterover en sloot haar ogen. "Ik meen dat er toen zelfs een Vermist-poster aangeplakt hing op de begane grond. Ik weet nog dat er een beloning uitgeloofd werd. Die poster hangt er niet meer, maar – wie weet? – is hij nog te vinden in het archief in de kelder. De gekste dingen worden soms bewaard."

Ik zag niet in wat dat aanplakbiljet zou bijdragen aan mijn onderzoek, maar ik was bereid om alles een kans te geven. "Denkt u dat ik daar een kijkje mag nemen, in dat archief?"

"Houd alsjeblieft op met dat ge-u. Dan voel ik me zo oud. Maar het antwoord is nee. Uitsluitend personeel heeft daar toegang." Shirley keek naar haar lichte jeans en witte blouse. "Vandaag ben ik er niet op gekleed, maar ik zal er volgende week een kijkje gaan nemen."

"Dankjewel." Ik wilde mijn hand niet overspelen maar … "Denk je dat je ook een handje kunt helpen met de microfiches?"

"Dat wordt moeilijker. Officieel mag ik je alleen de juiste vindplaats wijzen."

"Ik snap 't." Ik deed mijn best om mijn teleurstelling niet te laten doorklinken.

"Ik zeg niet dat ik je niet *ga* helpen, Calamity," glimlachte Shirley schalks. "Ik zeg alleen dat ik niet *geacht* word dat te doen. Eind deze maand ga ik met pensioen na dertig jaar dienst. Wat kunnen ze doen? Me ontslaan?" Ik zag door de vingers dat ze me Calamity had genoemd.

"Dus je wilt me helpen?"

"Echt wel." Shirley keek op haar horloge. "Mijn pauze is bijna voorbij. Ik moet gaan."

Alleen al de belofte van hulp gaf me nieuwe energie. Ik

bedankte Shirley hartelijk en vloog met twee treden tegelijk de trap weer op.

———

SHIRLEY HIELD WOORD. Ze vond een student bereid om haar werk aan de balie voor haar waar te nemen en nam toen plaats achter het microficheapparaat naast dat van mij.

"Dit zijn de mensen over wie ik graag wat meer zou weten", vertelde ik haar, terwijl ik haar de geprinte foto's liet zien en een jeugdige Misty Rivers aanwees, mijn moeder, mijn vader, Reid en de onbekende baardman. "Als je ze ziet, geef me dan een seintje."

Shirley nam de vroege jaren voor haar rekening, 1979 tot en met 1983. En ik nam 1986, het jaar waarin mijn moeder verdween.

We werkten zij aan zij, elk gefocust op de eigen taak. Af en toe wierp ik een blik opzij. Dan schudde ze haar hoofd. Ze zat in 1979 en had nog niets gevonden. Aangezien mijn moeder in dat jaar in verwachting was van mij, keek ik daar niet echt van op. Verhuisd, pas getrouwd, zwanger; vrijwilligerswerk zou niet echt met stip genoteerd zijn op haar prioriteitenlijstje.

Tot nu toe had ik zelf ook niet veel geluk in 1986. In januari noppes. In de eerste weken van februari ook niet. Pas op 20 februari zag ik het eerste verhaal in de *Marketville Post*. Hetgeen eigenlijk wel logisch was. Valentijnsdag was in de week daarvoor gevallen, op vrijdag, en de krant verscheen alleen op donderdag. De zaak haalde de voorpagina, ook al ontbraken er nog veel details. De bomenplantfoto van haar op Canada Day was bijgesneden en uitvergroot, om haar gezicht beter in beeld te brengen. Maar ik zag duidelijk dat het om dezelfde foto ging. Ik las:

GELIEFDE VRIJWILLIGSTER MARKETVILLE VERMIST

Abigail Barnstable, bekend in Marketville om haar werk voor de voedselbank en ander vrijwilligerswerk, werd voor het laatst gezien op vrijdag 14 februari. Haar echtgenoot, James (Jim) Barnstable looft een beloning uit voor informatie die leidt tot haar opsporing. Abigail en Jim hebben een dochtertje van zes, Callie.

"Abby zou haar dochter nooit eigener beweging verlaten", zei een ongeruste Jim Barnstable. "Ik vrees dat ze ten prooi gevallen is aan een misdrijf, mogelijk een ontvoering."

Volgens de politie van Marketville is er geen vraag om losgeld ontvangen. Gelieve alle mogelijke aanwijzingen te richten aan inspecteur Ramsay tel. 555-853-5763, toestel 241.

Ik printte de pagina uit en onderstreepte het telefoonnummer. Toen toonde ik het printje aan Shirley en wees op de naam. Ze nam het aandachtig in zich op en schudde van nee.

"Sorry."

Dat hoefde haar echt niet te spijten, want ik had er niet op gerekend dat een bibliothecaris een politieman kende. Hij was mogelijk al met pensioen. Toch was 't weer een aanknopingspunt. Ik zou contact zoeken met politieagent Arbutus. Wellicht dat zij 'm kende.

De editie van de daaropvolgende donderdag bracht meer nieuws, onder de kop *Marketville Moeder nog steeds vermist*. Nu stond er een andere foto bij, vermoedelijk geleverd door mijn vader. Haar blonde haar hing los tot op haar schouders. Er speelde een glimlach om haar lippen. Ik stond versteld van de gelijkenis met De Keizerin op de tarotkaart.

Er stonden vraaggesprekjes bij met mijn vader, met inspecteur Ramsay, met Ella en haar Eddie, en met Kaatje Lonergan, die volgens Ella de roddel was die olie op het vuur had gegooid, als het ging om verdenkingen tegen mijn vader. Ik printte het uit, herlas het verhaal en maakte aantekeningen.

Twee weken na haar verdwijning op Valentijnsdag is onze beminde stichtster en vrijwilligster van de Marketvillevoedselbank Abigail Barnstable nog steeds niet gevonden. Ondanks verwoede pogingen van de politie in Marketville onder leiding van inspecteur Rutger Ramsay zijn er geen aanknopingspunten gevonden, noch aanwijzingen voor een misdrijf. Abigails echtgenoot James (Jim) Barnstable houdt vol dat ze een goed huwelijk hadden en dat zijn vrouw nimmer uit eigen beweging haar dochter zou verlaten.

"Abigail en ik hebben een goed huwelijk," zei Barnstable, "met de gebruikelijke ups en downs, zoals in ieder goed huwelijk. We houden zielsveel van elkaar en van onze dochter. Abigail zou ons beiden nooit verlaten zonder ook maar enige uitleg te geven. Ik smeek eenieder die ook maar iets weet, hoe gering dat ook lijkt, contact te zoeken met de politie. Ik bied een beloning van $3000. Ik zou meer uitloven, als ik meer had."

Ik vroeg me af wat drieduizend dollar in 1986 vandaag de dag waard zou zijn. Het was me ook opgevallen dat mijn vader de tegenwoordige tijd gebruikte, "We houden van elkaar" in plaats van "We hielden van elkaar". Ik las verder.

Abigail Barnstable is voor het laatst gezien, toen ze haar zes jaar oude dochter Callie naar school bracht. Callies onderwijzer en het schoolhoofd hebben beiden bevestigd dat ze op school was, maar dat haar moeder haar niet ophaalde, zoals gewoonlijk.

"Ze moesten een tweede contactpersoon bellen, een buurvrouw", zei een schoolwoordvoerder. De school weigerde verder commentaar, zich beroepend op de vertrouwelijkheid tussen ouders en onderwijs. De *Post* ontdekte dat de buurvrouw in kwestie Ella Cole is. In een exclusief interview met de *Post* verklaarde mw. Cole dat Abigail en haar dochter die ochtend op weg naar school bij haar aan de deur waren geweest om een door Callie gemaakte Valentijnskaart af te geven. Dat was de laatste keer dat ze Abigail Barnstable zag.

"Natuurlijk ging ik het arme kind meteen van school halen," verklaarde mw. Cole, "toen ik het telefoontje kreeg. Daarna heb ik haar bij me gehouden totdat Jimmy [James Barnstable] uit zijn werk kwam. Hij was helemaal overstuur. We zijn samen huis en tuin doorgegaan om haar te zoeken. Daarna is Jimmy in de buurt gaan rondrijden. Misschien dacht hij dat ze verdwaald kon zijn of zo. Maar ook dat leverde niets op. Het was alsof Abigail Barnstable in rook was opgegaan."

Kaatje Lonergan verschilt van mening met mw. Cole. Ze beweert dat de Barnstables een ongelukkig huwelijk hadden. Op de vraag of ze daar bewijs voor had, verklaarde mw. Lonergan dat ze de politie verteld had wat ze wist. Verder wilde ze er niets over zeggen. "Ik wil niet voor roddelaarster versleten worden", gaf ze als verklaring hiervoor.

Natuurlijk niet, dacht ik bij mezelf. Wel erg gemakkelijk om dat te zeggen als het kwaad al geschied is. Ik vroeg me af of die andere dame op de voedselbankfoto Kaatje Lonergan was. Dat leek me niet onwaarschijnlijk en het zou weer een stukje in de legpuzzel zijn. Ik moest haar hoe dan ook zien te vinden om haar aan de tand te voelen. Ik ging verder met lezen.

Inspecteur Ramsay wees erop dat Abigail niets van haar spullen had meegenomen. "We weten het niet zeker," zo verklaarde hij, "maar dhr. Barnstable beweert dat er niets weg is."

Daar had je 't al, het eerste spoor van verdenking. *We weten het niet zeker, maar dhr. Barnstable beweert …*

Het artikel verviel verder in herhalingen en verwijzingen naar vorige krantenberichten over haar vrijwilligerswerk. Ik borg de afdruk in de map, leunde achterover in mijn stoel en probeerde de spanning in rug en nek te verlichten. Ik wierp een terloopse blik op de stapel microfiches die Shirley doorgenomen had. Ze zag 't en schudde van nee. Niks.

Ik stond op en haalde de microfiche van maart. Die maand bleek een herhaling van zetten en het verhaal verdween naar pagina drie, toen naar pagina zes en vervolgens helemaal. Tot aan midden augustus, toen er een artikel verscheen van de hand van G.G. Pietrangelo onder de titel *Echtgenoot van vermiste inwoonster Marketville kiest eieren voor zijn geld.* Geen foto ditmaal. Het verhaal zelf stak bleekjes af bij de nogal suggestieve titel:

James Barnstable en zijn zes jaar oude dochtertje Callie gaan Marketville verlaten om een nieuw leven te beginnen. Barnstables vrouw Abigail, een geziene voedselbankvrijwilligster, is vermist sinds februari. Het politieonderzoek loopt nog, maar heeft tot nu toe niets opgeleverd.

"Het huis is geen thuis meer zonder Abigail," vertrouwde een emotionele heer Barnstable de *Post* in een exclusief interview toe, "en ik wil voorkomen dat Callie het voorwerp wordt van medelijden of van spot. Hoezeer we ook verknocht zijn aan dit stadje, het is tijd voor een nieuwe start op een plek waar niemand ons kent."

Ik was bezig het verhaal af te drukken, toen Shirley me aanstootte. "Ik ben erdoorheen," fluisterde ze, "en dit is alles wat ik heb gevonden."

Ze gaf me een microfiche van 15 december 1983. VRIJWILLIGERS VAN MARKETVILLE GEËERD TIJDENS

PRIJSUITREIKINGSDINER. Opnieuw waren bijschrift en foto van de hand van G.G. Pietrangelo. De foto toonde diverse mannen en vrouwen van verschillende leeftijden, opgesteld in vier rijen. Mijn moeder stond op de tweede rij en de man die ik nu herkende als Reid, stond op de achterste. Ik zag geen Misty Rivers of baardman. Ik zag wel de vrouw van wie ik vermoedde dat het Kaatje Lonergan was. Het bijschrift luidde: *Terrance Thatcher verwelkomt lokale vrijwilligers.* Geen namen. Het betekende dat ik ernaar moest raden wie Terrance Thatcher was.

Het commentaar was kort, in feite een opsomming van alle vrijwilligersactiviteiten, van Leesbibliotheekvrienden via Voedselbank tot Parkenschoonmaakdag. Het sloot af met een woord van dank aan het plaatselijke restaurant Thatcher House en de houder Terrance "Terry" Thatcher, die het banket zo belangeloos verzorgd had.

"Als middenstander wil ik blijk geven van mijn waardering voor de vrijwilligers die ons stadje groot maken", zei Thatcher.

Ik herinnerde me dat Ella het eethuis genoemd had. Ze had gezegd dat het gesloten was door de opkomst van restaurantketens. Maar Terrance "Terry" Thatcher was er misschien nog. Ik maakte een afdruk en deed die in de map. Die was al aardig gegroeid vergeleken met vanmorgen, maar ik kon niet zeggen dat ik heel veel wijzer geworden was. Afijn, beter iets dan niets.

Ik stond moeizaam op van mijn stoel vanwege mijn stijve ledematen en bedankte Shirley omstandig voor haar tijd en hulp. Ze deed me uitgeleide tot de trap en beloofde me dat ze in het kelderarchief nog naar het Vermist-biljet zou zoeken zodra ze daartoe kans zag.

"Ik zal ook nog enkele andere bladen doornemen," zei ze, "op edities in februari en maart 1986. Ik denk niet dat het meer zal opleveren dan de *Marketville Post*, maar je weet maar nooit."

"Ik kan je niet genoeg bedanken."

"Onzin. Voor het eerst in jaren had ik het gevoel dat ik deed waarvoor ik betaald word."

22

Na een hele dag achter dat microficheapparaat was ik wel toe aan een verzetje. Lange tijd had mijn zondagmorgenritueel bestaan uit ontbijt met een eitje en het van A tot Z doornemen van de amusementsbijlage van de *Toronto Sun*, met name Liz Brauns ironische – ja, vaak zelfs bijtende – kijk op de jetset van de kunstwereld.

Ik schoot een paar pluizige suikerspinroze slippers aan en flipflopte over de oprit naar de straatkant om de krant op te halen. In Toronto kwamen ze keurig in de bus, maar in Marketville werden ze in plastic verpakt vanuit een langzaam rijdende bestelauto op het erf gemieterd.

Ik bukte me om mijn exemplaar op te rapen, toen ik vanuit een ooghoek Ella Cole hetzelfde zag doen. Gezien het volume van haar krant was zij geabonneerd op de *Toronto Star*. Die had ik vroeger ook. Dat dagblad had een katern met boekrecensies van de *New York Times*. Ik was ook dol op de haarscherpe filmrecensies van Peter Howell en Jack Battens column *Whodunit* met besprekingen van nieuw uitgekomen detectiveromans.

Ik knikte haar toe. Ze droeg een gele badjas met

bijpassende slippers. Ze beschouwde mijn gebaar als het startschot voor een praatje.

"Je nieuwe dak ziet er goed uit, Callie."

Ik wierp een verstrooide blik op mijn dak en knikte. Het was inderdaad een verbetering. En het was klaar geweest toen ik uit de bieb kwam. Gelukkig was niemand door het dak gezakt. Ik was wel bijna *uit* mijn dak *gegaan*, toen ik de rekening gepresenteerd kreeg. Geen kattenpis. "Ja, ik geloof dat ze goed werk geleverd hebben."

"Als Royce ze aanbevolen heeft, zijn ze goed. Zo'n alleraardigste jongeman. Altijd uiterst beleefd wanneer ik hem tegen het lijf loop op mijn avondwandelingetje. Nog plannen voor vandaag als je de krant uit hebt?"

Alsof ze niet meegeluisterd had een paar dagen geleden. "Ik ga winkelen met Chantelle van hiertegenover."

"Nou, veel plezier. Vergeet niet me een seintje te geven als je aan de tuin toe bent."

Ik beloofde 't. Ik liep terug naar de deur, toen Royce naar buiten kwam om zijn kranten van het gazon te plukken. Zo te zien had hij én de *Sun* én de *Star*.

"Ja, sorry, ik ben een nieuwsjunkie", zei hij met een grijns. "Door de week ontvang ik ook de *Globe and Mail*. En de *New York Times* lees ik online. Je gelooft niet hoe uiteenlopend hetzelfde nieuws soms belicht wordt vanuit verschillende invalshoeken."

Nieuws, vanuit verschillende invalshoeken. Waarom had *ik* daar niet aan gedacht?

———

Tot mijn vreugde was winkelen met Chantelle zowel leerzaam als genoeglijk. Leerzaam omdat ze een scherp oog had voor kortingen en er geen been in zag om nog verder af te dingen. Genoeglijk omdat ze zichtbaar genoot. En haar enthousiasme werkte aanstekelijk.

Wel moet gezegd dat optrekken met Chantelle fnuikend is voor je zelfbeeld. Niet dat ik mezelf opvallend onaantrekkelijk vind; eerder aantrekkelijk op een onopvallende manier. Maar met Chantelle aan mijn zijde was ik zelfs niet onopvallend; ik was domweg onzichtbaar. Mannen werden door haar aangetrokken als vliegen door stroop. En het viel hun amper kwalijk te nemen. Ik vroeg me af waarom Royce nog niet op haar gevallen was vanwege haar opvallende charmes. Wat wist *hij* wat ik *niet* wist?

Uiteindelijk gingen we meer dan tien winkels af. Mijn creditcard onderging met de hulp van Chantelle een flinke afslankwork-out met de aanschaf van een nieuwe matras en boxspring voor mijn slaapkamer. "Je moet 't zien als een investering voor de lange termijn", zei Chantelle, toen ik voor een goedkopere versie wilde opteren. Daar kwam ook nog een luxueus hoofdeinde met aanpalende nachtkastjes bij, hetgeen volgens Chantelle "Perfect voor kleine ruimtes" was. Ze verleidde me zelfs tot de aanschaf van nieuwe hoeslakens, een dekbed, een kudde kussens en bij het ensemble passende bedlampen.

"Ik kan amper geloven dat je al verf wou kopen voordat je wist waar 't bij moest passen", zei Chantelle toen we eindelijk aan de koffie zaten. Ze grinnikte guitig. "Want je weet maar nooit wanneer je indruk moet maken op iemand die blijft slapen."

Ik betrapte me erop dat ik meteen aan Royce dacht en bloosde. Misschien was 't ook tijd voor een modebewustere collectie ondergoed. Dat was nu van gerieflijk katoen – vet functioneel, maar allesbehalve sexy. En ik sliep in ruime T-shirts, overgehouden aan hardloopevenementen.

––––––

ALS IK AL DACHT DAT HET GELD VERBRASSEN NA EEN SNELLE LUNCH – op mijn kosten natuurlijk – wel over was, dan kwam ik van een koude kermis thuis. Maar Chantelle had gelijk toen ze zei dat de kleine slaapkamer *crimineel* geschikt was als werkruimte. Met frisse tegenzin verliet ik dus de zachte zitbank in het restaurant waar we zaten, omdat Chantelle ergens een winkel wist die korting gaf en zowel nieuwe als gebruikte kantoorbenodigdheden verkocht.

We vonden een zo goed als nieuwe werktafel in kersenhoutlaminaat, met boekenkast en twee archiefladen. Alsof het voor me *gemaakt* was. En de prijs viel reuze mee. Vervolgens zag ik een draaibare zwartleren bureaustoel met verstelbare rugleuning die ik gewoon *moest* hebben. Maar ik hikte aan tegen de prijs, die drie keer die van het bureau was. Hoe ze het klaarspeelde weet ik nog niet, maar Chantelle slaagde erin de verkoper – een bleek ventje van midden dertig – te bewegen tot een korting van dertig procent, als we wel het demonstratiemodel namen. Ik waag te betwijfelen of ik zo'n deal had kunnen sluiten. Chantelle kon *zo* beminnelijk en charmant zijn. Tenminste, als ze dat wilde. Ik dacht terug aan onze eerste ontmoeting. Ze *had* een duistere kant, de keerzijde van haar ontwapenend magnetische uitstraling.

Die duistere kant zou ik opnieuw te zien krijgen – en wel, veel vlugger dan me lief was. Nadat we de spullen thuis uitgeladen hadden, besloten we onszelf te trakteren op een dinertje na een welbestede dag. Met de nadruk op dat *welbestede*, want eigenlijk had ik meer *wel* besteed dan *niet*. Voor mijn gevoel althans. Chantelle opperde Italiaans eethuis *Benvenuto*. "Ze hebben daar een *crimineel* lekkere pizza met broccoli en artisjokken," pochte ze, "en ik weet dat je *bizar* veel van pizza houdt."

Dat was waar. En broccoli en artisjokken leken mij wel wat. Vrij ongebruikelijk, vond ik, en daarom juist het proberen waard.

De trammelant begon al, toen we in de rij moesten staan en het stelletje dat voor ons was, de laatste twee pizzapunten met broccoli en artisjokken voor onze neuzen wegkaapte. Niet dat Benvenuto verder geen keus had. Men kon te kust en te keur. Er zat zelfs eentje bij die eigenlijk meer weg had van een taart dan van een pizza, met bergen broccoli en mozzarella.

Ik denk dat Chantelle normaalgesproken de teleurstelling wel had kunnen wegslikken, ware het niet dat de helft van het stelletje een absoluut beeldschone jongedame was – een huidje als van porselein, haar tot op een wespentaille, jadegroene ogen en benen tot onder haar oksels. Ze leek begin twintig, ofschoon je er geen peil meer op kunt trekken vandaag de dag; ze kon ook nog tiener zijn. Ze was duidelijk verkikkerd op haar aanzienlijk oudere, doch knappe metgezel, want ze kon niet van hem afblijven en bedolf hem onder kusjes en aanverwante liefkozingen waar ze hem maar raken kon.

"Aan het babysitten, Lance?" informeerde Chantelle. Ze had weer de zoetgevooisdheid die ik me herinnerde van onze eerste ontmoeting.

Dus dit was Lance 'Lapzwans' Thomas, Chantelles ex.

Lance draaide zich om, alsof hij haar nu pas opmerkte, ofschoon ik hem ervan verdacht dat hij haar al eerder gespot had, te oordelen naar zijn bestelling – Chantelles favoriete pizza. Ongeacht of dat zo was of niet, leek hij allerminst in zijn nopjes met de toevallige ontmoeting.

"Chantelle. Als ik geweten had dat *jij* hier nog kwam …"

"Dat ik afscheid nam van *jou*, wil nog niet zeggen dat ik afscheid nam van *leuke* dingen. Benvenuto is daar één van."

"Ik zie dat je al een nieuwe prooi in je klauwen hebt." Lance trakteerde me op een blik vol mededogen, alsof ik een willoze gijzelaar was. "Een goedbedoelde waarschuwing, mevrouw. Chantelle dankt alles af wat haar niet tot voordeel strekt. Dat geldt ook voor mensen."

De mensen om ons heen begonnen nu nerveus te kijken en weken schuifelend uiteen. Eentje begon ons op haar telefoon te filmen. Vermoedelijk om de video later online te zetten. Enerzijds wilde ik hier part noch deel aan hebben, anderzijds was ik benieuwd welk voordeel er volgens hem met mij te behalen viel. Maar ik was vooral op mijn ziel getrapt, omdat Lance me als willoze prooi afschilderde en me als klap op de vuurpijl aansprak met "mevrouw".

"Ik ben Callie, niet *mevrouw*. Toch ben ik oud genoeg om op mezelf te kunnen passen."

"In tegenstelling tot die bakvis aan je arm", kopte Chantelle de voorzet in.

Lance wierp haar zijdelings een vuile blik toe. "U heeft geen idee met wie u zich afgeeft, Callie. Chantelle doet niets als het niet uit eigenbelang is, en dat mag u letterlijk nemen. Ik zie niet in, waarom dat niet voor u geldt? Mij kostte het bijna tien jaar om haar streken te doorzien. Geloof me, zoals ieder ander komt ook u aan de beurt." Na die woorden sloeg hij demonstratief zijn arm om het middel van zijn vriendin en verliet 't restaurant met haar.

"Ik denk dat ze hebben afgezien van hun pizza", zei de kassier onverschillig. Ze knikte naar de twee borden die op de afhaalbalie stonden te verpieteren. "U mag ze hebben, als u wilt."

"Gratis pizza en salade," kraaide Chantelle, "altijd beter dan een broodje aap."

"Goed, dan zet ik ze even in de oven, want ze zijn bijna koud. Ben zo terug."

"Laat maar", zei Chantelle. "Wraak is een gerecht dat koud geserveerd wordt."

We aten onze half afgekoelde pizza en deden halfslachtige pogingen de goede stemming van die dag terug te halen. Maar ook die was bekoeld. We kwamen van een koude kermis thuis en deden lauwe beloften om het gauw eens over te doen. Elk voornemen om haar in vertrouwen te nemen of haar aan de tand te voelen over haar stamboomonderzoek zette ik in de koelkast.

Later op de avond, toen ik in bed lag, spoelde ik de film van de scene in het restaurant steeds terug. Had Lance gelijk dat Chantelle 't niet goed met me voorhad? Maar als dat zo was, waarom dan? Met welk doel?

23

Mijn plan voor de maandagmorgen was om nog eens boven op zolder te gaan grasduinen. Je kon nooit weten of er nog iets lag dat me kon helpen bij mijn onderzoek – een dagboek of zo, of brieven en foto's. Of wellicht kwam ik nog iets tegen om aan Arabella Carpenter te laten zien, net als de filmposter van Calamity Jane en het medaillon.

Ik bereidde me geestelijk voor op de benauwende sfeer, die me claustrofobie bezorgde, en beklom de trap in de opbergkast. 't Eerste wat ik zag toen ik m'n hoofd door het trapgat stak, was de doodskist. Zelfs de wetenschap dat mijn vader die daar had neergezet, maakte haar niet minder huiveringwekkend. Ik moest denken aan die voorgenomen seance en rilde onwillekeurig, ondanks de bedompte ruimte. Ik zag een grote hutkoffer en een kleinere blauwe met koperbeslag. Het zou handig zijn om die op mijn gemak door te kunnen nemen beneden in mijn woonkamer, maar ik wist dat ik het in m'n eentje niet zou klaarspelen om ze daar te krijgen. En dit was een van die dingen waarbij ik geen hulp wilde vragen. Tenminste, nu nog niet.

Ik besloot te beginnen met de grote hutkoffer. Hij scheen vervaardigd te zijn uit leer en een of ander tropisch hardhout.

Ik vond het juiste sleuteltje aan mijn sleutelring en opende hem. Ik stuitte op een met crèmekleurig satijn gevoerde binnenzijde en een grote stapel kleren. Kennelijk had mijn vader de spullen uit haar kleerkast hier opgeslagen, omdat hij gedacht had dat mijn moeder terug zou kunnen komen.

Ik nam de kledingstukken een voor een op en bekeek ze. Het was geen grote garderobe, maar het hoognodige was er. Spijkerbroeken. T-shirts. Zomerjurkjes. Korte broekjes en rokjes. Een paar bloesjes en jasjes. Een lange zwarte uitgaansjurk. Niets wat me bekend voorkwam, hoewel ik moest glimlachen om een sweater van *John Cougar Mellencamp's 1985 Scarecrow*-toernee. Mijn vader wat tot aan zijn laatste snik een grote fan van Mellencamp geweest.

Ik voelde pas tranen opkomen toen ik op kinderpakjes stuitte met roze en zwarte strepen, diagonaal aan de bovenkant. Eentje was groot genoeg voor een vrouw, de ander een kindermaat. Een paar zwartwollen beenwarmers met dito kousen zaten aan elk pakje vast.

De aanblik bracht herinneringen boven waarvan ik niet wist dat ik ze had. Mijn moeder en ik die een aantal aerobicoefeningen nadeden van een video van Jane Fonda, waarna we schaterend van de pret over de vloer rollebolden.

Ik vroeg me in gemoede af, of een vrouw die voor de tv met haar zes jaar oude dochtertje aerobics doet − gehuld in een en dezelfde rompertjes, nog wel − haar kind alleen zou achterlaten. Een kind dat ze dagelijks naar school bracht, en daarna weer ophaalde. Ik legde de speelpakjes opzij en nam de rest van de inhoud van de koffer door. Niets opvallends. Niets dat herinneringen in me wakker riep. Ik legde alles terug en vocht tegen mijn tranen.

Ik opende de blauwe koffer. Daarin zat een gebroken witte bruidsjapon met smalle taille, witte muiltjes met riempjes, die afgezet waren met kleine kristalletjes, een wit tasje met kraaltjes, een blauwe kousenband en een piepklein met blauw en goud geëmailleerd doosje. In het doosje, dat met blauw fluweel gevoerd was, zaten een parelsnoer en een paar oorbellen, ook met parels. Het tasje was leeg, op een zilveren dollar na, uit 1979 – het trouwjaar van mijn ouders.

Dus dit waren mijn moeders trouwspullen. Ik haalde een dunne witkartonnen doos tevoorschijn. Er bleek een fotoalbum in te zitten. Ik legde het opzij en vervolgde mijn speurtocht.

Veel meer was er niet. Een rond doosje, een grotere broer van die waarin de parels zaten. Ik maakte 't open en vond een zilveren ketting met een bedel van het sterrenbeeld Boogschutter, een paar zilveren oorringen en vijf dunne zilveren armbanden met diverse filigraanstructuren. Geen ringen.

Waren dit alle sieraden die mijn moeder bezat? Of had ze er ook een paar meegenomen? Het leek me wat karig. Maar volgens mijn vaders getuigenis was er niets weggeweest. En het lag in de lijn der verwachting dat ze haar trouwring aan haar vinger had, toen ze verdween.

Ik sloeg het fotoalbum op en bladerde het eerst vluchtig door, voordat ik vooraan begon. Er zaten wonderlijk weinig foto's in. Maar ze waren alle keurig van een onderschrift voorzien. De plekken waar de foto's van de vier seizoenen gezeten hadden, waren leeg.

De eerste drie pagina's waren gewijd aan mijn ouders' trouwerij. Mijn vader zag er ongelooflijk jong uit, maar dolgelukkig. Zijn golvende bruine lokken waren in een raar kapsel gedwongen. Hij droeg een staalblauw pak, een wit overhemd en een blauw en wit gestreepte das. Ik huiverde onwillekeurig bij de aanblik van die combinatie.

Mijn moeder droeg de gebroken witte, getailleerde jurk die ik zojuist gevonden had, boven de met steentjes afgezette muiltjes. Haar haren waren opgestoken in een laborieus kapsel, wat haar lange ranke hals, het parelhalssnoer en de bijpassende pareloorbellen nog accentueerde. Geen spoor van het kralentasje. Ze hield een met linten versierd boeket gipskruid en lavendel voor haar buik, vermoedelijk om te verhullen dat ze zwanger was.

Zag mijn vader er al ongewoon jong uit, mijn moeder leek regelrecht uit de schoolbanken weggelopen. Maar ze straalde. Er waren niet meer dan twaalf trouwfoto's, te zien aan het decor allemaal geschoten in een studio. Geen enkele foto toonde iemand anders naast het bruidspaar. Ik peuterde een van de twaalf uit haar plastic omhulsel en vond de studionaam in gouden letters op de achterkant, *Your Time to Shine Photography*. Geen naam van de fotograaf. Ik zou de naam straks googelen. Ofschoon de kans dat de zaak nog bestond, gering was. Het digitale tijdperk had verwoestend huisgehouden in die bedrijfstak.

Na de trouwfoto's volgden ettelijke kiekjes van mij als baby. Met een luier aan in de box. Gezeten in een pierenbadje dat de vorm had van een groene schildpad. In een innige omhelzing met een gigantische pandabeer met gitzwarte kraaloogjes. Ik voelde een steek in m'n binnenste, want ik kon me herinneren dat ik die overal mee naartoe sleepte. Ik moet 'm jaren gehad hebben. Maar waar hij gebleven was, mocht Joost weten. Ik schat dat ik mijn interesse ervoor verloor en dat m'n vader 'm toen aan het Leger des Heils had gegeven, of bij de vuilnis gezet. De gedachte aan een van beide mogelijkheden maakte me nog bedroefder.

Er was een foto van mijn moeder, die stond te bakken in het geel met bruine keukentje – of, beter gezegd, ze stond koekjes uit te snijden in een stervorm – terwijl ik aan een houten lepel stond te likken, een flinke veeg bakmeel op mijn linkerwang. Ik droeg het rood-witte schortje – die met zakken in de vorm van hartjes.

Op de volgende pagina stonden nog enkele foto's van mij, deze keer met mijn vader, terwijl we een zandkasteel bouwden op het strand. En ook eentje waarop hij naast me stond, terwijl ik op mijn driewieler zat. Ik wou dat ik me iets van die situaties kon herinneren.

Van een chronologische volgorde was geen sprake. Opeens was er een hele sectie gewijd aan mijn verjaardagen. Daar was ik, gehuld in een vrolijk jurkje en een haarlint of andere knevel om mijn ontembare haren te temmen, terwijl ik een wit met roze kaars in de vorm van een cijfer bovenop een chocoladetaart stond uit te blazen. De verjaardagfoto's stopten toen ik zes was. Mijn vader was nooit zo fotografeerderig. En zelfs als hij dat wel was geweest, had dit album immers hier gelegen.

Er was nog een sectie gewijd aan mij, waarin ik op de knie zat van een serie kerstmannen in warenhuizen. Alleen in het eerste jaar, toen ik nog geen acht maanden was, hield mijn moeder me stevig vast, terwijl ze vlak naast de kerstman stond. Maar in jaar twee en drie zat ik bij hem op schoot, met een angstige blik in mijn ogen alsof ik alle moeite moest doen om niet te huilen. De drie jaren daarop zat ik er aanzienlijk relaxter bij, met een brede lach en een uitdagende blik. Waarschijnlijk had ik toen in de kieren gekregen dat een bezoekje aan de kerstman vroeg of laat cadeautjes met zich meebracht.

Het viel me op dat, ofschoon het album met zorg was samengesteld, er geen enkele foto bij zat met ons drieën als gezinnetje. Was dat de reden waarom mijn moeder Ella gevraagd had de vier foto's te schieten? Was ze bang dat ik de foto's later zou terugzien en zou kunnen denken dat we niet gelukkig waren? Dat we niet een echte eenheid vormden? Ik deed het album dicht, omdat ik me realiseerde dat 't alleen maar vragen opriep die ik onmogelijk kon beantwoorden.

Ik vond een met rode letters bedrukte witte envelop: CERTIFICATE OF MARRIAGE/ CERTIFICAT DE MARIAGE. Ik haalde de huwelijksakte eruit en vouwde het document open. Links bovenaan stond: PROVINCE OF ONTARIO. Het wapen van Ontario stond in het midden. Rechts bovenaan: PROVINCE DE L'ONTARIO. Ik sloeg het

Franse gedeelte over, omdat alleen het Engelse deel was ingevuld.

Bij dezen verleen ik mijn toestemming aan het huwelijk tussen James David Barnstable, woonachtig aan Snapdragon Circle 16 te Marketville, en Abigail Alison Osgoode, woonachtig aan Moore Gate Manor 127 te Lakeside.

De akte was gedateerd op 1 december 1978 en ondertekend door de betrokken ambtenaar van de burgerlijke stand in Marketville en het bijgesloten trouwboekje was ondertekend en gedateerd op 8 december 1978. Het huwelijk was voltrokken op het gemeentehuis te Marketville. Er waren handtekeningen van twee getuigen. De ene van ene Dwayne Shuter uit Toronto, de andere van de vredesrechter die mijn ouders in de echt verbond.

Dwayne Shuter.

Ik kon me niet herinneren dat mijn vader die naam ooit genoemd had. Toch moet hij mijn ouders erg na gestaan hebben, in ieder geval na genoeg om als getuige op te mogen treden bij hun wettelijk huwelijk. Misschien was hij een vriend van mijn moeder geweest. Ik zou hem proberen te achterhalen en hem aan de tand voelen. De trouwakte onthulde ook dat mijn moeder, als ik goed rekende, toen vier maanden zwanger was, en dat mijn vader al aan Snapdragon Circle woonachtig was.

Ik sloot de koffer, maar hield het album en de trouwdocumenten achter. Dwayne Shuter vormde mijn nieuwe aanwijzing. En ik wist nu ook wat mijn moeders meisjesnaam was geweest en waar ze gewoond had. Voor het eerst voelde ik een spoor van optimisme. Misschien kon ik mettertijd en met een beetje inspanning het raadsel oplossen.

24

VIA GOOGLE STUITTE IK BINNEN DE KORTSTE KEREN OP DE LINKEDINACCOUNT VAN DWAYNE SHUTER. Ik schrok me te pletter. Niet zozeer vanwege het feit dat zijn opgegeven beroep projectleider was bij Southern Ontario Construction, het bedrijf waarvoor mijn vader werkte toen hij omkwam. En ook niet omdat hij -tig keren verhuisd was, om en om naar steden in het westen van het land en dan weer naar het oosten, om uiteindelijk een jaar geleden neer te strijken in Toronto. Het was zelfs niet omdat zijn eerste werkgever Osgoode Construction in Lakeside was geweest – Osgoode, mijn moeders meisjesnaam, en Lakeside, waar ze was opgegroeid.

Nee, niets van dat al deed het bloed uit mijn hoofd wegtrekken.

Het was zijn foto die dat deed. De baard was weg en hij was een stuk ouder, veel meer rimpels en veel minder haar, dat bovendien grijs geworden was. Hij was niettemin onmiskenbaar de onbekende van de voedselbankfoto. De baardman met het litteken boven zijn oog. De man samen met mijn moeder en Reid. Wat had dit te betekenen?

Mijn eerste telefoontje was aan Leith Hampton gericht. Hij was op de rechtbank, werd me te verstaan gegeven, maar men zou hem vragen me terug te bellen zodra hij op kantoor was. Ik belde het bouwbedrijf Southern Ontario Construction Company, in de hoop Dwayne Shuter aan de veren te krijgen. Nadat ik talloze malen doorverbonden was, kreeg ik uiteindelijk de optie een boodschap in te spreken. Dat deed ik, onder achterlating van mijn naam en telefoonnummer. Maar ik gaf geen reden op, waarom ik contact opnam. Toen belde ik de politie van Cedar County en vroeg naar inspecteur Rutger Ramsay. Men zei dat er niemand van die naam in actieve dienst was. Vastbesloten om hem te achterhalen belde ik het nummer op 't kaartje van agent Arbutus, maar hing op toen ik een ingesproken boodschap te horen kreeg.

Gefrustreerd begon ik het vertrek op en neer te benen.

Een kop thee en twee chocoladekoekjes later herinnerde ik me het argument dat Royce gegeven had voor het lezen van vier verschillende kranten; dat het interessant was het nieuws vanuit diverse gezichtspunten belicht te zien. Dat was precies wat me te doen stond. De waarheid lag ergens in het midden. Ik moest beginnen met de zaken op een rijtje zetten. Ik zou een lijstje maken van iedereen die genoemd of gefotografeerd was in de bulletins. Ik pakte pen en papier, en begon te schrijven.

•Inspecteur Rutger Ramsay
•Kaatje Lonergan
•Ella Cole
•Misty Rivers
•Dwayne Shuter
•Reid, familienaam onbekend
•Hoofd en onderwijzer van mijn school, namen onbekend
•G.G. Pietrangelo, journalist en fotograaf, geslacht onbekend
•Terry Thatcher, eigenaar van eethuis Thatcher House

Ik keek het lijstje door. Het was niet veel, maar het was een begin. Ik begon een beetje meer vertrouwen te krijgen in mijn vermogens als speurneus. Was ik mijn roeping misgelopen? Ik liep de namen nogmaals door.

Ella Cole woonde hiernaast. En ze was een praatgraag. Met haar zou ik beginnen.

———

IK LIET MIJN MOBIELTJE THUIS. Als ik met Ella praatte, kon ik geen afleiding gebruiken. Daarenboven leek ze me niet het type dat veel begrip zou tonen voor dergelijke onderbrekingen. Ik nam de map met microficheprintjes onder de arm en ging de deur uit. Ella deed vrijwel meteen na aanbellen open.

"Nee maar, Callie, wat een verrassing." Ella ontwaarde de map onder mijn arm. "Je wilt me iets laten zien?" Ik knikte.

"Kom binnen."

Ik volgde haar naar een smetteloos schone eigentijdse keuken, die in verbinding stond met een evenzo onberispelijke woonruimte. Hagelwitte met ebbenhout afgezette keukenkastjes. Goudgevlekte werkvlakken van zwart graniet. Korengele muren, glanzend witte kozijnen, roestvrijstalen kookapparatuur. Ik stelde vast dat haar keuken er moderner uitzag dan zijzelf.

Ella gebaarde me te gaan zitten aan een niervormige tafel.

Ik klauterde op een van de met zwart leer beklede, chromen barkrukken en deed mijn best een comfortabele houding te vinden.

"Mag ik je iets aanbieden? Thee? Koffie? Ik heb net een amandelkruimelcake gebakken."

"Thee, graag. Geen melk, geen suiker."

"Geen cake?"

Ik moest niet veel hebben van kruimelcake. Ik vind ze altijd zo droog. Maar Ella keek me zo smekend aan dat ik instemde met een plakje. Terwijl zij druk in de weer was, lichtte ik haar in over mijn tripjes naar de bieb. Ik maakte overigens geen gewag van de hulp die ik gekregen had, omdat ik Shirley geen problemen wou bezorgen.

"Het lijkt misschien raar," zei ik, "maar sinds je me vertelde over wat je wist, begon het van binnen te kriebelen. Ik *moest* gewoon meer weten."

Ella zette thee en cake op tafel en begon aan de beklimming van een kruk tegenover me. "En? Is dat gelukt?"

"Niet echt. Tenminste niet als het gaat om de vraag wat er eigenlijk gebeurd is. Je had me denkelijk alles al verteld wat er te weten viel. Maar ik heb enkele nieuwsberichten uitgeprint en ik vroeg me af of je er even naar kijken wilt samen met mij."

"Ik weet dat ik zondag een aantal vragen beantwoord heb, Callie, maar ik moet toegeven dat ik me sindsdien afvraag of ik misschien te veel gezegd heb. Eddie placht te zeggen dat ik dat nogal eens doe. En ik vrees dat hij gelijk had. Het is niet altijd goed het verleden op te rakelen." Ella boog zich naar me toe en legde haar hand op de mijne. "Want, wat als je iets te weten komt dat je liever niet wilt weten? Soms moet je oude koeien gewoon in de sloot laten."

Ik maakte mijn hand los van de hare. "Je wilt suggereren dat ik zou kunnen ontdekken dat mijn vader schuldig was. *Dat* wil er bij mij niet in, maar ik ben bereid die kans te lopen."

"Het is meer dan dat, Callie. Eddie zei altijd dat mensen die hun neus in een wespennest steken, doorgaans gestoken worden."

"Ik waardeer je bezorgdheid, Ella, maar ik laat 't niet los. Ik wil weten wat er gebeurd is. Het tenminste proberen." Dat was in ieder geval waar. En het ging inmiddels een stukje verder dan alleen maar willen voldoen aan mijn vaders laatste wil.

Ella knikte. "Goed dan. Als je zeker van je zaak bent, zal ik m'n best doen je te helpen. Beloof me alleen dat je voorzichtig bent."

"Dat beloof ik", zei ik en sloeg de map open. Ik nam er de vrijwilligersfoto uit genomen op de Canada Day bomenplantdag.

"Er staan tien mensen op deze foto. Ik weet wie mijn ouders zijn, maar ik ken niemand van de anderen." Een leugentje om bestwil, aangezien ik Reid kende van het medaillon. Het was trouwens geen leugen, want echt kennen deed ik 'm niet. "Heb jij een naam bij een van hen?"

Ella keek over de rand van haar bril naar de foto. Ze ging met haar vinger van gezicht naar gezicht, eerst de achterste rij en toen de voorste. Ze wees op een man van een jaar of vijftig. Hij was lang en slank, had hoekige trekken, een grote neus en een roestbruine Tom Selleck-snor. Hij droeg een honkbalpet van de Toronto Blue Jays, het rood-witte Canada Day-bomenplantshirt, een korte broek en werkschoenen.

"De man die naast je vader staat, is mijn Eddie. Hij en je vader waren beiden vrijwilligers om je moeder te steunen. Ik paste die middag op jou."

Ik maakte een aantekening dat de derde man op de voorste rij Eddie Cole was. "Is er nog iemand anders die je bekend voorkomt?"

Ella bestudeerde de foto nog wat langer, maar schudde uiteindelijk haar hoofd. "Nee, het spijt me."

Ik was teleurgesteld. Ik had de stille hoop dat ze de man zou herkennen van wie ik wist dat 't Reid was. Maar als ze dat al deed, zweeg ze erover. "Ken je de naam van de journalist? G.G. Pietrangelo."

Ella schudde opnieuw van nee. "Ik herinner me dat ik door een jongedame van de *Post* geïnterviewd ben, maar ik weet haar naam niet meer. Het kan om mij best die zijn geweest. Sorry dat ik zo weinig voor je kan betekenen."

"Geeft niks. Het was te proberen." Ik borg het artikeltje terug in de map en haalde dat over de kerstactie bij de voedselbank eruit. De foto toonde mijn moeder, een jonge Misty Rivers, de man die ik kende als Reid, de man die ik thans kende als Dwayne Shuter en de vrouw van wie ik vermoedde dat 't Kaatje Lonergan was.

"En deze foto? Ze is genomen bij een inzamelactie voor de voedselbank in december."

Opnieuw bestudeerde Ella de foto die ik haar voorhield, ditmaal met betere resultaten. Ella keek op, een verbijsterde uitdrukking op haar gezicht. "Lieve hemel, de vrouw met krulhaar is Misty Rivers. Ik had haar bijna niet herkend."

"Ik had ook de indruk dat zij 't was, maar nu weet ik 't tenminste zeker. Ik vroeg me alleen af waarom ze me niet heeft verteld dat ze mijn moeder kende, en met welke bedoeling ze het huis eigenlijk ging huren."

"Ik geef toe dat ik me dat nu ook begin af te vragen. Toen ze hier woonde, beweerde ze dat het er spookte en dat een vrouw die er gewoond had een onnatuurlijke dood was gestorven. Destijds nam ik aan dat ze helderziende was, maar nu heeft het er alle schijn van dat ze heel goed op de hoogte was van de omstandigheden. Ik wou dat ik je meer kon vertellen, maar ik weet eigenlijk niet veel meer over haar dan wat ze me verteld heeft. En dat blijkt nu dus gelogen."

"Inderdaad, maar er is wellicht een goede verklaring voor." Ik had er een hard hoofd in dat er een goede verklaring voor was, maar ik wou voorkomen dat Ella aan 't roddelen sloeg. "Het is misschien maar beter dat we dit voorlopig onder ons houden, voor het geval dat."

"Vanzelfsprekend. Van mij geen woord."

Dat was al meer dan ik had durven hopen. "Herken je nog iemand anders?"

"De roodharige vrouw is de roddeltante over wie ik je vertelde, Kaatje Lonergan."

"Dus *dat* is nou Kaatje Lonergan. Weet je ook, of ze nog in Marketville woont?"

Ella schudde van nee. "Ze is verhuisd. Opgeruimd staat netjes. Ergens naar het noorden in de Muskokas. Gravenhurst of Bala of zo. Ik weet 't niet meer na meer dan vijfentwintig jaar. Sedertdien niets meer van haar vernomen. Daar is ook een goede reden voor. Ik *moest* haar niet en ik weet zeker dat dat gevoel wederzijds was."

Ik schoot er niet veel mee op, maar alles was beter dan niets. "Hoe zit 't met die man met het blonde haar? Hij stond ook op de bomenplantfoto." Ik haalde de foto weer tevoorschijn en toonde haar aan Ella.

Ella keek ingespannen over de rand van haar bril en knikte. "Ja, dat is absoluut dezelfde. Maar kennen doe ik 'm niet. Eddie moet hem hebben gekend, aangezien hij ook op de foto staat. Maar hij heeft 't tegenover mij nooit over hem gehad."

"Geeft niks. Je helpt al geweldig. En die kerel met baard?" vroeg ik en wees op de man van wie ik wist dat 't Dwayne Shuter was.

"Nee, het spijt me. Ik denk dat ik me zo'n litteken wel zou herinneren. Misty zal 't weten, want zij staat op dezelfde foto."

"Ik zal 't haar vragen. Ik heb nog een foto. Een dinertje ter ere van alle vrijwilligers, aangeboden door Terrance Thatcher in Thatcher House. Ik herinner me dat je zei dat 't destijds zo'n goede eetgelegenheid was. Kun je me vertellen wie van hen Terrance Thatcher is?"

Ella bekeek de foto en wees op een klein gezet manneke. Hij was kalend in die bekende hoefijzervorm, die je nog zag voordat het mode werd om je dan maar helemaal kaal te scheren. "Dat was Terry. Hij stierf een jaar nadat het restaurant sloot, verdronken tijdens een boottochtje in Lakeside. Er werd gezegd dat het zelfmoord was omdat de sluiting van het restaurant hem erg aangegrepen had, maar dat is nooit echt bewezen. Hij leefde alleen, geen familie."

Hetgeen betekende dat het spoor Terrance Terry Thatcher letterlijk doodliep. "Is er verder nog iemand die je herkent, afgezien van mijn moeder en Kaatje Lonergan?"

"Ik zou 't graag willen, Callie, maar helaas. Verder ken ik er niet eentje."

"Oké, bedankt." Ik legde de map opzij. "Dat was 't wel voor wat de foto's betreft. Maar mag ik je nog iets vragen?"

"Natuurlijk."

"Ik las dat de school de contactpersoon belde, toen mijn moeder me niet kwam ophalen op die Valentijnsdag. De krant noemde geen naam, maar ik heb van jou begrepen dat jij dat was. Weet jij de naam van mijn onderwijzer en van het hoofd van de school? Ik dacht misschien …"

"Dat zij nog iets weten wat niet in de krant kwam?" Ella schudde haar hoofd. "Ik had zelf geen kinderen, dus zo goed kende ik ze niet. Maar het schoolbestuur kan je daar vast bij helpen, als je tenminste door alle privacyregels heen komt die ze tegenwoordig hebben."

"Ze zouden allebei al heel goed met pensioen kunnen zijn, maar het is 't proberen waard. Dank je."

Ik stond op en bedankte Ella nogmaals voor haar tijd en voor de heerlijke kruimelcake, die nog droger uitgevallen was dan ik had gevreesd. Ik ging terug naar huis in de hoop dat Leith of het bouwbedrijf inmiddels hadden teruggebeld.

25

—————

Ik vond drie berichten op mijn mobieltje. Eentje van Leith, eentje van Southern Ontario Construction en één van brigadier Arbutus, die zich zorgen maakte omdat ik meteen opgehangen had. "Bel alsjeblieft, Callie. Anders kom ik bij je langs."

Hoewel 't leuk was om Arbutus aan mijn zij te weten, toch kon ik me wel voor m'n kop slaan dat ik haar gebeld had. Hoe moest ik mijn onderzoek verklaren?

Ik belde en stelde haar gerust. "Niets aan de hand. Ik zocht alleen iemand en vroeg me af of u kon helpen. Ik had u niet moeten lastigvallen. Neem me niet kwalijk."

"Nu u me toch aan de lijn heeft, kunt u 't me net zo goed vragen."

"Niets belangrijks eigenlijk. Ik hoopte dat u me zou kunnen vertellen waar ik voormalig inspecteur Rutger Ramsay kan vinden. Ik heb begrepen dat hij niet meer in dienst is."

"Rutger Ramsay? De naam zegt me niets, maar ik ben hier nog maar vijf jaar. Hoezo? Heeft 't iets te maken met het geraamte en de kist bij u op zolder?"

"Nee, niets. Ik ben inmiddels tussen de spullen van mijn vader iets tegengekomen, waaruit blijkt dat hij die daar zelf neergezet heeft." Ik dacht snel na. "Hij had een idee voor een toneeluitvoering, een stuk in de stijl van Agatha Christie." Gelogen, maar aannemelijk.

Arbutus grinnikte. "Agatha Christie, hè? Ik wou dat de politie alle verdachten in een zaak bijeen kon roepen en de dader laten bekennen. Maar terug naar Rutger Ramsay. Waarom bent u naar hem op zoek?"

Ik zuchtte. Ik had die vraag over mezelf afgeroepen. "Dat is een lang verhaal."

"Zal ik anders even langskomen?"

"Dat is echt niet nodig. Ik wilde alleen inspecteur Ramsay zien te vinden. Het gaat om een privéaangelegenheid. Ik had u er niet mee moeten lastigvallen."

Er viel een stilte die eindeloos scheen. "Oké, Callie. Ik zit niet verlegen om meer werk dan ik al heb. Maar mocht u van gedachten veranderen, bel me dan."

"Zal ik doen. Bedankt."

Ze hing op. Ik voelde me zowel opgelucht als achterlijk. Toen belde ik Southern Ontario Construction Company. Nadat ik me opnieuw een weg had geslagen door het geautomatiseerde telefoonbeantwoordingssysteem, kreeg ik ten langen leste iemand van vlees en bloed aan de lijn. Met verveelde stem vroeg een dame, hoe ze me van dienst kon zijn. Ik kon bijna voor me zien, hoe ze haar nagels zat te vijlen.

"Mijn naam is Callie Barnstable. Ik heb al eerder gebeld en ..."

"Ja, ik ben degene die u teruggebeld heeft."

Zat ze me daar godbetert te geeuwen? "Ik vroeg me af of u me Dwayne Shuters nummer zou kunnen geven. Hij werkt als bouwopzichter voor uw firma."

"Sorry, dergelijke gegevens mogen we niet verstrekken. Ons bedrijf heeft een *sick* strikt privacyreglement. Ik kan wel uw naam en nummer aan hem doorgeven. Het is dan aan Dwayne, of hij u terugbelt of niet. Waarover kan ik zeggen dat 't gaat?"

"Ik geloof dat mijn vader, James David Barnstable, voor Dwayne gewerkt heeft of hem tenminste goed kende. Mijn vader …"

"Ach, ja. Ik had uw naam moeten herkennen. Jimmy was geweldig. Hij kwam niet vaak op kantoor, maar wanneer hij dat deed, bracht hij altijd donuts mee." De receptioniste giechelde. "Hij zei altijd dat er geen calorieën in het midden zaten." Ik moest glimlachen, ik kende de frase.

"Punt is even," ging ze verder, "we hebben opdracht gekregen met niemand over Jimmy te praten, vooral niet met de pers. Ik zou u waarschijnlijk niet eens te woord moeten staan. Ik wil niet mijn baan verliezen."

"Ik ben niet van de pers. Ik ben Jimmy's dochter. Bovendien gaat het niet eens om hem. Ik vraag alleen maar of u mijn naam en nummer aan Dwayne Shuter wilt doorgeven."

"Ik neem aan dat dat geen probleem is. Hij komt meestal op vrijdagmorgen op kantoor, om de loonadministratie door te nemen. Dan zal ik 't aan hem doorgeven."

Meer zat er op dit moment niet in. Het laatste belletje was aan Leith Hampton. Ik werd meteen aan hem doorverbonden.

"Wat is er loos, Callie."

"Waarom heeft u me niet verteld dat Misty Rivers mijn moeder kende?"

Stilte. "Daar is een erg goede reden voor," zei hij uiteindelijk, "maar ik moet me houden aan mijn zwijgplicht. Beroepsgeheim, snap je wel?"

"Niet echt, nee. Mijn vader is dood. Dus, hoezo beroepsgeheim?"

Leith bleef zwijgen.

Ik kookte inwendig en dwong mezelf tot tien te tellen. "Ik kan het ook aan Misty vragen."

"Dat kun je inderdaad doen, ja."

Om gek van te worden. Ik voelde dat ik aan de verliezende

hand was. "Wat kunt u me vertellen over Dwayne Shuter? Hij is opzichter bij de firma waarvoor mijn vader werkte."

"Dwayne Shuter?" Ik hoorde hem tussen zijn papieren rommelen. "Ik heb 't al. Zijn naam komt voor in het rapport dat is opgemaakt na het ongeval. Hij zegt evenwel in het proces-verbaal dat hij zich elders bevond tijdens het ongeluk. Waarom ben je naar hem op zoek? Hij zal je niets kunnen vertellen over je moeders vermissing."

Hoe kon ik me hieruit redden, zonder hem mijn vondst van het trouwboekje aan de neus te hangen, of de twee bijna-ongelukken waarvan mijn vader gewag gemaakt had in zijn brief. Ik dacht bliksemsnel na en kwam met een verklaring waarvan ik hoopte dat ze aannemelijk klonk.

"Ik dacht dat Shuter als bouwopzichter mijn vader allicht goed zou kennen."

Leith schraapte de keel. "Ik waardeer het dat je de zaak zo serieus neemt, Callie, maar het wordt hoog tijd dat ik je zeg wat ik ook tegen je vader gezegd heb toen hij met dat idiote codicil op de proppen kwam."

"En dat is?"

"Sommige mensen die verdwijnen, *willen* helemaal niet gevonden worden. Ze beginnen *opnieuw*, ergens *anders*, *met* iemand anders. Ik weet wel dat 't niet is wat jij of hij wilde horen, maar het is heel wel mogelijk dat zulks hier ook het geval is."

"U wilt zeggen dat mijn moeder eigener beweging is weggegaan?"

"Ja, maar je begrijpt niet wat ik bedoel."

"En dat is?"

"Dat het ontdekken van de waarheid na al die jaren wellicht meer leed dan geluk brengt."

"Maar wat als ik het *wil* weten, ongeacht of de waarheid pijn doet of niet. Wat dan?"

Leith slaakte een van zijn theatrale zuchten. "Ik wil je alleen maar waarschuwen, Callie, dat je met je gegraaf in het verleden ook heel pijnlijke dingen kunt tegenkomen. Doe jezelf dat niet aan. Over een jaar houdt de voorwaarde op te bestaan, dan krijg je de hele erfenis en kun je met het huis verder doen wat je wilt."

Mijn innerlijke alarmsysteem trad in werking, iets wat ik had overgehouden aan mijn tijd bij de afdeling Fraudebestrijding van het callcenter bij de bank. Wat verzweeg Leith voor me? Wat *wist* hij? En wie wilde hij *werkelijk* beschermen?

26

─────────

Ik schoof opnieuw achter mijn computer en ging naar mijn Maps-app, met routekaarten. Moore Gate Manor 127, Lakeside, was minder dan een uur rijden in noordoostelijke richting. Ik maakte een printje.

Ik dacht na over hoe ik mijn moeders ouders kon benaderen, als ze daar nog woonden. Mijn poging een telefoonnummer te vinden voor ene Osgoode in Lakeside had niets uitgehaald. Rijkelui stonden bijna nooit in het telefoonboek. Veel mensen hadden geen vast nummer meer trouwens, nu iedereen een mobieltje had. Ik zat nog te peinzen, toen de bel dingdongde. Ik liep naar de deur en keek door het spionnetje.

Het was Chantelle, met in elke hand een emmer verf. Ik deed open.

"Chantelle, je hoefde echt geen verf voor me te gaan kopen. Kom verder."

Ze kwam binnen en zette de twee emmers neer in het halletje. "Het is alleen grondverf. Die was in de uitverkoop. Vijf dollar per emmer. Dus die kon ik echt niet laten staan. Sommige mensen gebruiken geen grondverf, maar ik vind zelf dat 't een veel beter resultaat geeft."

"Dankjewel. Wat krijg je van me?"

"Een lasagnemaaltijd? Ik kwam Royce tegen. Hij vertelde, hoe lekker je dat klaarmaakt. En *hij* kan 't weten."

Wat had Royce precies verteld, en waarom? Meende Chantelle wat ze zei? Of was ze jaloers? Of alleen nieuwsgierig? Ik kende haar nog niet goed genoeg om een keuze te maken.

"Daar heb ik geen probleem mee, hoor. Als ik lasagne maak voor iemand, heb ik altijd genoeg voor de hele week. Dus dat is afgesproken. Ik ben er niet komend weekend, maar volgende week ergens?" Ik kon er natuurlijk bij vertellen dat ik het weekend samen met Royce zou doorbrengen, bij zijn ouders thuis, maar dat deed ik niet. Ik wilde kijken of ze dat al wist.

Als Chantelle het al wist, dan liet ze dat niet blijken. In plaats daarvan ging ze akkoord met mijn voorstel en maakte aanstalten om weg te gaan. Ik heb geen idee waarom ik dat deed, maar ik hield haar tegen.

"Chantelle, heb je nog een momentje?" Ik maakte een vaag gebaar naar de woonkamer, naar de papieren die op de salontafel lagen. "Ik wou je om een gunst vragen."

Haar gezicht lichtte op en dat was genoeg om mijn geweten de overhand te geven. "Maar voor ik dat doe, moet je iets weten."

"Vertel."

"Ik ga dit weekend samen met Royce op stap. Hij wil me aan zijn ouders voorstellen." Het schaamrood knalde op mijn wangen. "Dat zeg ik verkeerd. Het is alleen omdat zijn ouders mijn moeder hebben gekend, zie je. Afijn, ik heb liever dat je dat nu van mij hoort, dan later van iemand anders. Je mocht eens gaan denken dat ik dingen voor je achterhoud."

"Zoals dat lasagnedinertje met hem?" moest Chantelle grinniken om mijn verlegenheid. "Relax, Callie. Ik zit je een beetje te plagen. Royce is een vriend van Lance Lapzwans. Ook al hadden we 't op elkaar voorzien – wat overigens niet het geval is – dan zou daarmee voor Royce een ethische grens overschreden worden. En dat zal hij nooit doen. Ik heb daar alle respect voor. Dat wil natuurlijk niet zeggen dat ik niet een beetje mag flirten." Ze haalde haar schouders op, alsof ze zeggen wou *'zand erover'*.

"Wat wou je me vragen?"

"Je vertelde dat je aan stamboomonderzoek doet."

"Niet alleen onderzoek. Ik wil er geld mee gaan verdienen, als infomakelaar of zoiets. Dat schijnt te kunnen." Ze glimlachte. "Een beetje yoga onderwijzen en fitnesstraining geven is allemaal leuk en aardig – en 't was ook genoeg toen Lance de kostwinner was – maar nu moet ik iets lucratievers zien te vinden. Daar komt bij dat ik 't hartstikke geinig vind om lieden te helpen bij hun naspeuringen naar voorouders."

Een informatiemakelaar. Precies wat Leith had voorgesteld.

"Neem je al klanten aan?"

"Nog niet, nee. Ik moet eerst een website in de benen schoppen en met mijn boekhouder overleggen. Staat nog op mijn lijstje. Maar alvast een beetje oefenen kan geen kwaad. Hoezo? Ben jij op zoek naar iemand?"

Het was nu of nooit – óf ik accepteerde haar vriendschap óf ik sloot haar volledig buiten. Ik weet niet of ik stond te aarzelen of dat Chantelle een antennetje had waarmee ze me doorzag, ik weet alleen dat ze opeens een stap naar voren deed en me een knuffel gaf, onder medeneming van een welriekende wolk kruidenshampoo, die me wonderlijk op mijn gemak stelde.

"Je kunt me vertrouwen", zei ze, toen ze me losliet. Het klonk bijna smekend. Ik besefte toen pas dat onder die stoere schil, die zoveel zelfvertrouwen uitstraalde, een heel eenzame dame schuilging. Het aanbod om te helpen met verven, met winkelen en met korting bij de sportschool was niet meer dan een poging om de leegte te vullen die Lance achtergelaten had, de echtgenoot die ze – afgaand op haar reactie in de pizzeria – nog steeds aanbad en heel erg miste.

Tsja, en ik heb een klein hartje. Dat heb ik weer. Ik zit zomaar te snotteren.

"We kunnen er maar beter bij gaan zitten, Chantelle. Het is namelijk een lang verhaal."

27

Ik zette wat te knabbelen op tafel en schonk ons elk een glas wijn in, rode voor Chantelle en witte voor mezelf. Na een flinke teug om moed te vatten, stak ik van wal.

"Ik weet niet wie m'n grootouders zijn, noch van vaders- noch van moederskant. Ik heb ze nooit ontmoet. M'n ouders trouwden toen ik al in aantocht was. 't Was dus een moetje, dat kennelijk niet op veel bijval mocht rekenen." Ik knikte naar het fotoalbum dat op tafel lag. "Daar zitten een paar trouwfoto's in. Kijk zelf maar."

Chantelle pakte het, bladerde het door en stopte af en toe bij een foto om beter te kijken.

"Ik zie wat je bedoelt," zei ze, toen ze het album teruglegde, "alleen foto's van je ouders, verder van niemand. Op z'n zachtst gezegd, een tikkeltje ongebruikelijk, voor op een trouwdag. Maar 't bevestigt jouw idee dat het huwelijk niet de zegen van beider ouders kreeg. Anders waren ze wel verplicht geweest op tenminste één foto op te treden, denk je niet?"

"Wat is je nog meer opgevallen?"

"Zelfs na jouw geboorte zijn er geen foto's met iemand

anders, die kerstknul even niet meegerekend." Ze keek me met opgetrokken wenkbrauwen aan. "En de omstandigheid natuurlijk dat alles stopte toen je zes was."

"Dat komt omdat mijn moeder verdween op 14 februari 1986."

"Valentijnsdag."

Ik knikte. "Niemand weet waarom ze verdween. De politie meende dat er iets niet pluis was. Ik heb een en ander nageslagen, in de archieven van de provinciale bibliotheek." Ik voegde er grinnikend aan toe. "En ik heb ook met Ella Cole gesproken."

Chantelle proestte het uit. "Ella is een *wandelende* bibliotheek. En wat dacht je vader? Wat geloofde hij dat er gebeurd was?"

"Hij heeft in mijn kinderjaren nooit meer over mijn moeder gesproken. We zijn een paar maanden na mijn moeders vermissing naar Toronto verhuisd. Niet dat ik me dat nog herinner. Mijn vader heeft dit album en andere spullen in een kist op zolder opgeborgen, er een hangslot op gedaan en het huis in de verhuur gegooid. Pas na zijn dood hoorde ik van het bestaan van dit huis."

"Was je 't helemaal vergeten?"

Ik knikte beamend. "Ik heb ook geen idee waarom hij het niet gewoon verkocht heeft, waarom hij het almaar bleef verhuren. Tenzij ..."

"Tenzij hij met de mogelijkheid rekende dat ze hier terug zou komen. Maar hij wilde jou geen valse hoop geven. Jou erover vertellen zou een storm aan lastige vragen kunnen losmaken." Chantelle beet op haar lip. "Dat betekent dat je vader ervan uitging dat ze nog in leven kon zijn."

"Ik denk eerder dat zijn *hoop* in leven was, ook al was die op niets gestoeld. Ik geloof trouwens dat die hoop al wel verdwenen was, toen hij stierf."

"Doel je nu op de brief die je vond, in dat kluisje?"

"Onder andere." Ik wilde niet in detail ingaan op de brief, of op het testament. Tenminste, nu nog niet. Ik overwoog nog wel eventjes haar de printjes uit de bieb te laten zien, maar besloot dat dat ook kon wachten. Niet te veel ineens. Gelukkig drong ze niet aan.

"En je opa en oma van vaderskant?"

"Ik weet alleen hun namen, Peter en Sandra Barnstable, en dat ze in Toronto woonden en tientallen jaren terug al zijn verhuisd, met onbekende bestemming. Eerlijk gezegd ben ik nog niet echt naar ze op zoek geweest. Ik had steeds andere dingen aan mijn hoofd."

"Ik zal kijken wat ik kan vinden. En die van je moeders kant?"

"Van hen heb ik een adres. Althans, dat denk ik." Ik haalde de trouwakte uit de envelop.

Chantelle las het document vluchtig door. "Je moeder kwam dus uit Lakeside. Dat is gemakkelijk genoeg." Ze trok mijn laptop naar zich toe en voor ik 't wist, raasden haar vingers over het toetsenbord. Ik nam wat te knabbelen van tafel, speelde met de voet van mijn wijnglas en hield me gedeisd. Een paar minuten later keek ze triomfantelijk op.

"Dat had je goed gedacht. Ze wonen er nog. Corbin en Yvette Osgoode. En het lijkt erop dat ze tot de betere kringen behoren." Ze draaide het scherm naar me toe. Het toonde een fotootje in de *Toronto Star* van een gedistingeerd stel bij een liefdadigheidsbal of zo, hij in smoking en zij in een lang goudkleurig gewaad met glittersteentjes langs de zomen.

Ik kreeg een brok in mijn keel. Ik leefde in de veronderstelling dat ik een smeltkroes was van ouderlijke trekjes – de donkerbruine ogen en het onwillige haar van mijn vader, de ietwat te brede neus en het hartvormige gezicht van mijn moeder. Maar met uitzondering van de oogkleur – de hare waren melkchocoladebruin – leek de aristocratische dame op de foto een veertig jaar oudere versie van mij. Ik vroeg me af of Yvette ook, net als ik, een ongelijke strijd gevoerd had met haar haren, die bij haar nu kort, gekruld en grijs waren.

Maar of ik nu op haar leek of niet, zei ik tegen Chantelle, ze zouden me niet met open armen staan op te wachten na al die jaren.

"Misschien niet, misschien wel. Maar niemand kan ons beletten een kijkje te gaan nemen. We zijn tenslotte niet de enigen die een wandelingetje maken. Dat doen er zovelen. Ik stel voor dat we de auto neerzetten op de openbare parkeerplaats bij de waterkant op Winding Lake Drive. Wat denk je?"

Chantelle had gelijk. Niemand zou opkijken van een paar kuierende vrouwen. De streek trok dagjesmensen bij de vleet — hardlopers, wandelaars, fietsers. Ik was er zelf al eens geweest, tijdens een zomer waarin ik verkering had met een triatleet die 't moest hebben van zijn uiterlijk, niet van zijn inhoud. We hadden enkele dagen in Lakeside doorgebracht, daar bij de waterkant. Hij oefende zijn zwemkunst in open water en ik verafgoodde hem. Helaas ontdekte ik al spoedig dat ik daarin wat hem betrof niet de enige hoefde te zijn.

"Je gaat toch wel mee?"

"Tuurlijk! Waarom niet? Lijkt me leuk."

Chantelle pakte het fotoalbum. "We kunnen beter een paar trouwfoto's meenemen. Voor het geval dat."

"Het geval dat?"

"Voor het geval dat we iemand tegen het lijf lopen die zich hen kan herinneren, of dat we je grootouders ontmoeten."

Het plan had niet veel om 't lijf, maar beter iets dan niets.

"Wanneer?"

"Wat dacht je van morgenochtend? Een beetje vroeg. Om negen uur. Is dat wat? Ik hoef pas 's middags les te geven op de sportschool. Tot drie uur heb ik alle tijd van de wereld."

Ik had niet iets specifieks op de agenda staan voor die woensdag, behalve dan dat ik Dwayne Shuter te pakken had willen krijgen en een bezoekje aan Shirley had willen afleggen, bij de bieb. Ik stemde met het voorstel in, dronk mijn glas uit en schonk nog eens in.

Of ik er klaar voor was of niet, het was hoog tijd dat ik het verleden onder ogen zag.

28

Klokslag negen uur reed Chantelle de volgende morgen voor. Gehuld in naar ik hoopte onopvallende kleren – een korte broek, een T-shirt en hardloopschoenen – klom ik in haar wagen met een hoodie onder de arm voor het geval dat het frisjes was aan het meer. Ik zag de gordijnen bij Ella licht bewegen en onderdrukte de neiging om even te zwaaien. Ik liet haar in de waan dat ik niks gezien had.

Het ritje naar Lakeside was leuk. We namen de secundaire wegen, "de toeristische route" zoals Chantelle het noemde, in plaats van de forensische, die drukker was op dit uur. Al gold dat vooral het verkeer *naar* Marketville, niet het uitgaande. We kletsten wat over koetjes en kalfjes. Ik waardeerde Chantelles pogingen om de spanning bij me weg te nemen.

De parkeerplaats voor Winding Lake Beach zat verstopt achter een withouten winkeltje, Bens Kiosk. Op een bord stond geschreven dat we het dagparkeergeld binnen konden afrekenen. Ik herinnerde me van de tijd met mijn ontrouwe triatleet dat men in juli het dubbele betaalde voor een *halve* dag.

Voor we naar het winkeltje liepen, genoten we van het zicht over Lake Miakoda. Het was nog vroeg in het seizoen.

Gehuld in wetsuits en kleurige badmutsen, trainde er een handjevol fanatiekelingen in de woelige baren. Er stond een stijve en kille bries. Ik huiverde, want ik wist dat de watertemperatuur eind mei hooguit veertien graden kon zijn.

In Bens winkeltje vonden we de gebruikelijke keur aan frisdrank, zoutjes en zoetigheid, en – met het oog op de fietsfanaten die buiten de winter om door Winding Lake Drive kwamen – een ruime sortering energierepen en -drankjes. Er stond een vrieskist met plastic zakken ijs en eentje die tot de rand gevuld was met ijsco's. De neringdoende stond veilig achter de toonbank, achter een barricade van krasloten en plexiglas. Ik herkende hem meteen, van tien jaar geleden, een rijzige man met borstelig grijs haar boven een zongebruind, eeuwig chagrijnig gezicht. In de zomer stond hij buiten hotdogs en hamburgers te grillen, waarvan de prijzen veelal meebewogen met de weersgesteldheid en met het aantal toeristen en triatleten. Ik gaf hem het parkeergeld en geld voor twee veel te dure flesjes water.

"Gaan de dames aan de wandel?" vroeg hij, toen hij me het wisselgeld overhandigde.

"Inderdaad", zei Chantelle met een stralende glimlach. "En u moet Ben zijn."

"Dat hebt u goed gelezen", antwoordde Ben zonder een spier te vertrekken.

Ik kon 'm wel wurgen. Maar Chantelle liet zich niet ontmoedigen.

"Hebt u deze zaak allang, Ben?"

"Bijna veertig jaar."

"Dat is vet lang, zeg."

"Levenslang. Welke kant denken de dames op te gaan?"

"Richting Moore Gate Manor is de bedoeling," gaf ze ten antwoord, "de nederige stulpjes van de andere helft van de bevolking eens bekijken."

"U bedoelt zeker de *één procent*." Zag ik daar waarachtig

een guitige glinstering in Bens ogen? Chantelle kon op de noordpool nog een *iglo* ontdooien.

"Ja, daar hebt u gelijk in." Chantelle aarzelde, alsof ze bij zichzelf stond te overleggen. Toen leunde ze voorover tegen de toonbank en keek de winkelman met hartstochtelijk blik aan. Ze wapperde nog net niet met haar lange wimpers. Misschien vond ze dat een beetje *te*.

"Onder ons gezegd en gezwegen ... mijn vriendin denkt dat ze mogelijk verwanten heeft op Moore Gate Manor. Ze herinnert zich dat ze daar vroeger eens gelogeerd heeft."

"Aha, een goudzoeker!" Hij zei 't alsof ik er niet bij was.

"Helemaal mis, vriend. Ze is alleen benieuwd naar mogelijke familie."

Zag ik die bruine kop warempel even blozen?

"Het was niet mijn bedoeling om ..."

Chantelle wuifde zijn verontschuldiging weg en hield hem een van de trouwfoto's voor die ze uit haar heuptasje tevoorschijn had getoverd. "Kent u de dame op de foto?"

Ben keek niet eens. "Ik geloof van niet."

"Kom op nou, Chantelle," zei ik met een kille blik op de man, "laten we gaan."

"Neem me maar niet kwalijk."

De chagrijnige uitdrukking die op zijn gezicht gebeiteld leek, werd ietsje milder.

"Ik weet alleen dat de bewoners van Moore Gate Manor zich niet afgeven met de minder fortuinlijke inwoners in dit deel van Lakeside. Ze hebben zelfs een privéstrand, helemaal afgezet, met beveiligingscamera's en al. Dus hoeven ze zich niet in te laten met het gemene volk hier."

"Nou, goed. Het was 't proberen waard." Chantelle schonk Ben opnieuw een lieve lach.

We waren nog niet bij de deur, toen hij ons terugriep.

"Laat het kiekje maar hier en pik 't weer op wanneer de dames uitgewandeld zijn. Misschien dat me nog iets invalt."

———

"DENK JE DAT HIJ IETS WEET?" vroeg ik Chantelle toen we in noordoostelijke richting liepen. Ik had mijn hoodie inmiddels aangetrokken, dankbaar voor mijn vooruitziende blik. De zon moest nog door het wolkendek heen breken en de bries haalde aan. Ik moest er niet aan denken hoe mijn haar er inmiddels uitzag.

Chantelle haalde haar schouders op. "Moeilijk te zeggen. Misschien als hij de moeite neemt om de foto goed te bekijken."

We liepen zwijgend verder, af en toe halthoudend om een blik te werpen op het meer of een opvallend mooie woning. Er stond geen prefab aan Lake Miakoda. Geen huis was er gelijk. Het varieerde van de oorspronkelijke chaletjes, die in de mode waren tot ver in de jaren vijftig, tot de bijna louter uit glas opgetrokken megavilla's, die er langzaam voor in de plaats kwamen.

Hoe verder we liepen, des te groter de villa's werden. Totdat we na bijna vijf kilometer bij een stenen poort kwamen, met een fraai bewerkt schild dat zei dat we Moore Gate betraden. De poort bevatte geen gesloten hek, maar dat voelde als een omissie. Want we kregen het gevoel dat men niet echt welkom was als men er geen eigendoms- of geboorterechten kon laten gelden. Ook al vermoedde ik dat ze de hand wel over het hart zouden strijken voor *nieuw geld*.

De hoofdlaan voerde ons langs buitens waarbij alle andere die we waren tegengekomen, in het niet vielen. De weg luisterde naar de naam Moore Gate Manor en in weerwil van wat Chantelle Ben op de mouw gespeld had, was ik er nooit eerder geweest – laat staan als kind. Zelfs niet toen ik verkering had met mijn weinig eenkennige triatleet.

De buitenverblijven ten noorden van Moore Gate Manor hadden een schitterend uitzicht op Lake Miakoda en zijn talrijke eilandjes. Een handjevol dreven voerde het bos in. De bezitters van die landgoederen moesten een stukje lopen om van het uitzicht over het meer te genieten. Maar hun domiciliën waren niet minder indrukwekkend, met hun gemillimeterde grasvelden en hun koperen weerhanen op koepels en cederhouten daken.

We liepen eerst elke dreef in, alsof we stilzwijgend met elkaar overeengekomen waren dat we mijn grootouderlijk huis als toetje zouden bewaren. Het weer was die dag van dien aard dat weinig mensen zich buitenshuis waagden. Of ze waren bezig met meer miljoenen verdienen. Wat dies ook zij, de enigen die we buiten troffen waren een stel tuiniers en een elektromonteur, die iets ingewikkelds stond te doen met draden in een groen kastje.

Na ruim een kwartier belandden we bij Moore Gate Manor 127. Opgetrokken op het eind van een doodlopende allee was het verreweg de grootste residentie, met een onberispelijk gazon dat tot op de millimeter getrimd was, en een overdaad aan in volle bloei staande bloembedden aan weerszijden van een perfect aangelegde oprit van kasseien. De woning zelf deed me denken aan een middeleeuws sprookjeskasteel, met haar natuurstenen gevels, zuilen en hoektorentjes. Het enige wat ontbrak was een slotgracht.

Dus hier was mijn moeder opgegroeid – *luxe op steroïden*. Het had in ieder geval bitter weinig te maken met het bungalowtje dat ze gedeeld had met mijn vader en mij.

Was het contrast haar te groot geweest? Het hongerloon van een leerling-metaalwerker, het koekjes bakken in plaats van ze te laten bakken? De saaiheid van een forenzenstadje tussen lui die ploeterden voor het droomhuis dat ze zich niet konden veroorloven? Was Reid de ridder op het witte paard geweest, die haar was komen redden, voor een langer en gelukkiger leven?

Er zat een Perzische kat voor het raam van de voorste uitbouw. Haar smaragdgroene ogen hielden ons nauwlettend in de kieren. Een witte poedel met roze halsband lag languit naast haar. Ik vroeg me af of de kleurige steentjes op de halsband echte diamanten waren, en realiseerde me dat ik er mogelijk niet eens ver naast zat met dat absurde denkbeeld. Het poedeltje sprong weg, om plaats te maken voor een oude vrouw die voor het raam verscheen. Ze staarde ons lang en ontoegankelijk aan. Toen sloot ze de blinden.

Mijn oma.

"Dit was misschien toch niet zo'n goed idee", zei ik tegen Chantelle. Ik draaide me om en zette de pas erin, terug naar de kiosk. Tranen stroomden langs mijn wangen, mijn hart sloeg wild en ik hijgde als een dolle. Tegen de tijd dat ik terug was, waren mijn tranen opgedroogd. Ik was boos. Ik ging op een bankje zitten en keek langs de weg die ik gekomen was. "Verdomme, Yvette Osgoode. Je *zult* me leren kennen, of je 't nou leuk vindt of niet."

29

Chantelle voegde zich even later bij me. Ze liet zich naast me op het bankje vallen en legde een arm om mijn schouders. "Je moet niet denken dat ze je herkend heeft, Callie. Ze wilde volgens mij alleen maar aangeven dat ongenode gasten niet welkom zijn."

Haar woorden zouden me getroost hebben, als ik ze geloofd had. Maar dat deed ik niet. Er had herkenning in haar blik gelegen. Herkenning en nog wat anders. Kwaadheid? Ergernis? Angst misschien? Ik wist 't niet. Ik wist alleen dat ik erachter zou komen. Ik wrong een glimlach tevoorschijn en knikte. "Misschien heb je gelijk. Ik ga even bij Ben informeren, of zijn geheugen inmiddels is opgefrist. Ik ga alleen, als je 't goed vindt."

"Ik wacht hier op je", zei Chantelle en liet me los.

Er waren enkele fietsers in de winkel. Ze vulden hun mondvoorraad aan. Hun schoentjes klikklakten over het linoleum, terwijl ze de benodigde energierepen en dito drankjes uitzochten. Ik wachtte geduldig tot ze hadden betaald en waren opgehoepeld.

Ben schoof de foto over de toonbank naar me toe. "Ja, ik

ken ze," zei hij, "van heel lang geleden. Maar ik zie niet goed in wat u daaraan heeft."

"Het is inderdaad al vijfendertig jaar geleden", antwoordde ik. "Wat ik eraan ga hebben? Dat kan ik pas beoordelen wanneer u me verteld heeft wat u weet."

Daar moest hij even over nadenken. Toen knikte hij.

"Dat moet inderdaad vijfendertig jaar geleden geweest zijn. Toen was ik net in de twintig, een paar jaar ouder dan deze twee. De man op de foto kwam hier bijna dagelijks, voor kauwgum. Hij was nog maar een knul. Daarna ging hij op het bankje zitten wachten tot het meisje kwam. Dan omhelsden en kusten ze elkaar, en stapten ze in zijn auto – een roestbak – en reden weg. Aan haar kon ik zien dat ze van Moore Gate Manor kwam. Die gasten bewegen gewoon anders dan wij. Ik ging er dan ook vanuit dat hun ontmoetingen stiekem waren."

"U heeft een ijzersterk geheugen."

"Niet echt, hoor. Ik zou me denk ik geen van beiden hebben herinnerd, als op een avond niet een heer van middelbare leeftijd in een witte Mercedes was komen opdagen. Het meisje was er niet. Die kerel ging helemaal uit zijn dak. Hij viel uit tegen de jongen, greep 'm bij z'n lurven en schold 'm helemaal verrot. De knul moest zijn dochter voortaan met rust laten, anders zouden er heel vervelende dingen gebeuren. Daar zou hij *persoonlijk* op toezien. De jongeman piepte dat ze van elkaar hielden en dat niets of niemand hun liefde in de weg zou kunnen staan. Dat was kennelijk de druppel die de emmer deed overlopen. Want de man pakte de jongen bij z'n strot en begon 'm domweg te wurgen."

Ben schudde zijn grijze hoofd. "Toen heb ik de smerissen gebeld. 't Was de eerste keer dat ik dat deed, maar zeker niet de laatste. Ik was ervan overtuigd dat die Mercedesvent die gozer om zeep ging helpen. Dat zou ook zeker gebeurd zijn, als hij de kans had gekregen."

"Wat gebeurde er toen de politie arriveerde?"

"Ze schenen die kerel te kennen. Ze behandelden hem alsof hij hun broodheer was. Hij zal wel een donateur van het politiefonds geweest zijn, zoals de meesten aan Moore Gate Manor. Wat dies ook zij, ze slaagden erin de gemoederen tot bedaren te brengen."

"En de jongen?"

"Een van de agenten nam hem terzijde. Hij moet die gozer ervan overtuigd hebben dat het voor iedereen beter was de zaak blauwblauw te laten en geen aangifte te doen, want het joch stapte later in zijn rammelkast en ging ribbedebie. Mijnheer Mercedes heb ik nooit teruggezien. De jongen en het meisje trouwens ook niet. Naar de foto te oordelen zijn ze later getrouwd."

"Dat klopt. Een maand of vijf nadien."

"En hoe zit 't met uw grootouders? Die man met z'n Mercedes."

"Ik heb ze nooit leren kennen."

"Dat verbaast me niks. Het is triest, wat kouwe kak en trots met een mens doen." Ik gaf geen antwoord. Wat kon ik zeggen?

"Waar zijn ze nu, uw ouders?"

"Mijn vader is overleden."

"En uw moeder?"

"Geen idee."

———

CHANTELLE EN IK SPRAKEN GEEN WOORD OP DE TERUGWEG NAAR MARKETVILLE. Ik was er niet klaar voor en zij had daar begrip voor. Eens te meer waardeerde ik haar invoelingsvermogen. Ze reed haar oprijlaan op en ik sprong uit de wagen.

"Enorm bedankt. Sorry dat ik op de terugweg niet echt gezellig deed."

"Graag gedaan." Ze aarzelde, alsof ze over iets in

tweestrijd stond. "Ik vermoed dat ik je niet meer zie vooraf aan je bezoek aan de Ashfords. Doe me een lol, wil je? Pas op met Royce."

"Wat zeg je nou? Waar komt *dat* opeens vandaan?"

Ze kreeg een kleur. "Nou, omdat Lance altijd zei ... ach, vergeet 't. Fijn weekend!"

"*Wat* zei Lance altijd?"

Ze zuchtte nog eens diep, maar kwam er toen toch mee voor de draad. "Lance zei altijd dat Royce een versierder is. Dat het voor hem een spel is. Maar wellicht was dat alleen om te voorkomen dat ik me dingen in m'n hoofd zou gaan lopen halen. Er was een tijd dat ze allebei naar mijn hand dongen, weet je? Ik koos voor Lance, maar hij is altijd op zijn hoede gebleven, nogal afgunstig jegens Royce en diens rijke familie."

Royce een versierder van rijke komaf? Ik kon dat beeld maar moeilijk rijmen met de man die me had geholpen met de tapijtrollen en bij mij thuis het avondmaal had gebruikt, maar ... tja, wat niet *kon*! Het was natuurlijk ook mogelijk dat Chantelle haar toch nog dingen in haar hoofd liep te halen over Royce.

Afijn, ik had nu even heel andere dingen aan *mijn* hoofd. "Ik zal goed oppassen", zei ik en stak de straat over.

———

Er knipperde een rood lichtje op mijn vaste telefoontoestel – een ingekomen bericht. Ik was doodop en wilde niets liever dan een gul glas wijn en een lekker warm bubbelbad, maar mijn nieuwsgierigheid won 't. Misschien was het Dwayne Shuter die eindelijk had teruggebeld.

Het berichtje was van Shirley, van de bibliotheek.

"Callie, Shirley hier. Ik had eindelijk tijd om door een stuk of wat oude nummers van de *Toronto Sun* en de *Toronto Star* te grasduinen, van vlak na jouw moeders vermissing. Ik vond een paar artikeltjes die je mogelijk interesseren. Kom morgen even langs, als je tijd hebt. Dan laat ik ze je zien."

Einde bericht. Ik was doodnieuwsgierig naar wat ze gevonden had, maar … geduld is een schone zaak. Van een dag wachten zou ik niet sterven. Wel voelde ik dat ik stierf van de honger.

Een cracker met tonijnsalade redde me van de hongerdood. Ik besloot om mijn e-mailtje aan Leith met een dag te vervroegen. Dat zou me de volgende ochtend tijd besparen.

Aan: Leith Hampton
Van: Callie Barnstable
Onderwerp: weekverslag nummer 3

Vond op zolder een koffer met kleren en prullaria van mijn moeder, inclusief haar trouwjurk. Ook een album met trouwfoto's. Ze waren genomen in een fotostudio en er stonden geen gasten op. Er zaten ook foto's in van mij als baby en klein kind. Ze brachten geen herinneringen boven en gaven ook geen aanknopingspunten.

Ik stopte even om te overwegen of ik de vondst van de trouwpapieren zou vermelden. Als ik dat wegliet, kon ik ook niet melden dat ik nu wist waar mijn grootouders woonden. En ook niet dat Dwayne Shuter wel wat meer was geweest dan mijn vaders ploegbaas, in ieder geval genoeg om als getuige op te treden bij zijn huwelijk. Ik herinnerde me zijn aarzeling toen ik hem verteld had dat Misty mijn moeder kende, en zijn ademloze stilte toen ik Dwaynes naam te berde bracht. Ik wist niet in hoeverre hij te vertrouwen was. Ik ging hem in ieder geval niet vertellen dat ik samen met Chantelle een kijkje was gaan nemen bij het huis van de Osgoodes – laat staan dat ik hem het verhaal van Ben aan de neus ging hangen.

Ik besloot dat alles weg te laten en ging verder.

Ik ben ook naar de regionale bieb gegaan om de archieven door te nemen op nieuws in de Marketville Post ten tijde van mijn moeders verdwijning. Ik heb kopietjes gemaakt van die artikelen die mijn ouders noemden, om ze thuis grondig te kunnen lezen. Maar tot nu toe heb ik niets ontdekt dat noemenswaard is.

Alweer vertelde ik niet de gehele waarheid, in de zin dat ik wel ietsje verder had gekeken dan alleen naar de periode rond mijn moeders vermissing en dat Shirley de *Sun* en de *Star* nog onder de loep nam. Dat van die kopietjes was niettemin waar. Zo had ik nog wat achter de hand voor wanneer ik niets te melden had, zoals eekhoorns mondvoorraad aanleggen voor de winter.

Ik herlas mijn verslag en was tevreden dat ik mijn plicht weer keurig vervuld had zonder argwaan te wekken. Ik sloeg het e-mailtje op om het de volgende morgen te verzenden.

Ik keek de uitgeprinte artikeltjes even door, maar kon de energie niet opbrengen om nog te gaan lopen googelen op bijvoorbeeld G.G. Pietrangelo. In plaats daarvan bladerde ik opnieuw door het fotoalbum in de hoop dat me nog iets te binnenschoot.

Dat was niet het geval.

Het liep al tegen zevenen toen ik hongerig genoeg was om mezelf een eenvoudig maaltje te bereiden met roerei op toast of zo, toen de deurbel ging. Wie kon *dat* zijn? Royce? Ella? Chantelle? Of wellicht had Misty Rivers het plan opgevat me met een nieuw bezoekje te vereren. Hoe graag ik haar ook wilde spreken, na zo'n vermoeiende dag zag ik dat toch echt niet zitten.

Ik keek eerst even door het spionnetje en zag een voorname dame van net in de zeventig op de stoep staan.

Mevrouw Yvette Osgoode.

Mijn grootje.

30

Ik deed de deur open en zag toen ook de zwarte Cadillac op mijn oprit staan, een man met pet achter het stuur. Haar chauffeur, nam ik aan. "Ja?"

"Goeienavond, Calamity. Ik ben Yvette Osgoode. Maar ik neem aan dat je dat al weet. Mag ik binnenkomen, voor een praatje?" Ze bevochtigde haar lippen met haar tong. "Corbin … mijn man … jouw grootvader, hij weet niet dat ik hier ben."

"Maar *hij* daar wel!" Ik wees op de man in de auto. De buuf zat hiervan te smullen.

Ze schudde haar hoofd. "Hij zegt niets. Ik kan 'm volledig vertrouwen."

Ja, vast. Ik deed een stapje achteruit en gebaarde naar de zitkamer. "Komt u binnen en gaat u zitten. Wilt u iets gebruiken? Thee, koffie, water, iets sterkers? Ik heb rode en witte wijn, en ook acceptabele whisky. Ik heb chocoladekoekjes en spritsen. Weliswaar niet zelfgemaakt, maar desalniettemin heel lekker." Ik rebbelde, realiseerde ik me en hield mijn mond.

"Een whisky met ijs, graag."

Ik ging naar de keuken, mikte wat koekjes – mijn

avondmaal nu – op een schaaltje, deed twee vingers whisky in een glas met ijs en schonk mezelf een royaal glas Chardonnay. Ik legde er mijn mooie servetjes bij, die ik speciaal bewaarde voor als er bezoek was, liep met de handel naar de kamer en stalde alles uit op de salontafel.

Yvette zat opgeprikt op een stoel. Het fotoalbum en de uitgeprinte nieuwsartikelen lagen op de plek waar ik ze had achtergelaten. Als ze er al nieuwsgierig naar geweest was, dan had ze zich keurig weten te beheersen. Ik legde ze op het zijtafeltje naast de sofa en ging zitten.

"Tast toe", zei ik, terwijl ikzelf een sprits pakte. "Neem me niet kwalijk, maar ik was net van plan me wat te eten te gaan maken."

"Ik had eerst moeten bellen. Zal ik een andere keer terugkomen."

"Geeft niks. U geeft me een mooi excuus om koekjes te eten bij wijze van avondmaal." Daar moest ze om glimlachen en ik herkende warempel mijn eigen glimlach.

"Ik lust er ook wel eentje", zei ze en nam een chocoladekoekje. Het was bijna gezellig, zoals we daar zaten te eten en te drinken. Na drie koekjes en een paar flinke teugen whisky verbrak Yvette de stilte.

"Ik heb je vandaag gezien, bij mijn huis in Moore Gate Manor. Je was met een vriendin."

Het had geen enkele zin om dat te ontkennen.

"Ja, dat klopt."

"Waarom nu? Na al die jaren?"

Rare vraag. Waren zij niet degenen die niets met mijn ouders te maken wilden hebben, en – als logisch gevolg daarvan – niets met mij? Maar ik besloot mijn kaarten op tafel te leggen. Nou ja, een *deel* ervan. "Mijn vader is kortgeleden gestorven en heeft me dit huis nagelaten. Mijn moeder heb ik sinds mijn zesde niet meer gezien. Ik ben enig kind. Dus ik denk dat ik plots de behoefte gevoelde eens te kijken of ik nog familie had."

Die uitleg leek haar tevreden te stellen. Ze knikte tenminste.

"Hoe wist u trouwens dat *ik* het was?" vroeg ik plompverloren.

Kennelijk vond ze dat een vermakelijke vraag. "We lijken nogal op elkaar, vind je niet? Ik moet toegeven dat ik een beetje van mijn stuk was, toen ik mezelf zag staan … als een versie van veertig jaar jonger. Je hebt de ogen van je vader … tenminste de kleur. Maar voor de rest is onze gelijkenis verbluffend."

Ze bevochtigde haar lippen opnieuw met haar tong. "Ik heb steeds tegen Corbin gezegd dat Abigail het ons nooit zou vergeven, dat we haar de deur wezen nadat ze ons opgebiecht had dat ze zwanger was. Ik zei hem dat ze onder geen enkel beding afstand zou doen van haar kind, laat staan een abortus zou willen overwegen. Maar Corbin was … eh, *is* een vreselijke stijfkop, mijns inziens veel te bezorgd om wat de buren zouden kunnen denken en zeggen."

Er klonk een bitter lachje. "Alsof een zwangere dochter erger is dan belastingontduiking, handelen met voorkennis of fraude – dingetjes waarvoor al diverse buren in de loop der jaren zijn veroordeeld. Niet dat iedereen in de buurt een schurk is, hoor. Er zijn plenty goudeerlijke mensen die zich met bloed, zweet en tranen opgewerkt hebben tot wat ze nu zijn. Er zijn er ook die alles domweg hebben geërfd. Maar ik weet haast wel zeker, dat er ook bij hen vuile was te vinden is die ze liever niet buiten hangen. Ik probeerde mijn man daarvan te overtuigen, maar hij was niet voor rede vatbaar. Dat kwam ook omdat Abigail altijd zijn oogappel was, totdat ze halsoverkop verliefd werd op een van zijn bouwvakkers. *Erger* nog, ze droeg zijn kind."

Ik herinnerde me wat winkelman Ben had gezegd – *Het is triest, wat kouwe kak en trots met een mens doen.*

"Ik heb altijd de hoop gehouden dat Corbin mettertijd wel zou bijdraaien", zei Yvette. "Maar toen de politie aan de deur

kwam, wist ik meteen dat we Abigail voorgoed kwijt waren."
Yvette – ik kon me er niet toe brengen haar als mijn oma te
zien – zonk achterover in haar stoel, alsof haar verhaal haar
van al haar krachten beroofd had. Haar gezicht was bleek en
ik meende zweetdruppeltjes op haar voorhoofd bij de haarlijn
te ontwaren. Ze haalde balsem tevoorschijn uit haar dure roze
handtas en smeerde haar lippen in. Als ik niet zo van de kaart
was geweest door alles wat ze me verteld had, zou ik in lachen
uitgebarsten zijn. "Wanneer was dat precies, toen de politie bij
u aan de deur kwam?"

"Een paar dagen nadat Abigail verdwenen was. Natuurlijk
hadden we er al over gelezen. Het had in alle kranten
gestaan." Yvette nam een slokje uit haar glas, voordat ze
verderging. "Corbin was ervan overtuigd dat ze haar fout
eindelijk had ingezien en je vader verlaten had. Ik *wist* niet
goed wat ik ervan moest denken. De politie meende dat ze
misschien teruggegaan was naar haar moeder. De agent die
dat zei, suggereerde dat er mogelijk huwelijksproblemen
waren." Ze nam weer een slokje van haar glas. "Ik kon daar
natuurlijk niets over zeggen."

Ik *moest* het gewoon vragen, ook al wist ik niet of ik het
antwoord wilde kennen.

"Was ze dat? Teruggegaan naar haar moeder?"

Yvette schudde van nee. "Ik wou dat het waar was. De
politie is enige malen aan de deur geweest met vragen. Het
leek soms meer op een verhoor. Corbin had nogal een kort
lontje, zie je, als het over je vader ging … nou goed, er was
blijkbaar ooit een incident geweest tussen de twee, bij het
winkeltje aan het strand. Hij was overbezorgd. Abigail was ons
enig kind."

De politie had dan wel een oogje toegeknepen bij de
confrontatie tussen mijn vader en Osgoode, maar zes jaar
later, toen Corbins dochter spoorloos verdween, was het
politierapport over dat incident dus weer boven water gehaald.

"Mag ik u nog iets vragen?"

"Natuurlijk."

"Waarom zocht u geen contact met mij, met name na de vermissing van mijn moeder? Ik was onschuldig en bovendien uw kleinkind."

Ik was kwaad op mezelf, vanwege de onopzettelijke snik in mijn stem.

Yvettes keek verbaasd. "Dat heb ik toch gedaan, Calamity? Destijds ging dat allemaal wat moeilijker, zonder internet, e-mails en sms'jes. Ik moest toen een detective in de arm nemen om te ontdekken wanneer je geboren was en waar jullie naartoe verhuisd waren na Marketville. Allemaal achter mijn mans rug om natuurlijk. Ik stuurde brieven, verjaarsdags- en kerstkaarten. En ik sprak boodschappen in op je vaders telefoonbeantwoorder. Toen je een jaar of dertien was, ben ik daarmee opgehouden. Ik bedacht dat het misschien minder pijnlijk zou zijn om net te doen alsof ik geen kleindochter had."

Al die jaren was mij voorgehouden dat mijn grootouders me niet wilden, en nu zei Yvette dat dat helemaal niet waar was.

"Wilt u me wijsmaken dat mijn vader nooit ergens op reageerde?"

"Het spijt me, Calamity." Ze glimlachte triest en nam het laatste slokje uit haar glas. "Ik kan 't hem niet eens kwalijk nemen, vooral omdat de schrijvens en belletjes van *mij* afkwamen. Niet alleen je grootvader had slecht gereageerd op je moeders zwangerschap. Ik ook. Ik vermoed dat je moeder ons na verloop van tijd nog wel had kunnen vergeven. Maar je vader ... je vader was een ... eh, *koppige* man." *Dat* was in ieder geval waar.

Yvette vervolgde. "Als ik Corbin mee had gekregen, had het misschien anders uitgepakt. Ik verwijt mezelf dat ik me jegens hem niet harder heb opgesteld. Maar hier zitten we dan toch. Beter laat dan nooit. Misschien kan ik Corbin alsnog overhalen."

Ik zat kapot en stierf van de honger. Na dat glas wijn op een bijna lege maag dreigde er een barstende koppijn. Ik boog me naar haar toe en keek haar recht in de ogen met dezelfde blik waarop mijn vader me placht te trakteren, als hij loeikwaad was.

"Misschien is het maar het beste dat we elkaar niet meer zien. Ik wil niet dat u gedonder krijgt met uw Corbin. Ik heb het zesendertig jaar zonder u beiden afgekund. Ik ben er zeker van dat me dat nog wel een jaar of zesendertig gaat lukken."

Ik weet niet wat ik verwacht had. Wellicht dat ze me zou smeken om een tweede kans of om tenminste over de zaak na te denken, maar ze stond op, streek een denkbeeldige plooi glad van haar perfect zittende broek, bedankte me voor de whisky en de koekjes, en liep de deur uit zonder ook nog maar één keer om te kijken.

Ik zag door het raam hoe de Cadillac achteruit mijn erf afreed. Toen zeeg ik weer neer, begroef het gezicht in mijn handen en huilde zoals ik nog nooit gehuild had.

Ik huilde nog, toen de deurbel ging. Ik keek uit het raam en zag de Cadillac weer staan. Toen ik opendeed, stond Yvette op de stoep, met een afgetrokken bleek bekkie.

"Wat nu weer?" vroeg ik door mijn tranen heen.

"Ik ga Corbin eens flink de waarheid zeggen", zei ze. "Ik zal hem dwingen te luisteren." Ze lachte zuur. "Hij zal wel moeten. Anders is hij ons allebei kwijt."

Met die woorden draaide ze zich om en ging andermaal weg.

31

Ik was die vrijdagmorgen zo slap als een vaatdoek na een bijna slapeloze nacht. Ik drink zelden koffie, maar nu had ik een stoot cafeïne nodig. Ik maakte haar extra sterk en voelde me al na de tweede kop weer mens worden. Ik slaagde er zelfs in een boterham met pindakaas te eten.

Ik las de weekrapportage aan Leith nog eens door en overwoog heel even om het bezoek van mijn grootmoeder toe te voegen. Bij nader inzien vond ik dat hij meer dan genoeg informatie had om 'm weer een weekje zoet te houden. Ik drukte op Verzenden en klapte mijn laptop dicht. Tijd om naar de bieb.

Shirley had haar belofte gestand gedaan en de microfiches van 1986 vanaf 14 februari tot eind maart doorgeploegd, zowel van de *Toronto Sun* als van de *Toronto Star*. Ze gaf me een map en een bemoedigend kneepje in mijn arm. Toen liet ze me alleen, om de print-outs in alle rust door te nemen.

De eerste vermeldingen van mijn moeders vermissing waren op 16 februari in de *Sun* en op 17 februari in de *Star*.

Beide waren duidelijk gebaseerd op de *Marketville Post* en meldden dus niets nieuws. Daarna was er in beide kranten nog slechts af en toe sprake van "Vrouw nog steeds vermist", maar je ontkwam niet aan de indruk dat het gezien werd als een non-issue. Wel logisch, in een stad ter grootte van Toronto.

Het werd pas interessant op 2 maart, in de zondagseditie van de *Sun*. De kop luidde: Ouders van Vermiste Vrouw bij Politiek Inzamelbal. Er stond een foto bij van de Osgoodes, allebei breed grijnzend naar de fotograaf. Hij in smoking met zwarte das, zij in een blauwe japon met een miljoen kraaltjes. Zelfs zonder de kop zou de foto al mijn aandacht hebben getrokken. Afgezien van haar ogen was Yvette Osgoode mijn evenbeeld. Nou ja, mijn evenbeeld als ik de tijd zou nemen om me zo verschrikkelijk op te tutten en mijn haar te laten doen.

Alleen bij nadere beschouwing zag je de spanning op Yvettes gezicht, de verbetenheid. Corbins hand zat strak om haar middel, de knokkels wit, alsof hij haar in bedwang hield.

Het artikel vermeldde dat Abigail Barnstable, enig kind van Yvette en Corbin Osgoode, bedrijfsvoorzitter van Osgoode Construction Company, al sinds Valentijnsdag werd vermist. Verder waren er nog wat bijzonderheden uit voorgaande nieuwsartikels doorheen gehusseld. Corbin verzocht pers en publiek hun privacy te respecteren in deze "zo moeilijke periode".

Ze hadden haar godbetert onterfd toen ze zwanger was van mij, hadden iedere vorm van verzoening consequent van de hand gewezen, maar waren niet te beroerd om acte de présence te geven op een politiek galabal van minimaal driehonderd dollar per couvert en breed glimlachend voor de foto te poseren in deze voor hen "zo moeilijke periode". Ik kon de foto wel verscheuren – ik haat schijnheiligheid.

Maar goed, wie weet hadden ze na haar vermissing wroeging gekregen. Ik moest denken aan Yvette en aan dat de politie de mogelijkheid had geopperd dat ze terug naar huis kon komen. Misschien waren ze de vragen van politie en nieuwsgierige buren even zat geweest. Aan de foto was duidelijk te zien dat ze beiden gespannen waren. Ik legde het velletje opzij en richtte me op het laatste printje van de stapel.

Het artikel dateerde van de 14de maart in de *Toronto Sun*, precies een maand na mijn moeders vermissing. Het besloeg minder dan een achtste van een van de achterste pagina's. Vulling … op een dag dat er weinig nieuws was. Een foto van een vrouw die een beloningsposter vasthield naast een korte samenvatting van de omstandigheden rond mijn moeders vermissing.

Ik vroeg me af wat Shirley het eerst opgevallen was op de foto – Misty Rivers of de beloningsposter. Niet dat het er wat toe deed.

Want het waren niet zozeer Misty en de poster die me de haren te berge deden rijzen.

Het was de man die naast haar stond.

Dertig jaar jonger en nog geen teken van een buikje, maar zijn ogen waren nog net zo magnetisch blauw als vandaag.

Mijn vaders raadsheer.

Leith Hampton.

32

Leith had zijn beroepsgeheim aangehaald als reden waarom hij niet gezegd had dat Misty mijn moeder had gekend. Toen ging ik er nog vanuit dat hij zich beroepen had op zwijgplicht jegens mijn *vader*. Nu leek het er meer op dat *Misty* de cliënt was die hij had willen beschermen. Wat ik me nu begon af te vragen, was of vertegenwoordiging in rechte van zowel Misty Rivers als mijn vader niet als belangenverstrengeling moest worden aangemerkt.

Ik vroeg me tegelijk af wat zijn relatie was met Dwayne Shuter. Ik sloot mijn ogen en herinnerde me hoe Leith in het dossier had zitten bladeren. "Dwayne Shuter?" had hij gezegd. "Zijn naam komt voor in het rapport dat is opgemaakt na het ongeval. Maar in het proces-verbaal zegt hij dat hij zich elders bevond tijdens het ongeluk."

Hij zei niet van "Nee, die ken ik niet" of "Ja, hem ken ik", maar "Zijn naam komt voor in het rapport dat is opgemaakt na het ongeval" en daarna "Waarom vraag je dat?" Ik kreeg opeens een heel naar gevoel bij Leith Hampton.

"Dat is het opsporingsbiljet waarover ik je vertelde", onderbrak Shirley mijn gemijmer. "De vrouw op de foto herkende ik ook. Zij was beslist degene die toen langskwam met de vraag of we die in de bieb konden ophangen. Haar naam kan ik me niet meer te binnen brengen. Ik heb de man nooit eerder gezien. Zulke ogen zou ik me beslist herinneren."

"De vrouw stond ook op enkele foto's in de *Post*", zei ik. "Ik heb kunnen achterhalen dat ze Misty Rivers heet. Ze woont nog in Marketville en werkte met mijn moeder als vrijwilligster bij de voedselbank. Ik denk dat ze bevriend waren. Ik geloof niet dat de man van hier is." Ik vond het wel wat gênant dat ik Shirley niet alles vertelde, maar het begon ook zo verschrikkelijk ingewikkeld te worden. Gelukkig rook ze geen onraad. Ze vroeg tenminste niet verder.

Ik bedankte Shirley voor haar inspanningen en beloofde haar op de hoogte te houden. Toen ging ik huiswaarts met de map met printjes onder mijn arm, vastbesloten om mijn weekend in de Muskokas niet te laten bederven door mijn verdenkingen jegens Leith. Weliswaar ging ik naar de Ashfordjes in de hoop meer te weten te komen over mijn moeder, maar ik was ook toe aan wat rust en ontspanning. Daarbij Royce beter leren kennen was een leuke bijkomstigheid.

———

Royce en ik vertrokken die zaterdag om een uur of tien, met het plan om rond de middag bij Lake Rosseau te arriveren. We hadden het onderweg over favoriete schrijvers en tv-sterren.

Ondanks het drukke verkeer in noordelijke richting verliep de reis voorspoedig. We namen de afslag naar Muskoka en bereikten na nog geen halfuurtje een meanderende asfaltweg die na een poosje overging in een onverhard pad, dat zonder enige twijfel niet begaanbaar was bij veel regen of sneeuw. Bij een tegenligger moest je geluk hebben dat er voldoende berm was om uit te wijken. Gelukkig was er van tegenliggers geen sprake. Het enige wat we tegenkwamen waren wilde kalkoenen, die geen enkele haast aan de dag legden om ons doorgang te verlenen. Ik zat me net af te vragen of het GPS hier werkte, toen Royce mijn gedachten leek te raden.

"Het GPS gaat tot waar de weg verhard is. Als je op Ashford Road komt is het gedaan. Dat heeft een goede en een slechte kant. De goede kant is dat het hier lekker privé is. En dat is prettig in een wereld die in toenemende mate publiek terrein is. Als je hier niets te zoeken hebt, kom je hier niet." Royce grinnikte. "Het is alleen lastig, als je een pizza wilt laten bezorgen."

We kwamen bij het huisje aan, waar een frêle jongedame, van mijn leeftijd ongeveer, ons voor een grote blokhut zat op te wachten. Ze sprong meteen op uit haar Muskokastoel om ons te begroeten en streek daarbij een lok blond haar naar achteren. Er was voldoende familiegelijkenis om in haar de zus van Royce te herkennen.

"Dat werd ook wel 's tijd, Royce. Ik word helemaal lijp van ma sinds ik hier ben. Als ik geweten had dat je nu pas kwam, was ik niet gisterenavond gekomen, maar ook vandaag."

"Ik heb het haar gezegd," zei Royce, "dat we vandaag pas zouden komen."

"Ja, dat zal wel." Ze wendde zich tot mij. Haar donkere ogen stonden ondeugend en ze stak haar ringloze linkerhand naar me uit. "Ik zal mezelf maar even voorstellen, want Royce heeft zijn manieren thuisgelaten. Porsche Ashford, Royce zijn bizarre zusje."

Niet gewend aan het schudden van een linkerhand, deed ik dat nogal stuntelig. "Het is me een woest genoegen, Portia."

"Niet Portia, maar Porsche ... net als de luxe sportauto."

Natuurlijk. En Royce, als in Rolls Royce. Nu viel het kwartje. Voor ik iets kon zeggen, greep Porsche mijn arm en leidde me naar het huis.

"Royce volgt wel met de bagage", gniffelde ze. "Kom mee, dan stel ik je voor aan moeder en tante Ka."

"Waar is pa dan?" vroeg Royce. "Ik dacht dat ma zei dat hij deze week thuis was."

Porsche rolde met haar ogen. "Dat was ook de bedoeling, maar kennelijk had hij op het laatste moment toch iets te regelen op de zaak, zoals te doen gebruikelijk. Hij is gisteravond laat thuisgekomen en het eerste wat-ie deed was een partijtje golf afspreken. Mama is niks niet blij, kan ik je verzekeren. Maar hij beloofde voor het borreluurtje thuis te zijn. Genoeg getreuzeld ... haal jullie bagage uit de auto. Ik neem Callie vast mee en stel haar voor."

Ik volgde Porsche naar binnen en viel bijna om. Het interieur viel het best te omschrijven met *rijk rustiek*. De kamer was gemeubileerd met leren stoelen, sofa's en bankjes in aardekleuren, uiteenlopend van pompoenoranje en bruin tot okergeel, met kussentjes die grondig nonchalant verspreid lagen en in dezelfde kleuren vervaardigd waren uit diverse lapjes stof. Massief eikenhouten tafels en bijzettafeltjes overal. Men zou bijna zeggen dat het vertrek met zoveel meubels te vol zou zijn, maar in plaats daarvan was het gezellig en uitnodigend. Er hing een prettige geur van naaldhout in de lucht vanwege de smaakvol samengestelde boeketten van verse dennentakken en bloemen.

Met uitzondering van de massieve schoorsteen boven de openhaard hingen de wanden vol met kunstzinnige afbeeldingen van natuur en wild. Ik had een jaar op de kunstacademie gezeten vóór ik een andere studierichting koos, omdat ik beseft had dat ik niet goed genoeg was om ervan te kunnen leven. Maar ik wist genoeg van kunst om een schilderij van Robert Bateman, van een groepje ijsduikers, van een reproductie te kunnen onderscheiden. Datzelfde gold ook voor een indrukwekkende collectie originele olieverfjes van Carl Benders, eekhoorns en vogels. Er hingen meer schilderijen, van artiesten die ik niet meteen kon thuisbrengen, en ook een serie handgeweven wandtapijten. Het geheel was overweldigend.

En toch was er niks dat kon wedijveren met het weidse panorama dat een glazen wand met openslaande terrasdeuren bood over Lake Rosseau en de omringende bossen en rotskusten. Twee vrouwen lagen op ligstoelen op het eind van een aanlegsteiger, zo breed als het huis zelf. Ik schatte de lengte op ruim honderd meter. De belasting op deze woning was geheid meer dan ik in een heel jaar verdiende. Er waren nog wel originele blokhutten, maar die werden een voor een opgekocht en omgebouwd tot paleisjes van deze allure. Dit was Rijkeluisland met een grote R, met name Lake Rosseau, Joseph en Muskoka. Het was *hier* waar topatleten, beroemdheden en grootindustriëlen hun toevlucht zochten.

"Wat móói," stamelde ik.

"Pappie was een beurshandelaar. Hij heeft niet slecht geboerd," zei Porsche. "Gelukkig is hij er net vóór de financiële crisis uitgestapt." Ze lachte schalks. "Helaas hebben noch Royce noch ik zijn financiële inzicht geërfd, noch zijn grenzeloze liefde voor de keiharde beurswereld. Dat was een grote teleurstelling voor hem. Goed, Royce heeft tenminste zijn bouwbedrijf nog. Maar ik ben het zwarte schaap in de familie."

"Pa heeft mijn werk anders ook nooit beschouwd als een Ashford waardig," zei Royce, toen hij de kamer inkwam met in elke hand een weekendtas. "Porsche is trouwens te bescheiden. Zij heeft alle kussens en wandkleden in deze kamer geweven. En ze heeft goedlopende winkels in zowel Yorkville als Muskoka."

Toronto wordt door sommigen gezien als het Hollywood van het Noorden. En Yorkville is de plek waar filmsterren gaan winkelen wanneer ze beroepshalve in Toronto verblijven. Dus als Porsche zich met de opbrengst van haar wandkleedjes dáár winkelruimte kon veroorloven, dan was dat bepaald geen kattenpis. Ik ging er eentje van dichtbij bekijken en stond versteld van de kunstzinnigheid van haar werk. "Je hebt veel talent," zei ik. En ik meende het oprecht.

Porsche lachte. "Jij mag blijven." En tegen Royce: "Waarom laat je Callie haar kamer niet zien, zodat ze kan uitpakken. Dan haal ik mam en tante Ka intussen op."

Zo gezegd, zo gedaan. Royce leidde me naar een enorme kamer met een kingsize bed, een grenen ladekast en een paleis van een badkamer. De witheid van beddensprei en gordijnen werd gebroken door vrolijk gekleurde handgeweven kussentjes – ook gemaakt door Porsche, nam ik aan.

Ik borg de weinige kleren die ik meegebracht had, op in het dressoir, friste me op, ging op de rand van het bed zitten en poogde de vlinders in mijn buik tot bedaren te brengen. Behalve de vier gezinsfoto's had ik ook de map met print-outs meegebracht. Ik had alleen nog niet beslist of ik ze ging laten zien of niet. Ik zat nog te prakkiseren, toen ik een roffeltje op de deur hoorde. Het was Royce.

"Ben je zover?"

Ik knikte en poogde een kalmte uit te stralen die ik niet voelde. Hij pakte mijn hand en leidde me ridderlijk terug naar de kamer. Ik had de map met printjes laten liggen.

Een oudere versie van Porsche had zich genesteld in een van de leren fauteuils. Ze had dezelfde delicate trekken, dezelfde amandelvormige bruine ogen. Haar stroblonde haar was zorgvuldig, doch niet opzichtig gekleurspoeld om eventuele grijze haren te verbloemen. Dat moest de vrouw des huizes zijn. De dame die Porsche met tante Ka aangeduid had, was in geen velden of wegen te bekennen.

"Callie," zei Royce plechtig, "mag ik je voorstellen aan mijn moeder?"

"Een waar genoegen, mevrouw Ashford. Heel erg bedankt voor de uitnodiging."

"Melanie. Mevrouw Ashford is mijn schoonmoeder." Ze weerde mijn formele houding af met een zorgvuldig gemanicuurde hand. "Het genoegen is geheel aan mijn kant. Mijn zuster is een middagdutje gaan doen in haar eigen huisje aan de andere kant van de baai, maar ze komt straks terug voor het avondeten. Porsche is een kijkje gaan nemen in haar winkeltje in het dorp. Ze heeft personeel natuurlijk, maar af en toe moet de artiest zelf haar gezicht even laten zien. Daarbij ging ik ervanuit dat we bij het herinneringen ophalen geen pottenkijkers nodig hadden, tenminste niet meteen al."

"Dat is erg attent van u."

"Ik ben gewoon je en jij." Opnieuw het afwerende handje. "Royce vertelt me dat je graag wat meer zou willen weten over je moeder. Ik zal je vertellen wat ik weet, al is dat niet veel."

"Eigenlijk gaat 't ietsje verder dan dat, Melanie. Mijn moeder is voor het laatst gezien, toen ze mij naar school bracht op Valentijnsdag 1986. Ik hoop, als 't even kan, erachter te komen wat er met haar is gebeurd en of ze nog in leven is." Ik stond van mezelf te kijken over zoveel openhartigheid, en ik kon aan de verbaasde blik vanonder zijn opgetrokken wenkbrauwen zien dat mijn spraakwaterval Royce ook nogal verraste.

Melanie scheen daarentegen helemaal niet verbaasd. Ze knikte slechts. "Dat moet rot geweest zijn – opgroeien en niet weten waarom ze wegging of wat er van haar geworden is."

"Dat *had* misschien rot moeten *zijn*. Maar de waarheid is dat het helemaal niet rot *was*. Niet echt. Mijn vader was toevallig een geweldige vader. Hij heeft ervoor gezorgd dat ik niets te kort kwam en heeft me op eigen benen leren staan, en bovendien leren schaatsen en zwemmen. We spraken nooit over mijn moeder. Na verloop van tijd vergat ik haar gewoon. Ik was zes jaar, toen ze wegging ... bijna zeven – oud genoeg om me tenminste een paar dingen te herinneren. En toch ..." Ik kijk Royce even van opzij aan. "Misschien heb ik wel herinneringen onderdrukt, om mezelf te beschermen. Ik heb eigenlijk geen flauw idee."

"Dus je herinnert je helemaal niets?"

Ik wilde haar niet vertellen dat er langzaam dingen uit het onderbewustzijn opborrelden. Het was allemaal zo hapsnap, als losse filmbeelden, dat ik er nog geen chocola van kon maken.

"Niet echt."

"Waren er dan geen foto's van haar toen je opgroeide?"

Ik schudde van nee. "Geeneentje. Ik weet niet of mijn vader zulke aandenkens niet *wilde* of dat hij ze niet kon *verdragen*. Hoe het ook zij, de allereerste foto's die ik van haar zag, vond ik laatst in het huis in Marketville. Ik heb ze aan Royce laten zien, toen hij een keer kwam eten. Hij meende dat hij in haar de koekjesdame herkende die een paar keer aan de deur was geweest. Vandaar dit beslag van mij op je gastvrijheid."

Melanie glimlachte. "Ga toch weg met je 'beslag'. Bovendien komt Royce veel te weinig langs en … *zijn* vrienden zijn *onze* vrienden. En zijn herinnering aan de 'koekjesdame' verbaast me niets. Royce was altijd al een zoetekauw."

"En Porsche?"

"Zij zal zich haar niet herinneren. Porsche moet destijds een jaar of drie geweest zijn. Maar het klopt … de vrouw die Royce zich herinnert als je moeder, is inderdaad een paar keer langs geweest met zelfgebakken koekjes om geld in te zamelen voor de schoolbibliotheek. Wijzelf hebben voor de bieb de series over *Nancy Drew* en over de *Hardy Boys* aangekocht. Die stijve lui in het schoolbestuur waren alleen geïnteresseerd in leerboeken en naslagwerken. Ze wisten niet wat echt belangrijk was – namelijk kinderen aan het *lezen* krijgen. Wat maakt het uit, of dat nou een beeldroman is of een biografie op de achterkant van een voetbalplaatje?"

Ik moest grinniken om haar liberale kijk op die zaken. Melanie mocht dan steenrijk zijn, ze was bepaald geen snob. "Ik heb de foto's meegebracht. Wil je ze zien?"

"Ja, graag."

Ik ging terug naar mijn kamer en haalde de foto's uit de map. De microficheprintjes nam ik niet mee. Niet alles tegelijk!

Melanie bekeek de foto's zorgvuldig. Eerst een voor een. Daarna legde ze ze op een rijtje.

"Opvallend ... dat ze vier keer dezelfde locatie koos voor de verschillende jaargetijden. Royce zei me dat ze genomen waren bij de basisschool. Ik denk dat hij gelijk heeft, ook al zou mij zulks niet opgevallen zijn. Ik vraag me af waarom juist die plek."

"Dat heb ik me ook afgevraagd. Maar ... is dit de vrouw die je kende als Abby?"

"Dat weet ik bijna zeker." Melanie keek op. "Ik wou dat ik je meer kon vertellen, maar ik heb haar niet goed gekend."

Ik was niks opgeschoten. Ik veegde de foto's bij elkaar, stopte ze terug in de envelop en veinsde een glimlach om mijn teleurstelling te verbergen. We hadden er tenminste goed weer bij en ik was er lekker een weekendje uit. Aan Lake Rosseau nota bene.

Melanie scheen mijn teleurstelling niettemin te hebben gevoeld. "Misschien herinneren mijn man en mijn zus zich je moeder beter. Marketville is nog altijd niet echt groot, maar in 1986 wist iedereen bijna alles van iedereen."

"Wat zeg je ervan, Callie," kwam Royce nu voor het eerst tussenbeide, "om het meer eens te gaan verkennen. De boot ligt klaar. Mam vermaakt zich wel met lezen."

"Absoluut", zei Melanie. "Gaan jullie maar lekker varen."

Ik had er zin in, moet ik toegeven, vooral met Royce. Ondanks mijn goede voornemens voelde ik me telkens meer tot hem aangetrokken. Ik hoopte alleen dat ik niet opnieuw mijn oog op de *verkeerde* had laten vallen. Gewoon, voor de *verandering*.

"Daar zeg ik geen nee tegen," zei ik en huppelde achter Royce aan.

33

Het was jaren geleden dat ik voor het laatst in de
Muskokas geweest was, maar het voelde alsof de tijd had
stilgestaan. Royce was een bekwaam varensman. Hij stuurde
de boot zwierig langs de vele baaien en eilandjes, terwijl ik stil
genoot van de bosrijke omgeving, waarin blokhutten
afgewisseld werden door schitterende zomervilla's met aan de
steiger kano's, jetski's, zeiljachten en kruisers in alle soorten en
maten. Zelfs de gsm-masten waren gemaskeerd, zodat ze
eruitzagen als bomen. Ik zou me hier best een zomer kunnen
vermaken en kon een gevoel van jaloezie jegens hen die zich
dat konden veroorloven, niet onderdrukken.

We waren om een uur of vier weer terug aan de steiger en
hadden alle tijd om ons op te frissen voor wat Royce 'Happy
Hour in de Zonnekamer' noemde.

"Een oude familietraditie", legde hij uit. "We komen
allemaal bij elkaar voor een borrel. Vrijetijdskleding verplicht
– korte broek plus T-shirt ... of spijkerbroek plus sweater,
afhankelijk van het weer. Op dit moment knapt iedereen een
uiltje of is zich aan het opfrissen."

"Opfrissen lijkt me een strak plan", zei ik in de wetenschap
dat mijn haar door de wind alle kanten op stond. In een

modemagazine ziet dat er sexy uit, maar bij mij lijkt het wel oorlog. "Dat geldt trouwens ook voor dat Happy Hour."

Ik besteedde extra aandacht aan hoe ik eruitzag. Ik wrong mijn haar in een strakke vlecht en bracht een beetje mascara aan op mijn wimpers. Ik trok een gemakkelijke capribroek aan en een veelkleurig T-shirt met veel paars en roze. Ik deed oorknopjes in en hagelwitte sandalen aan. Ik was amper klaar of Royce stond alweer voor de deur.

"Je ziet er verrukkelijk uit", zei hij goedkeurend, terwijl hij me van top tot teen opnam.

Ik bloosde bleu. Het was lang geleden dat iemand op die manier naar me gekeken had en me met mijn uiterlijk gecomplimenteerd.

"Dank je. Ik moet wel zeggen dat ik een beetje nerveus ben om je vader te ontmoeten, en je tante Ka. Ik wil geen modderfiguur slaan."

Hij legde een arm om mijn middel en trok me mee de gang in.

"Ze gaan je geweldig vinden. Vooral mijn vader. Ik moet je wel waarschuwen. Hij kan afschuwelijk flirterig zijn als er mooie vrouwen in het spel zijn. Mijn moeder doet altijd net alsof ze dat niet ziet. Soms lijkt het net alsof ze het wel amusant vindt ... alsof hij een spelletje speelt, om haar te plagen – een soort kat en muis."

"Bedankt voor de waarschuwing. Ik hoop alleen dat een van beiden zich iets herinnert over mijn moeder. Niet dat ik me vandaag niet heb vermaakt, maar *dat* is toch de hoofdreden waarom ik hier ben."

"De hoofdreden, Callie? Ik ben geschokt." Royce liet een smartelijke snik horen en grijnsde vervolgens breed. "Ik maak een grapje. Ik denk dat dat wel goed komt. Wat zei ma ook maar weer? Dat Marketville toen nog erg klein was?"

"Ze zei dat het zelfs zo klein was dat iedereen bijna alles van iedereen wist."

"Dan heb je geluk. Mijn tante Ka weet altijd alles van iedereen."

———

DE ZONNEKAMER BLEEK EIGENLIJK EEN BEGLAASDE VERANDA TE ZIJN, die de hele westkant van het huis besloeg.

En ook hier was het uitzicht wederom schitterend, met bos, rotspartijen en een groot deel van Lake Rosseau. De zonsondergangen zouden van hieruit volop te genieten zijn.

Het was alles wit riet wat er de klok sloeg, ook al was Porsches hand ook hier zichtbaar in de kleurrijke zit- en sierkussentjes. Ik begon me bijna af te vragen in hoeverre haar omzet afhing van aankopen door familie en vrienden. Niet dat ik aan haar talent twijfelde of zo.

Porsche en Melanie zaten ontspannen met een martini in gelijke rieten schommelstoelen. Melanie gebaarde naar een roestvrijstalen toog met ingebouwde koelkast. "Wees welkom bij ons Happy Hour, Callie. Mijn zuster en manlief kunnen elk moment arriveren. Daar staat een karaf met kant en klare wodka-martini. En er is een keur aan sterke drank, fris, water, wijn en bier. Royce, schenk de jongedame eens in."

Ik koos voor Australische Chardonnay en nam plaats op een comfortabel ogend bankje. Ik was wonderlijk aangenaam verrast, toen Royce naast me kwam zitten. Ik had net een slokje van mijn drankje genomen, toen er een wandelende sieraadkast binnen kwam waggelen. Ze was midden vijftig, was dikker en d'r haar was niet meer *van nature* rood, maar het leed geen twijfel – tante Ka was Kaatje Lonergan. De vrouw die Ella had aangeduid met Praatje Lonergan.

De vrouw die mijn vader beschuldigde van moord op mijn moeder.

"Tante Ka, mag ik je voorstellen aan Callie Barnstable, mijn buurvrouw," zei Royce, nadat hij haar op haar wang had gekust. "Callie, dit is Kaatje Lonergan, mijn moeders zuster – voor intimi Tante Ka."

"Royce, lieve jongen, je weet dat ik niet een haaibaai ben," sprak de vrouw vermanend, zonder dat ze het overigens leek te menen. En tegen mij zei ze: "Noem me maar gewoon Kaatje. Leuk je te ontmoeten, Callie. Een vriend van Royce is een vriend van mij."

Ik deed mijn uiterste best mijn fatsoen te houden. Ik was tenslotte gast. En bovendien had ik alleen Ella's versie van Kaatjes beschuldigingen. "Dat is wederzijds, Kaatje. Melanie zei me dat je mijn moeder misschien gekend hebt, Abigail Barnstable."

Kaatje schonk zichzelf een martini in, voegde zes olijven toe en glibberde op een ligstoel, als een slang die de warmte van de zon opzoekt.

"Ik kende haar als Abby. We waren allebei vrijwilliger bij de voedselbank. Of beter, *ik* was vrijwilliger en je moeder zwaaide de scepter. Haar wil was wet." Kaatje glimlachte, maar ik bespeurde een zweem van afkeer. Alsof haar iets dwarszat na al die jaren. Ze sidderde even, alsof ze het gevoel wilde afschudden.

Ze stak een olijf aan haar cocktailprikker, kauwde er nadenkend op en glimlachte koud.

"Ik ben bang dat dat niet erg aardig klonk. Zonder je moeder zou Marketville niet eens een voedselbank hebben *gehad*. Althans, *toen* nog niet. Ze liet geen middel onbeproefd om er eentje in de benen te schoppen. Het is alleen dat lui met zo'n sterke wil en visie soms vergeten rekening te houden met de gevoelens van anderen."

Was mijn moeder echt zo iemand geweest – iemand die over lijken ging? Ella Cole had niets in die richting laten doorschemeren. Maar misschien had zij mijn gevoelens willen sparen. Anderzijds, Kaatje maakte niet de indruk van iemand die bereid was de tweede viool te spelen. De manier waarop ze net was binnengekomen, iets te laat – omwille van een grootse entree – en van top tot teen behangen met sieraden … Allicht had mijn moeder daar dwars doorheen gezien. Ik zat bij mezelf te overleggen hoe ik zou reageren, toen Melanie zich in het gesprek mengde.

"Ik was vergeten dat je vrijwilligster bij de voedselbank was", zei ze giechelend.

"Ik zie niet in wat daar zo lollig aan is." Kaatje Lonergan keek bezeerd. "De voedselbank is toevallig een heel goede zaak."

"O, in godsnaam, Kaatje … het is dertig jaar geleden. Waarom geef je niet gewoon toe dat je vrijwilligster was tegen wil en dank?" Melanie sloeg haar armen over elkaar en keek haar uitdagend aan. Ik kreeg de indruk dat hier iets *meer* speelde dan zusterlijke rivaliteit alleen.

Kaatje rolde melodramatisch met haar ogen en verorberde nog een olijf uit haar martini.

"Ik zou het niet tegen wil en dank noemen, Mellie. Oké, ik was veroordeeld tot honderd uur dienstverlening, maar een liefdadigheidsinstelling was wel degelijk mijn eigen keuze."

"Tante Ka veroordeeld tot honderd uur dienstverlening? Waarom weet *ik* dat niet?" grijnsde Royce. "Wat had je op je kerfstok?"

"Ja, vertel op, tante Ka. Wat heb je gedaan?" vroeg Porsche, nu ook geïnteresseerd.

"Wat heeft jullie opa gedaan, kun je beter vragen," zei Melanie. "Zonder diens invloed bij de politie en zonder de goede roep van de naam Lonergan was jullie tante Ka er niet zo licht vanaf gekomen … met slechts honderd uur gemeenschapsdienst."

"Jullie moeder overdrijft weer eens schromelijk. Het was een heel klein gevalletje van winkeldiefstal – een bagatelletje of twee bij de juwelier." Kaatje maakte een geringschattend wegwerpgebaar met een hand waaraan een half pond ringen hing. "Kan ik er soms wat aan doen dat ik van glimmers houd?"

"Ben je werkelijk gearresteerd?" Aan de toon van zijn vraag te horen, amuseerde dat idee hem meer dan dat hij erdoor geschokt was. Ik kreeg de indruk dat tante Ka het zwarte schaap van de familie was en dat ze er niet veel moeite voor hoefde te doen om die titel hoog te houden.

"Natuurlijk niet. De juwelier belde de politie en die hebben me toen een … lift gegeven. Jullie grootvader wist iedereen ervan te doordringen dat het voorval op een misverstand berustte. Ik gaf de hebbedingetjes terug … vrijwillig, hè! … en verklaarde me bereid tot dienstverlening. En daarmee was de kous af. Eigenlijk niet meer dan een storm in een glas water."

"Heb je die gemeenschapsdienst bij de voedselbank volbracht?" vroeg ik, in een poging het gesprek weer op mijn moeder te brengen.

Kaatje knikte. "Drie maanden lang, ruwweg acht uur per week. Dozen uitpakken, donaties sorteren, vakkenvullen. Wat Abby maar aangaf dat er moest gebeuren."

"Heb je haar in die tijd goed leren kennen?"

Nu schudde Kaatje haar hoofd. "Dat niet echt. Ze hield haar privéleven voor *zich*. Althans, tegenover mij. Toch had ik wat de indruk dat haar huiselijke leven niet alleen maar rozengeur en maneschijn was." Ze aarzelde. "Sorry, dat was erg ongevoelig van me."

"Niet als dat de indruk was die je had. Ik ben op zoek naar de waarheid, niet een vergulde versie ervan. Waren er meer die er zo over dachten?"

"Ik kan niet voor anderen spreken."

Ik wist dat Misty Rivers, Dwayne Shuter en de man die ik had leren kennen als Reid ook bij de voedselbank hadden gewerkt, maar ik wilde mijn hand niet overspelen. Er waren vast meer vrijwilligers geweest, die niet op foto's voorkwamen.

"Ik zit nog in het stadium dat ik een beeld wil krijgen van wie daar nog meer gewerkt kunnen hebben, daar bij die voedselbank. Heb je nog namen van anderen?"

"Hmm ... daar zou ik over na moeten denken. Zoals Mellie net al heel scherp opmerkte, is het dertig jaar geleden. En mijn geheugen wordt er niet beter op. Maar er is iemand die zich jouw moeder geheid herinnert." Ze grinnikte malicieus naar Melanie. "Als ik me niet vegis, waren hij en Abby heel close."

"En wie was dat, als ik vragen mag?"

"Melanies echtgenoot natuurlijk, mijn zwager, de vader van Royce en Porsche. Hij kan er ieder moment zijn, terug van een zware dag op de golfbaan. Waarom vraag je *hem* niet?"

Op dat moment ging de deur open en kwam een atletisch uitziende man van begin zestig binnen. Hij boog zich voorover, kuste Melanie op de wang en fluisterde iets in haar oor. Ze bloosde lichtjes en gaf hem een speels schouderklopje.

Als ik al nerveus was, dan moest ik nu vlamvatten. Het blonde haar was nu zilvergrijs en de kin iets minder gebeiteld, maar de ogen waren hetzelfde. Het was de man van het medaillon.

Reid.

34

Ik besefte toen eerst waarom Reid iets bekends had gehad. Dat was vanwege Royce. Niet dat Royce een jongere versie van Reid was, zoals Porsche dat was van Melanie, de gelijkenis zat 'm meer in algemene trekken. Toen ze eenmaal naast elkaar stonden in dezelfde kamer, kon ik me niet voorstellen dat ik die niet opgemerkt had. Ik deed mijn best om niets te laten blijken van mijn schrik en moet daar wonderwel in geslaagd zijn, want niemand keek me bevreemd aan.

Of beter, niemand keek naar mij, punt. Alle ogen waren gericht op Reid. Hij had die aura die je vaker ziet bij rijkelui met macht. Ik kon me hem heel goed dertig jaar jonger voorstellen, knap, charismatisch, meer dan een klein beetje arrogant, aardig op weg naar zijn eerste miljoen, en toch nog een uurtje over om hier of daar vrijwilligerswerk te doen.

Ook kon ik me mijn aan huis gebonden moeder voorstellen, in alle opzichten een doener en een leider, die vrijwilligersinitiatieven ontplooide om nieuwe zin aan haar bestaan te geven en tegelijk moest zien rond te komen van mijn vaders inkomen als leerling-plaatwerker. Een eerlijk inkomen – dat wel – met groeimogelijkheden ook, maar vaak seizoensgebonden. Vertel mij wat. Ik stond er met mijn neus bovenop in mijn jeugdjaren. Het was hollen of stilstaan. Overuren, die de spuigaten uitliepen bij een project met een deadline, en dan … *niets*. Hooguit een uurtje hier en een halfuurtje daar.

Reid nam een gul glas whisky met ijs en richtte zich toen tot mij. "Jij moet Callie zijn, Callie Barnstable. Royce heeft het vaak over je. Je schijnt nogal indruk te maken op mijn zoon." Zijn brede grijns toonde een hagelwitte rij tanden. Hij gaf Royce een knipoog.

Porsche sloeg grinnikend haar armen om haar opgetrokken knieën heen, alsof ze dacht: *Nu gaat het beginnen.*

Melanie staarde afwezig voor zich uit. Royce keek nogal opgelaten. Begrijpelijk.

"Hoogstpersoonlijk", zei ik met een geforceerd lachje. "Bedankt voor de uitnodiging."

"Het genoegen is onzerzijds. Melanie zegt dat je graag meer over je moeder zou weten."

"Klopt. Abigail Barnstable." Ik zocht naar een verandering op zijn gezicht. Tevergeefs.

"Abigail Barnstable, jazeker. Hoewel ik haar kende als Abby. Ik heb een paar keer vrijwilligerswerk met haar gedaan. Ik leerde haar kennen op een Canada Day bomenplantdag. Toen ze een voedselbank wilde beginnen, belde ze me met de vraag of ik meedeed."

"Dus jullie hielden contact na die bomenplantactie?"

"Niet echt. Ik denk dat ze iedereen belde die op haar lijstje van vrijwilligers voorkwam. Kaatje deed ook mee bij de voedselbank, hoewel ik me meen te herinneren dat het van haar kant niet honderd procent vrijwillig was." Hij nam een slokje whisky en gaf Kaatje een knipoog.

Ik glimlachte. "Ze heeft ons al verteld omtrent haar liefdadigheidsmotieven. Maar u dan? Als gevierde beursmakelaar was u vast niet veroordeeld tot gemeenschapswerk. Was u bevriend met mijn moeder?"

"Nou, *bevriend?*" Reid vernauwde zijn ogen tot spleetjes, alsof hij heel diep nadacht.

Daar nam hij de tijd voor. "Nee," zei hij ten slotte, "*zo* zou ik het niet willen noemen."

Meer hopeloos verliefd, dacht ik bij mezelf, vanwege de tarotkaarten en het medaillon. Maar dat kon ik natuurlijk niet hardop zeggen, niet waar vrouwlief, zoon, dochter en zus bij waren. Bovendien zou hij dat niet willen toegeven. "Maar, als jullie niet bevriend waren, waarom ..."

"Laten we het er maar op houden dat jouw moeder uitermate overredend kon zijn. Die voedselbank betekende veel voor haar." Opnieuw die hagelwitte grijns. "Abby was ... passie."

Ik weet niet zeker of Reid opzettelijk dubbelzinnig was, maar ik zag dat Melanie bleek wegtrok bij die woorden, terwijl Kaatje zat te spinnen als een op het spek gebonden kat. Royce zat met zijn hoofd in de wolken. Ik zette door.

"Ik vrees dat ik niet veel van haar afweet. Mijn moeder ging ervandoor toen ik zes was. En mijn vader had het daarna nog maar zelden over haar."

"Dat kan ik begrijpen. Er waren veel roddels rond je moeders vermissing, waarbij *hij* vaak het mikpunt was. Dat moet moeilijk voor hem geweest zijn. Voor jullie allebei, denk ik. Hoewel ik je vader niet gekend heb. Ik ging alleen om met Abby. En dat is al lang geleden." Reid wierp een steelse blik op zijn vrouw. "Die fase in mijn leven ligt ver achter me."

"Ik wou dat we je meer konden vertellen, Callie," zei Melanie, terwijl ze lichtjes bloosde, "maar geen van ons kende haar echt goed. Het spijt me dat onze hulp niet veel voorstelt."

Geloofde Melanie echt wat ze zei? Want ik was er heilig van overtuigd dat er meer aan de knikker was geweest. Een liefdesverhouding. En Reids toespeling zojuist en zijn lichaamstaal suggereerden dat zijn vrouw ervan afwist. De nauwe relatie die Kaatje langs haar neus weg geopperd had, bevestigde mijn verdenking alleen maar.

Ik moest denken aan het medaillon. Als mijn moeder die dag vertrokken was om Reid te ontmoeten, dan had ze dat toch zeker gedragen, in plaats van het in een envelop onder het tapijt te verstoppen. Maar als ze de deur uitgegaan was om diens vrouw te spreken, mogelijk nerveus over wat er kon gebeuren bij die ontmoeting … Tot dan was ik er eigenlijk steeds van uitgegaan dat het Reid was geweest, die de tarotkaarten gestuurd had. Maar plots vroeg ik me af of Melanie de kwade genius daarachter geweest kon zijn.

Ik nam een flinke slok van mijn wijn en dacht na over mijn volgende zet. Reid deed voorkomen dat hij mijn vader niet gekend had, maar in werkelijkheid waren ze beiden aanwezig bij het bomenplantinitiatief destijds. Het leed geen twijfel dat mijn moeder ze had voorgesteld. Dat betekende dat hij stond te liegen. Hem de op die dag genomen foto laten zien, zou een beetje gemeen zijn. Zoiets zou Reid ook direct op zijn hoede doen zijn – wat ik juist wilde voorkomen. Maar als ik alleen de voedselbankfoto liet zien, zou hij me misschien wat meer kunnen vertellen over Dwayne Shuter en Misty Rivers.

"*Ground control to major* Callie. Ben je er nog, Callie?" Royce zijn stem fluisterde zacht in mijn oor. Ik lachte schaapachtig. Ik wist dat ik er even niet bij was met mijn gedachten, maar ik had niet in de gaten gehad dat het er zo dik bovenop gelegen had.

"Neem me niet kwalijk. Ik zat even te denken aan een printje dat ik gemaakt heb van een oude krantenfoto. Het ligt op mijn kamer."

"Printje? Wat voor printje?" zeiden Royce en Melanie in koor. Kaatjes ogen vernauwden zich. Reid bleef ijzerenheinig.

"Ik heb wat rondgesnuffeld in de archieven van de regionale bieb. Ik vond een foto van mijn moeder bij de voedselbank, tijdens een kerstinzamelingsactie. Die heeft in de *Marketville Post* gestaan. Ik realiseer me nu pas dat zowel Kaatje als Reid op die foto staan. Zouden jullie er eens naar willen kijken? Er staan namelijk meer mensen op. Misschien weten jullie wie dat zijn.”

“Ik weet niet goed wat je ermee opschiet als we mensen herkennen van dertig jaar terug, Callie, maar natuurlijk willen we kijken.” Melanie keek Reid en Kaatje aan. “Of niet soms?”

“Vanzelfsprekend”, zei Kaatje, terwijl ze op een olijf kauwde.

“Met alle genoegen”, zei Reid. Maar vanwege het nerveuze trekje rond zijn mond had ik zo mijn twijfels of hij dat oprecht meende.

35

Ik weet niet waarover het gesprek ging, maar bij mijn terugkeer in de kamer viel het stil. Ik had de uitgeprinte foto bij me. Kaatje stond op en ging achter Reid staan. Daarmee gaf ze antwoord op mijn niet-gestelde vraag aan wie ik de foto eerst zou laten zien.

"Je ziet mijn moeder op de voorgrond", wees ik. "Er staan nog vier anderen op de foto. Dit bent u, Reid. En die roodharige schoonheid moet jij zijn, Kaatje. Wie de twee anderen zijn, weet ik niet – de man met de baard en het sikkelvormige litteken boven zijn linkerwenkbrauw en de donkerogige dame met het krullige bruine haar."

"Ik was echt een spetter, hè?" zei Kaatje zonder een zweem van valse bescheidenheid. "Jij trouwens ook, Reid. Ik was vergeten wat een lekker stuk je toen was."

"Was? Wou je zeggen dat ik dat nu niet meer ben, Ka? Want dat zou een beetje neigen naar de pot die de ketel verwijt dat-ie zwart ziet." Met een ontwapenende glimlach haalde Reid de grootste stekels van zijn opmerking af, maar ik kon aan Kaatjes gezicht zien dat de woorden haar onwaarschijnlijk zeer deden.

"Volgens mij zijn jullie allebei geen spat veranderd", zei ik om de vrede te bewaren. "Hoe zou ik jullie anders zo snel herkend hebben van een dertig jaar oude foto?"

Dat deed Kaatje goed. Ze ontspande zichtbaar en de bittere trek die op haar gezicht was verschenen, verdween als sneeuw voor de zon. Er speelde een vliegensvlug glimlachje rond Reids mondhoeken en hij gaf me een amper waarneembaar knikje. Het bezorgde me het gevoel dat ik een of andere lakmoesproef doorstaan had.

"En die andere twee?" drong ik aan.

"De dame met dat afschuwelijke permanent is Misty Rivers", zei Kaatje. "Ze beweerde helderziend te zijn en placht tarotkaartleggingen te doen voor wie bij de voedselbank werkte. Allemaal flauwekul, als je 't mij vraagt. Maar je moeder was geïnteresseerd in tarotkaarten, als ik het me goed herinner, en stelde haar er vragen over."

"Wat voor vragen?"

Kaatje haalde haar schouders op. "Denk je dat ik *dat* na al die jaren nog weet? Ik denk iets in de geest van wat de betekenis is van deze of gene kaart. Zoiets."

"Heb je nog contact met die Misty Rivers?"

"Ben je betoeterd? We hadden absoluut *niets* gemeen."

"Niet dus."

"In één keer goed", zei Kaatje en stak nog een olijf in haar mond. "Ik heb al jaren niets van haar vernomen, taal noch teken. Herinner jij je Misty Rivers nog, Reid?"

Reid schudde van nee. "Het spijt me. Maar mijn bijdrage bestond dan ook voornamelijk in het lospeuteren van donaties bij grote ondernemingen, in de vorm van leeftocht of pecunia. Mijn omgang met Abby was veelal na sluitingstijd, wanneer de medewerkers al naar huis waren. Ze vond dat de vrijwilligers geen kennis hoefden te dragen van de financiële kant van de zaak. Bovendien zat ik voor mijn werk destijds in de stad, Bay Street. Ik kan me niet eens herinneren dat die foto überhaupt genomen is."

Ik betwijfelde of ik dat laatste moest geloven, maar de

omstandigheid dat de contacten met mijn moeder plaatsvonden buiten kantooruren om, liet absoluut ruimte voor het ontkiemen en opbloeien van een liefdesrelatie.

"En die man? Herkennen jullie *hem*?"

Reid keek nog eens vluchtig op de foto. "Sorry, zegt me niets."

"Kaatje?"

"Die keren dat ik er was, heb ik hem weleens gezien. Maar zijn naam weet ik niet meer." Kaatje trok een nadenkende rimpel. "Iets van William, Warren, Wade. Iets met een W. Misschien kent Mellie hem. Ze is erg goed in namen bij gezichten onthouden en ze was altijd wel bij deze of gene liefdadige actie betrokken. Zij kan hem ergens tegen het lijf gelopen zijn."

"Laat me eens kijken", zei Melanie.

Ik liet net de foto aan Melanie zien, toen Kaatje zich de naam opeens herinnerde.

"Wayne! *Dat* was zijn naam. Wayne … zijn achternaam weet ik niet meer."

Melanie keek op van de foto, wat pips onder haar zongebronsde gelaatskleur.

"Niet Wayne," zei ze, "maar Dwayne. Zijn naam is Dwayne Shuter."

Het was niet zozeer *wat* ze zei, maar de manier *waarop* ze 't zei, die me deed beseffen dat Reid niet de enige Ashford was die er een buitenechtelijke relatie op na gehouden had.

"Dwayne Shuter", herhaalde ik, alsof ik de naam voor het eerst hoorde.

Porsche keek mee op de foto die haar moeder vasthield. "Wat een knapperd! Dat litteken boven zijn oog geeft hem wat mysterieus. Sick gewoon. Waar ken je hem van, mam?"

"Ja, vertel eens, Mellie", zei Kaatje terwijl ze met de pepertjes zat te spelen die ze uit de olijven had gepeuterd. Ik zag dat haar handen heel lichtjes beefden van ingehouden spanning en besefte toen dat Kaatje de hele tijd drommels goed geweten had wie Dwayne Shuter was. Had ze haar zus willen beschermen? Of had ze haar juist te kijk willen zetten? Ik keek steels naar Reid, maar die staarde stoïcijns voor zich uit. Dit was een man die zijn gevoelens wist te verbergen.

Melanie gaf me het printje terug. Ze had zich een beetje hersteld van haar wegtrekker en kreeg weer wat kleur op haar wangen.

"Niks bijzonders. We maakten kennis, toen ik de actie voor de schoolbieb voorbereidde. Ik haalde klapstoeltjes uit de kelder en hij was daar toevallig net bezig met leidingwerk of zo." Ze glimlachte bij de herinnering. "Ik had niet verwacht daar iemand tegen te komen. En zeker niet iemand in werkkleding met een helm op. Ik schrok me het leplazarus. Afijn, hij was zo galant me te helpen met het naar boven brengen van de benodigde stoelen en banken."

"Werd waarschijnlijk per uur betaald", zei Reid en schonk zich nog een whisky in.

"Galant zijn was denkelijk het laatste wat in hem opkwam. Letterlijk alles wordt aangegrepen om meer tijd te kunnen schrijven voor rekening van klant en belastingbetaler. Ik ken het type."

Melanie werd rood en ik kon zien dat ze op het punt stond hem van repliek te dienen, toen Royce dat al deed.

"Wat voor type is dat, pa? Het aannemerstype?" Hij sprak kalm, maar de beheerste toorn was voelbaar. Wat had hij nog maar weer gezegd? Dat Reid zijn werk een Ashford onwaardig achtte? Toen dacht ik nog dat hij overdreef. Nu zag ik in dat hij het bloedserieus gemeend had.

"Alles draait niet altijd om jou, lieve jongen", zei Reid. "Ik gaf alleen maar mijn mening. De meeste lui in de bouw vragen te veel en werken te weinig. Ik durf te wedden dat die Dwayne niet anders was."

Ik wist dat ik beter mijn mond kon houden. Ik was tenslotte te gast in Reids huis. En ik wilde meer te weten komen over Dwayne Shuter. Maar dit werd me te gortig.

"Mijn vader was werkzaam in de bouw. En voor zover ik weet, was hij goudeerlijk, net als zijn kompanen – daar ben ik zeker van. Dat kan niet gezegd worden van *uw* oude beroep, zoals de recente geschiedenis ons heeft geleerd. De financiële crisis is slechts een voorbeeldje."

Tot mijn verrassing gaf Reid me een applausje. "Je hebt iemand met karakter gevonden, jongen. Ik houd van vrouwen die niet bang zijn hun mening te kennen te geven."

"Ik heb haar niet *gevonden*, pa. Ze is geen loslopende hond of zo. Callie is de buurvrouw die ik net heb leren kennen. Ik heb haar hier mee naartoe gebracht in de hoop dat ze wat meer over haar moeder te weten kan komen en – als 't even kan – over de mensen met wie ze omging. De hoop dat we voor de verandering eens niet de disfunctionele familie zouden uithangen, heb je zojuist grondig de bodem in geslagen."

"Echt, broertje, waarom hap je toch zo? Je weet toch dat pa je alleen maar zit te voeren?" Porsche stond op, schonk zich een nieuwe martini in, nam een forse teug en vulde haar glas bij.

"Namens de hele familie bied ik je excuses aan, Callie, voor ons lijpe gedrag."

"Nergens voor nodig, Porsche, maar niettemin bedankt."

Ik had misschien ook een verontschuldiging moeten formuleren, maar dat zou hypocriet zijn geweest. En daar ben ik niet zo goed in. Waar ik werkelijk op zat te wachten, was Melanies verhaal over Dwayne Shuter. Maar dat kon ik op mijn buik schrijven. Wat Melanie wist, ging ze geheid niet aan de grote klok hangen waar manlief, kinderen en zus bij waren.

Ik zat juist te zinnen op een list om haar onder vier ogen te spreken te krijgen, toen Royce me te hulp schoot.

"Hé, mam, Callie is ook hardloper. Mag ze jou niet vergezellen op je zondagse omloop?"

Melanie schonk hem een dankbare glimlach. Je kon zien hoe de spanning van haar afviel. "Dat zou ik leuk vinden –

gezelschap voor een keertje. Heb je je spullen meegebracht, Callie?"

"Heb ik. Ik wist niet of het ervan zou komen, maar voor de zekerheid heb ik ze ingepakt. Ik loop trouwens niet zo erg hard."

"Melanie ook niet", plaagde Reid.

Ze keek hem aan. "Alsof jij dat zou weten", hoonde ze. "De enige beweging die jij kent, is een golfkarretje in- en uitstappen."

"Ik baseer mijn aanname slechts op de tijd die je iedere keer nodig hebt om je weg terug naar huis te vinden, lieveling."

Melanie negeerde zijn sarcasme. "Ik ken een heerlijk parcours van een kilometer of acht, Callie, prachtige natuur. Voor een groot deel gaat het over het pad achter het golfterrein om. Daar gaat het soms wel erg langzaam vanwege de vele stenen, boomwortels en oneffenheden. Ik ga meestal om een uur of acht, na een bord Brinta. Na afloop stop ik voor koffie in het café."

"Wel een liter", zei Reid.

"Klinkt helemaal goed, zowel het parcours als de koffie na", negeerde ook ik Reid en diens aanhoudende pesterij. "Ik doe graag met je mee."

"Fijn om iemand te hebben om mee te praten." Ze wierp een uitdagende blik op Reid. Haar openlijke vijandigheid deed de kamertemperatuur met minimaal twee graden zakken.

"Hé, mam, moeten we niet eens aan tafel? Je weet hoe Bianca op tijd staat", riep Porsche om de spanning te breken.

"Je hebt helemaal gelijk, Porsche", zei Melanie en forceerde een glimlach. "Bianca is onze kok en ze houdt er niet van te moeten wachten. Daarom eten we altijd stipt om zeven uur."

Ze stond op en schreed de kamer uit. Reid, Kaatje en Porsche volgden haar op de voet. Niemand zei nog iets.

"Ik heb je gewaarschuwd," zei Royce, toen we alleen

waren, "kat en muis. Je zult morgen geheid meer over Dwayne Shuter te weten komen. Als ik mag afgaan op mijn vaders reactie – nog botter dan normaal – dan denk ik dat er wel meer te vertellen valt, dan wat stoelen en banken in de kelder van de school."

Dus hij had hetzelfde opgepikt als ik. Ik vroeg me af wat hij nog meer wist of vermoedde. Voor mijn gevoel ging het iets verder dan een vage herinnering aan een lieve koekjesmevrouw.

Hoeveel meer, daar zou ik spoedig achter komen.

36

We waren ruim over de helft van het parcours, dat inderdaad ruig en spectaculair was, toen Melanie het tempo terugschroefde naar looppas. Ik zag even niet wat de moeilijkheid was, maar ik volgde haar voorbeeld. Mogelijk school het gevaar voorbij de volgende bocht.

"Luister goed, Callie," zei Melanie en ze ging nog wat trager lopen, "je kwam hiernaartoe voor de waarheid. Ik vind dat je daar ook wel recht op hebt na dertig jaar zonder je moeder." Ze probeerde te glimlachen, maar kwam niet verder dan een grimas. "Reid is het er niet mee eens. We hebben er al vaak over gestecheld, sinds Royce ons aankondigde dat hij je meebracht."

"Dat spijt me. Ik had geen idee." We liepen inmiddels op wandelsnelheid. En je kon niet eens zeggen dat we de pas er stevig in hielden.

Ze wuifde mijn spijtbetuiging weg. "Als we niet over jou gestecheld hadden, was het wel over iets anders geweest. Zo zijn we nu eenmaal … geworden."

Daar wist ik even niets op te zeggen, dus hield ik mijn mond maar.

"Je vader heeft goed werk geleverd wat jouw opvoeding betreft."

Die wending zag ik niet aankomen, maar andermaal vertrouwde ik op mijn ervaring opgedaan in het callcenter: laat mensen hun verhaal op hun eigen manier vertellen.

"Hij was een goed mens. Soms een beetje onhandig, als het op meisjesdingen aankwam, maar hij deed wat hij kon. Ik kan er nog steeds niet bij dat hij er niet meer is."

"Het moet een groot gemis voor je zijn."

"Dat is het. Dat is tevens een van de redenen waarom ik graag zou weten wat er in 1986 met mijn moeder gebeurd is. Hij is er altijd in blijven geloven dat ze niet uit vrije wil wegging."

Melanie bleef plots staan, draaide zich om en keek me met ernstige bruine kijkers aan.

"Kan ik je vertrouwen, Callie?"

"Dat hangt ervan af *wat* je me vertelt … en *waarom*."

Melanie antwoordde niet. In plaats daarvan begon ze weer te lopen, op een sukkeldrafje. En andermaal volgde ik haar voorbeeld. Na ongeveer vijftienhonderd meter bleef ze weer staan. Had ik niet goed opgelet, dan zou ik boven op haar gebotst zijn. Maar ik zei er niets van. Ik was benieuwd wat *zij* ging zeggen. Ik hoefde niet lang te wachten.

"Ik denk dat je slim genoeg bent, Callie, om te hebben begrepen dat Dwayne Shuter wel wat meer was dan alleen iemand die ik toevallig tegen het lijf liep op die school."

"Toen ik hiernaartoe kwam, had ik geen idee."

"En nu?"

"Laten we zeggen dat ik lont begin te ruiken."

Melanie knikte en zette de pas er weer in. Ik volgde.

"We hadden een relatie. Ik was eenzaam. Reid maakte lange dagen. Royce was een erg druk kind. Daarom lieten we hem overal aan meedoen. Zwemmen, de padvinderij, voetbal, honkbal, hockey. Ga zo maar door. Porsche zat nog op de peuterschool, maar had al zwem- en balletles. Ik vond het prachtig om dat alles in goede banen te leiden, maar Reid wilde per se dat we een kindermeisje inhuurden. De schone schijn ophouden was … eh, *is* belangrijk voor hem. Een inwonend kindermeisje paste daar perfect bij."

Net als er een kok op nahouden in je zomerhuisje, dacht ik bij mezelf. Andere mensen zouden lekker gaan barbecueën op een houtskoolvuurtje. Hier was het entrecote, Yorkshire pudding, sperziebonen met geroosterde amandelen, asperges met *sauce hollandaise* en als toetje bessentaart met zelfgemaakt vanille-ijs met bourbon. Er was ook nog een aperitief geweest, wijn bij het hoofdgerecht en cognac met espresso erna.

"Ik weet haast wel zeker dat je nu denkt 'Och, dat arme puissant rijke vrouwtje, toch!' en dat kan ik je niet kwalijk nemen", zei Melanie. "Misschien had ik me moeten laten scheiden, zoals Dwayne graag wilde. Ik maakte mezelf wijs dat ik bleef om de kinderen, maar … er was ook iets heerlijk spannends aan, aan het hebben van een buitenechtelijke relatie. En – als ik helemaal eerlijk ben – ik was ook uitermate gehecht geraakt aan mijn luxe rijkeluisleventje, iets wat Dwayne me *never en nooit niet* zou kunnen bieden. Om een lang verhaal kort te maken, ik bleef bij Reid. En Dwayne nam er geen genoegen mee mijn minnaar te zijn. Hij liet me zitten en verdween uit mijn leven op precies dezelfde dag dat je moeder verdween uit het jouwe."

"Dezelfde dag?"

"Dezelfde dag – Valentijnsdag 1986. Nogal een toeval, vind je niet?"

37

Ik weet niet waarin ik minder geloof, in toeval of in helderziendheid, maar … jemig, wat kon *dat* te betekenen hebben? Ik struikelde over een boomwortel en kon maar net voorkomen dat ik op mijn gezicht ging.

"Maar Dwayne Shuter *leeft* nog." Ik had mijn mond voorbijgepraat. Stommerik.

"Dus je wist al wie Dwayne Shuter was *voordat* je ons de foto liet zien." Melanies stem werd koud. "Dat dacht ik al. Ik moet niettemin toegeven dat je ons knap om de tuin geleid hebt. Zelfs Kaatje is er volgens mij ingetrapt. Ook al mag ze graag overal haar neus in *steken*, ze is allesbehalve gemakkelijk bij de neus te *nemen*."

"Ja, ik wist van zijn bestaan, maar nog niet toen ik die foto in de *Marketville Post* vond."

"Goed, ik geloof je. Hoe ben je *dan* achter zijn naam gekomen. Die stond er niet bij."

Ik vertelde haar dat volgens de trouwpapieren, die ik tegengekomen was, Dwayne Shuter bij hun huwelijk opgetreden was als getuige. En dat ik toen op LinkedIn een foto van hem gevonden had. Weliswaar een recente foto, maar het sikkelvormige litteken was onmiskenbaar. Ik noemde ten slotte dat hij opzichter geweest was op het project waarbij mijn vader omkwam.

"Dat zijn nogal veel toevalligheden bij elkaar", zei Melanie.

"Dat bedoel ik."

"Mag ik aannemen dat je er inmiddels van uitgaat dat Dwayne zowel te maken heeft met je moeders vermissing als met je vaders bedrijfsongeval?"

"Ik wil geen overhaaste conclusies trekken, maar die gedachte is bij me opgekomen, ja. Vooral nu je vertelt dat hij met de noorderzon uit Marketville verdween op dezelfde dag als zij."

"Ik geef toe dat hij de schijn tegen heeft, maar de Dwayne Shuter die ik kende, zou nog geen vlieg kwaad doen. Hij brak mijn hart – dat is waar – maar dat was mijn *eigen* schuld."

"Maar hoe verklaar je dan dat hij op dezelfde dag verdween?"

"We hadden een paar dagen ervoor een hoogoplopende ruzie gehad. Dwayne stond erop dat we Valentijnsdag samen zouden doorbrengen. Dat was echt niet haalbaar, want voor Reid was het de belangrijkste dag van het jaar – uit eten in het allerbeste restaurant, vierentwintig rozen, juwelen. *Dat* werk. Hoe duurder de glimmers, hoe beter. *Zijn* idee van uiterlijk vertoon."

"Dus je denkt dat hij die dag uitkoos bij wijze van zoete wraakneming?"

"Dat is wat ik nu dertig jaar lang geloofd heb." Melanies stem trilde. "Ik had geen idee dat hij *zo* dichtbij zat. In Toronto? Het gerucht ging dat hij naar het westen afgereisd was, ofschoon ik geen idee heb waar dat vandaan kwam."

"Het wil er bij mij niet in." Ik twijfelde zelfs of ik haar versie van het verhaal geloofde, ook al liet ik dat niet blijken. "*Iets* verbindt de twee. Misschien zijn ze zelfs *samen* vertrokken. Maar als dat zo is, geloof ik nog *niet* dat mijn moeder van plan was om nooit terug te komen. Mijn vader trouwens ook niet.

Hij verdiepte zich opnieuw in het mysterie van haar verdwijning, toen hem dat ongeluk overkwam. Allicht had hij iets gevonden wat Dwayne verdacht maakte."

"Ik weiger te geloven dat Dwayne iets te maken kan hebben met je moeders vermissing of met je vaders ongeval. Bovendien zie je een paar dingen over het hoofd."

"Oh?"

"Abby en Reid hadden een verhouding gehad. Dat heeft hij me verteld, *niet* zonder trots. Zo is hij. Hij voelt zich dan een hele kerel. Dat droeg er ook toe bij dat ik geen schuldgevoel had over mijn verhouding met Dwayne. Op een dag dumpte je moeder hem. Ik heb het vermoeden dat ze voor je vader had gekozen." Ze lachte. Het was een hatelijke lach die men niet verwachtte uit de mond van die keurige mevrouw in haar designersportkleding. "Niemand dumpt Reid en kan het navertellen. Waarom denk je dat ik nooit bij hem weggegaan ben?"

Ik dacht aan het medaillon en de tarotkaarten. "Wou je beweren dat het niet Dwayne was, die mijn moeder vermoord heeft, maar Reid?"

Melanie bleef staan, draaide zich om en keek me recht aan. "Ik acht het niet uitgesloten."

We naderden het einde van ons parcours en ik had zo mijn twijfels of een van ons beiden er zin in had een cappuccino te gaan doen in een publieke uitspanning. "Ik waardeer je openheid. Ik weet alleen niet goed wat ik ermee aan moet. Wil je dat ik ga bewijzen dat Reid mijn moeder heeft vermoord?"

Opnieuw schalde Melanies hatelijke lach. Toen veegde ze driftig een traan weg. "Denk je nu echt dat ik je *daarom* dit alles vertel, Callie? Dat ik je *daarom* uitnodigde in ons zomerhuisje, nadat Royce me jouw huilverhaal gedaan had over je lang verloren moeder? Dat ik alleen maar wraak wil nemen op Reid vanwege een vroeger avontuurtje van hem?"

Een verhouding mocht je wat mij betrof een avontuurtje noemen, maar *moord* ...

"Als het *niet* daarom is, waarom *dan*?"

"Heel simpel, ik wil dat je ophoudt met ouwe koeien uit de sloot halen." Melanie staarde me aan. Als blikken konden doden, zou ik ter plekke gestorven zijn. "Laat het verleden met rust, verlaat Marketville, ga terug naar Toronto en breek met mijn zoon. Als je geld wilt hebben, kan ik daarvoor zorgen. Noem je prijs." Ik huiverde. Het voelde als een klap in mijn gezicht.

"En *wat* als ik dat niet kan, het verleden met rust laten? *Wat* als ik geen prijs heb?"

"Dan zuig je er maar eentje uit je duim. Oh, en Callie … het lijkt me het beste dat jij en Royce meteen opzouten, zodra we thuis zijn. Bedenk een smoes, een vergeten afspraak of zo."

Melanie zette het op een hollen, lichtvoetig als een meisje van achttien, alsof er een last van haar afgevallen was. Ik staarde haar verbluft na.

38

We waren al een stief uurtje onderweg, toen Royce de stilte verbrak.

"Wat is er bij het hardlopen voorgevallen tussen jou en mijn moeder?" Het was het eerste wat er gezegd werd sinds we ingestapt waren voor de ongeveer twee uur durende rit naar huis.

"Niets. Ik vond het gewoon hoog tijd om op te stappen. Ik wilde geen misbruik maken van hun gastvrijheid. Bovendien heb ik barstende hoofdpijn, zoals ik al zei."

"Gelul."

"Wil je daarmee zeggen dat je niet gelooft dat ik hoofdpijn heb?"

Van opzij keek Royce me even geërgerd aan. "Nee, ik zeg dat ik er geen barst van geloof dat er niets voorgevallen is. Jullie tweeën waren dikke maatjes toen jullie vanmorgen vertrokken. Vervolgens komt mijn moeder thuis en gaat direct een tukje doen – iets wat ze anders nooit doet. Jij komt tien minuten na haar aankakken en zegt dat je naar huis wilt omdat je hoofdpijn hebt. Deze jongen mag dan het zwarte garen niet uitgevonden hebben, maar snapt wel verdomd goed dat er iets aan de knikker is."

Wat kon ik zeggen? Dat zijn moeder geloofde dat zijn vader *mijn* moeder vermoord had? Dat ze liever niet wilde dat dit uitkwam? Dat ze daarom bijkans van me geëist had dat ik stopte met ouwe koeien uit de sloot halen?

"Er is niets aan de knikker."

"Goed, Callie, jij je zin." Royce z'n gezicht verstrakte en hij stak hautain zijn kin vooruit. Ik zocht mijn balsem, stiftte mijn lippen en veinsde dat ik van het landschap genoot.

De rest van de rit werd er niet meer gesproken. De spanning was te snijden tegen de tijd dat we thuiskwamen. Ik wou dat ik hem in vertrouwen kon nemen, maar dat *ging* eenvoudig niet. Voortaan zou ik afstand van Royce moeten nemen. Hoe minder hij van mijn onderzoek afwist, des te beter. Want in weerwil van Melanies wens was ik niet van plan er de brui aan te geven.

Ik moest alleen wat omzichtiger te werk gaan.

———

DIE MIDDAG BEKEEK IK OPNIEUW ALLE KRANTENKNIPSELS — of beter gezegd, alle print-outs. Ik nam ze door, legde ze weg en nam ze weer door. Almaar weer. En steeds kwam ik uit bij de foto van Leith en Misty met het 'Vermist'-biljet. Waarom had hij verzwegen dat hij Misty kende vanaf … ja, vanaf wanneer al? Waarom had hij me niet verteld dat hij destijds meegedaan had aan de zoektocht naar mijn moeder? Ik heb altijd gevonden dat Leith en mijn vader niets gemeen hadden, gezien hun verschil in loopbaan en status. Maar was er misschien een diepere connectie — een plausibele reden waarom Leith, die toch gespecialiseerd was in strafrecht, boedeladvocaat speelde voor mijn vader?

Daar had ik geen antwoord op. En ik wist ook niet hoe ik het bij hem moest aankaarten. In enkele gevallen was het maar 't beste om ergens niet langer over na te denken en een kwestie naar het achterhoofd te verbannen. Kortom, wat ik nodig had was afleiding.

Ik speelde met de gedachte om Chantelle te bellen met de vraag of we ergens gingen eten of iets aan huis zouden laten bezorgen. Maar zij zou me geheid het hemd van het lijf gaan vragen over mijn verblijf bij de Ashfordjes en daar was ik nog niet aan toe. Even dacht ik aan Royce, maar daar bleef 't ook bij. Ella Cole was al helemaal geen denken aan. Haar neus voor roddels zou op scherp staan, en ik voelde me nog allesbehalve gewapend tegen haar gewiekste vragen. Helaas was dat 't wel, wat *vrienden* in Marketville betrof.

Ik klapte mijn laptop dicht, legde mijn schrijfgerei opzij en knipte de tv aan. Zappend langs de kanalen, vond ik plenty programma's waarbij ik mijn verstand op nul kon zetten — precies wat ik nodig had. Ik was net halverwege een programma over interieurverbetering, toen de bel ging. Ik had er helemaal geen zin in om te gaan kijken wie dat kon zijn, maar toch zette ik de tv uit, liep naar de voordeur en keek door het spionnetje.

De persoon die bij me op de stoep stond, een honkbalpetje diep over de ogen getrokken, was wel de allerlaatste die ik verwacht had.

39

Reid Ashford was gekleed in blauwe spijkerbroek en geruit overhemd. Hij had een zonnebril op, droeg gympen en een *Toronto Maple Leafs*-honkbalpetje, waarvan hij de klep diep over zijn ogen getrokken had. Als hij niet wilde opvallen, dan was hij er redelijk in geslaagd eruit te zien als iemand die niet wilde opvallen. Desondanks was ik er vrij zeker van dat Royce zijn vader in één oogopslag zou herkennen. Ik keek langs hem heen, maar zag geen auto.

Ik deed de deur open en liet hem binnen. Wat kon ik anders?

"Ik heb mijn auto op de parkeerplaats bij het grote warenhuis gezet", verklaarde Reid, terwijl hij zijn gympen bij de voordeur uitdeed en zijn bril en petje op het haltafeltje legde.

Het grote warenhuis was ettelijke kilometers naar het zuiden en de parkeerplaats stond eigenlijk altijd vol. Het leek erop dat men graag ging winkelen in dit soort voorstadjes. Het was een koud kunstje er onopvallend te parkeren. Goed, dat verklaarde dan wel waarom er geen auto op mijn erf stond, maar nog niet wat het oogmerk van zijn bezoek was. Wat dat ook was, het was duidelijk dat hij niet wilde dat Royce ervan wist dat hij hier was. Reid liep de woonkamer in en keek toe hoe ik de salontafel leegruimde.

"Mag ik je iets aanbieden? Koffie, thee, iets sterkers?"

"Ik ben eigenlijk toe aan iets sterkers, maar ik houd 't bij koffie. Zwart, met één suiker."

Ik haastte me naar de keuken en boog me over het koffiezetten. Ik pakte twee mokken en de suikerpot uit de kast en legde wat koekjes op een schaaltje. Reid leek me niet echt het type voor koekjes, maar het oog wil ook wat. Ik zette de hele handel op een zwartgelakt dienblaadje. Toen ik in de woonkamer terugkwam, had Reid het zich gemakkelijk gemaakt in mijn stoel en keek honkbal. Toen ik de koffie op tafel zette, deed hij het geluid uit, maar liet de tv aan.

"Bedankt dat ik binnen mocht komen." Hij roerde een schepje suiker door zijn koffie en nam een slokje, maar hield het oog op het tv-scherm. Ik kon het hem niet echt kwalijk nemen. Het waren de Blue Jays tegen de Yankees, dus niet zomaar een wedstrijdje.

"Lekkere koffie."

"Dank je. Maar … wat brengt je hier, als ik vragen mag?"

Hij glimlachte verontschuldigend. "Ik ben bang dat Melanie altijd schromelijk overdrijft, zodra jouw moeder ter sprake komt. Ik wil daarvoor mijn excuses aanbieden."

"Maar je wilt liever niet dat je zoon dat weet. Waarom anders dit heimelijke gedoe?"

"Het gaat er niet zozeer om dat ik niet *wil* dat Royce het weet, het gaat erom dat hij het niet *hoeft* te weten. Het gaat om iets van dertig jaar geleden. Royce was nog maar een knulletje, toen je moeder verdween. Dit *gaat* niet over hem. En dat wou ik graag zo laten."

Ik knikte. "Je wilt dus dat ik *niet* aan Royce vertel wat jij me nu gaat vertellen."

"Zo ongeveer."

De spijker op z'n kop, zal-ie bedoelen. "Vertel!" Ik was niet van plan hem iets te beloven, net zomin als ik de bedoeling had meteen naar Royce te hollen, zodra Reid zijn hielen lichtte. Dat begreep hij schijnbaar ook.

"Mijn vrouw gelooft dat ik je moeder heb vermoord, ofschoon ze daarvoor volgens mij nimmer een sluitende theorie gevonden heeft. Afgezien daarvan kun je rustig van mij aannemen dat ik dat echt niet gedaan heb."

"Aangenomen dat ze vermoord is … waarom zou ik geloven dat jij *niet* de dader was?"

"Omdat ik zielsveel van haar hield, Callie. Ik wou alles voor haar doen."

"Houdt dat 'alles' ook in: je vrouw en twee kinderen in de steek laten voor haar?"

"Ik zal niet zeggen dat ik er trots op ben, maar … ja, *ab-so-luut!*"

Ik nam een slokje van mijn koffie en wenste stilletjes dat ik er een flinke scheut Bailey's in gemikt had.

"Ik luister."

"Toen je bij ons was, vertelde ik dat ik je moeder pas had leren kennen op Canada Day, maar in werkelijkheid leerden we elkaar al kennen bij de vrijwilligersbijeenkomst in Marketville vooraf aan het bomenplantinitiatief op Canada Day", zei Reid. "Ik wou er eerst niets van weten, maar Melanie stond erop dat ik me nuttig maakte voor de gemeenschap. Zijzelf was altijd betrokken bij een of ander vrijwilligersinitiatief. Anderzijds hoefde zij niet dagelijks op en neer te pendelen naar het zakencentrum van Toronto en zestig uur per week te werken. Afijn, er stond een advertentie in de *Marketville Post*. Het stadhuis wou honderdachttien esdoorns laten planten, één voor ieder jaar sinds de vorming van de Confederatie van Canada. Ik schatte dat daar geheid lichaamsbeweging aan te pas zou komen – iets wat ik node miste als beurshandelaar."

Ik dacht aan de foto met de vrijwilligers voor Canada Day, waarop ook mijn vader stond. Ze zouden niet een verhouding begonnen zijn onder mijn vaders neus?

"Wanneer was dat? Weet je dat nog?"

"Nou en of. Het was dinsdagavond, 14 maart 1984. Ik reageerde op de advertentie en bleek de enige te zijn. Ik ontmoette jouw moeder in het restaurant tegenover het warenhuis." Reid glimlachte vertederd met een afwezige blik in zijn ogen. "Abby was beeldschoon. Ze had halflang blond haar tot op haar schouders en saffierblauwe ogen, die fonkelden als ze sprak. Maar het was meer dan haar uiterlijk. Het was de geestdrift waarmee ze haar visie uiteenzette, over wat het planten van bomen kon betekenen zowel voor het stadje als voor het milieu. Daarmee was je moeder haar tijd ver vooruit. Het milieu was toen nog nauwelijks een hot item, met uitzondering misschien van *zure regen*. Ik geloof dat het liefde op het eerste gezicht was, zoals ik er nu op terugkijk. Van *mijn* kant in ieder geval."

"En van haar kant?"

Reid glimlachte. "Ik vlei me met de gedachte dat het wederzijds was, maar de eerlijkheid gebiedt te zeggen dat je moeder het strikt zakelijk hield. Ze had een lijstje gemaakt van dingen die gedaan moesten worden, van koop en vervoer van stekjes, via sponsors zoeken voor aanschaf van schoppen en tuinhandschoenen, tot aanwerven van genoeg vrijwilligers voor het planten zelf. We verdeelden het werk en spraken af om de volgende dag verslag uit te brengen. Het was *toen* dat de dingen begonnen te veranderen."

"Hoe dat zo?"

"Het was van meet af aan duidelijk dat Abby overstuur was. Ze was afwezig en ik kon zien dat ze gehuild had. Ze verontschuldigde zich voor haar gebrekkige concentratie en gaf toe dat er een echtelijke ruzie was geweest. Ik herinner me dat ik vertelde dat mijn huwelijksleven één lange echtelijke ruzie was ... wat helaas maar al te waar was, en *is*."

"Och, twee onbegrepen echtelieden bij elkaar." Het sarcasme in mijn stem was bijtend, zelfs voor mijn doen. Maar het was eruit vóór ik er erg in had.

"Zo maak je het wel erg vulgair. Zo was het beslist niet. Jouw moeder had iemand nodig om haar hart bij uit te storten. En daar was ik, op de juiste plek op het juiste moment."

Of wellicht de verkeerde plek op het verkeerde moment. "Vertelde mijn moeder je waarover de ruzie ging?"

Reid knikte. "Abby wilde proberen de band met haar ouders te herstellen, maar Jim was daar faliekant op tegen. Blijkbaar hadden ze niet meteen een polonaise gedanst, toen ze hoorden dat ze zwanger was. Abby vond het tijd om de strijdbijl te begraven. Jij zou bijna vier worden, vertelde ze me. Kortom, hoogste tijd om je opa en oma te leren kennen."

Dus mijn moeder had vrede willen sluiten met Corbin en Yvette. Mijn vader, stijfkoppig als hij was, had daar niets van willen weten. Maar dit soort gevoelige familiekwesties bespreken met een volmaakt vreemde? Hoe wanhopig moet je zijn?

"Wacht effe. Mijn moeder had je nog maar één keer gezien en gesproken, in een eetcafé, en bij de tweede ontmoeting stort ze haar hart bij je uit?"

"Als je het snel zegt, lijkt het inderdaad merkwaardig. Maar ik had heel sterk de indruk dat ze niemand anders had om mee te praten."

Hoe eenzaam moet mijn moeder niet geweest zijn, met ouders die haar onterfd hadden en geen echte vrienden? Ella Cole was misschien een goede buur, maar vanwege haar loslippigheid niet één op wie je kon bouwen. Ik stelde me voor hoe ze zich aanvankelijk gevoeld moet hebben, pas getrouwd en zwanger, terwijl ze enorm haar best deed het goed te doen als eega en moeder. Hoelang had het geduurd vóór ze het gemis van haar luxeleventje in Moore Gate Manor was gaan voelen, vóór het besef tot haar doordrong dat wat ze met mijn vader had, niet genoeg was?

Ik was mijlenver weg, toen Reids stem mijn gedachtestroom onderbrak.

"Geen idee of het een troost is, maar we waren niet *van plan* een verhouding te beginnen. Het toeval wilde dat we allebei een moeilijke periode doormaakten, elk in ons eigen huwelijk. Jouw vader wilde geen millimeter toegeven, wat die onenigheid met je grootouders betrof, en Mel raakte steeds meer gefixeerd op wat andere mensen vinden en het ophouden van de schijn. Ze wilde op een gegeven moment zelfs Royce op kostschool sturen en een privé-onderwijzer voor Porsche inhuren. Ik zei haar dat het openbaar onderwijssysteem mij geen kwaad had gedaan en dat ik mijn kinderen een gezinsleven wilde geven, waarin we samen naar het ijshockey keken op zaterdagavond en een bordspel speelden, zoals Monopoly, Ganzenbord of Memory."

Ik zag de vrouw die ik ontmoet had niet een twee drie zitten ganzenborden. Wel bridgen of aan de roulettetafel in Las Vegas. "Dus jullie stortten je hart bij elkaar uit en op een avond ..." Ik zocht naar het goede woord en vond 't niet. "Wanneer begon jullie liefdesverhouding?"

"Een paar weken vóór Canada Day."

Dus ze waren al met elkaar naar bed geweest vóór de bomenplantfoto op Canada Day, waarop ook mijn vader stond. Had hij iets vermoed? "En hoelang duurde ze?"

"Er vonden nog wel wat evaluaties plaats ná Canada Day, maar zonder een goed excuus was het moeilijk elkaar te blijven ontmoeten zónder argwaan te wekken. Achteraf bezien denk ik dat Mel wel een vermoeden had. Maar je vader ... dat weet ik niet."

"Dus jullie zetten er kort na Canada Day een punt achter."

"Ja en nee. We vonden steeds weer een excuus om elkaar te ontmoeten. Maar op een dag zei Abby dat het afgelopen moest zijn." Reid onderdrukte een snik. "Ze wilde jou en jouw vader de voorrang geven. Ik respecteerde haar besluit."

Ik moest denken aan de jaargetijdenfoto's van een gelukkig gezinnetje. Ella had verteld dat mijn moeder in februari 1985 met het idee bij haar was aangekomen. "Weet je ook nog wanneer dat was?"

"Toevallig wel. Het was op mijn vijfendertigste verjaardag, 14 januari 1985."

14 januari 1985. Reid had mijn moeder precies een jaar later dat medaillon gestuurd. En precies een *maand* daarna was ze verdwenen.

40

Ik staarde hem even recht aan, terwijl ik mijn emoties de baas probeerde te worden.

"Ik heb het medaillon gevonden."

"Welk medaillon?"

"Houd je nu maar niet van de domme, want jouw fotootje zat erin: *Voor Abby, voor altijd in mijn hart, Reid. 14 jan. 1986.* Ik vond het, vlak nadat ik het huis betrok."

Nu was het zijn beurt om mij recht aan te staren. Óf hij was een acteur van wereldklasse, óf hij had echt geen idee waarover ik het had.

"Je kunt me geloven of niet, maar ik weet helemaal niks van een foto in een medaillon", zei Reid. "Waarom zou ik daarover liegen? Ik heb je nota bene *net* alles verteld."

"Ten eerste, je hebt me niet *alles* verteld. Ik heb wat onderzoek gedaan en vond daarbij een foto van jou in een nummer van de *Marketville Post* in december 1985. Je was vrijwilliger bij de voedselbank die door mijn moeder gerund werd."

"Nou goed, ik deed vrijwilligerswerk bij de voedselbank. Kaatje werkte daar ook en vertelde me dat ze verlegen zaten om vrijwilligers in verband met de feestdagen. De enige dag dat ik er was, was precies op de dag dat die foto genomen werd." Reid keek gepijnigd. "Ik had geen buitensporige dankbaarheid verwacht, maar je moeder was ronduit onbeschoft tegen me, alsof ik een verdoken motief had. Ik begreep 't niet. We waren als vrienden uit elkaar gegaan en waren elkaar nog een paar keer tegen het lijf gelopen. Dat was telkens fatsoenlijk verlopen. En opeens, toen ik een handje wilde helpen, deed ze alsof ik haar aan het stalken was of zo."

"Misschien had ze de ontvangst van die tarotkaarten niet zo op prijs gesteld."

Ik oogstte andermaal een verblufte blik. "Welke tarotkaarten?"

"Wil je me wijsmaken dat jij niet diegene was die het medaillon en de kaarten stuurde?"

"Ik wil je niets wijsmaken. Ik *zweer* 't je. Heeft Abby tarotkaarten toegestuurd gekregen? Die *moet* ze als een bedreiging gezien hebben. En ze dacht dat ze van *mij* kwamen?" Reid wreef over zijn kin en knikte. "Dat zou verklaren waarom ze zo akelig tegen me deed. Maar ik zweer je dat ik ze niet gestuurd heb. Je zei dat je het medaillon in huis vond? Waar?"

"In een envelop. Het medaillon én de kaarten."

"Vind je 't niet een beetje vreemd dat het huis sinds 1986 steeds verhuurd is geweest en dat niemand die envelop gevonden heeft?"

"Hij was goed verborgen."

"Of misschien heeft iemand hem daar opzettelijk voor je neergelegd."

Dat was een mogelijkheid die ik nog niet overwogen had. Ik haalde mijn lippenbalsem tevoorschijn. Het rituele invetten van mijn lippen maakte dat ik beter kon nadenken. Had Misty ze daar verstopt met de bedoeling dat ik ze vond? Als huurder *had* zij de gelegenheid gehad, mijn vader even niet meegerekend. Hem zag ik er niet voor aan, iets onder het kleed te vegen – temeer omdat hij een kluisje bij de bank had.

Misschien had Misty ze daar voor *hem* neergelegd, in de wetenschap dat hij het huis wilde opknappen. Hoe dan ook, als mijn moeder het niet was, leek Misty de meest logische alternatieve kandidaat.

"Waarom zou iemand dat doen?"

"Geen idee. Maar kennelijk had iemand er belang bij om ze te verstoppen. Mag ik zien wat je gevonden hebt?"

Daar moest ik even over nadenken. Aan de ene kant was ik er een beetje huiverig voor. Maar anderzijds, als Reid tegen me zat te liegen, zou ik dat misschien merken aan de manier waarop hij zou reageren. "Ik ben zo terug."

Ik ging naar de keuken, trok het kastje boven de koelkast open en pakte de doos cornflakes, die – inmiddels leeg – diende als 'brandkast' voor de bewuste envelop met inhoud. Ik was voor het eerst blij dat mijn openkeukenplan nog niet zijn beslag gekregen had. Ik liep terug naar de woonkamer.

Ik haalde de vijf tarotkaarten tevoorschijn en legde ze naast elkaar op het salontafeltje. Daarna wees ik ze een voor een aan. "De Keizerin, De Keizer, De Geliefden, Zwaarden Drie en ... De Dood."

Reid pakte ze – eveneens een voor een – op, bestudeerde ze en legde ze toen terug.

"Ik ben bang dat ik helemaal niks van tarot afweet. Jij?"

"Zo ging 't mij ook. Maar ik heb een kaartlegger geraadpleegd en die heeft me uitgelegd dat de afzender er ook weinig kaas van had gegeten, maar niettemin deze combinatie gebruikte omdat ze staan voor Verleden, Heden, Toekomst, Oorzaak en Gevolg. De Keizerin bijvoorbeeld, met haar lange blonde haren, moest mijn moeder in het Heden voorstellen."

"En De Keizer is in het Verleden," zei Reid, "oftewel Abby's vader."

"Precies. Hetgeen betekent ..."

"Dat de afzender op de hoogte was van *dat* aspect van je moeders verleden."

"Ja."

"En hoe zit het met De Geliefden? Zei je dat die de Toekomst moesten verbeelden."

"Randi ging ervanuit dat die niet per se op mijn ouders hoefde te slaan."

"Dus de kaart kan gedoeld hebben op Abby en mij."

"Ik sluit 't niet uit." Ik wees op de Zwaarden Drie, het beeld van een rood hart doorboord met drie blauwstalen zwaarden, met donderwolken erboven en regen op de achtergrond.

"Volgens Randi duidt deze kaart op zorgen, diepe droefenis en hartzeer. Maar ze was vooral geïntrigeerd door de drie zwaarden. Alsof het om gedeelde smart ging."

"En het Gevolg is …"

Ik knikte. "De Dood."

Reid deed er het zwijgen toe. Hij was een paar minuten in diep gepeins verzonken, voordat hij zich opnieuw liet horen. "Wie kan ze Abby gestuurd hebben, denk je?"

Ik haalde mijn schouders op. "Ik wou dat ik 't wist. Tot nu ging ik ervanuit dat jij 't was die haar die dingen had toegestuurd, zowel de kaarten als het medaillon."

"Waarom ik?"

Ik haalde het medaillon uit de envelop en schoof het over de tafel naar hem toe.

Reid bekeek het van alle kanten. "Het is prachtig. Het ziet eruit als antiek. En duur."

"Arabella, een vriendin van me, heeft een antiekwinkeltje in Lount's Landing. Ik heb haar enkele foto's gestuurd. Zij zei dat het Art Deco is, uit de twintiger jaren van de vorige eeuw. Het mistige glas is zogenaamd *kamferglas*. En aan de hand van het symbooltje aan de achterkant heeft ze vastgesteld dat het zilver eigenlijk veertienkaraats goud is. De glimmer in het midden is waarschijnlijk een diamant. Over het fotootje kon ze vanzelfsprekend niets zeggen."

"Te oordelen naar de kwaliteit en het gebruik van witgoud, zou ik zeggen dat je vriendin gelijk heeft. Ik begrijp alleen nog niet goed, waarom je denkt dat ik degene was die Abby dit gaf. Was het niet logischer geweest in eerste instantie aan je vader te denken?"

"Je kunt beter even binnenin kijken."

Reid deed het medaillon heel voorzichtigjes open om het sluitinkje niet te beschadigen. Vervolgens zag ik, dat hij zijn adem inhield toen hij zijn eigen foto ontwaarde.

"Er staat iets achterop geschreven." Reid peuterde het fotootje eruit en draaide het om.

"Voor Abby, voor altijd in mijn hart, Reid. 14 januari 1986", las hij hardop.

Hij keek me aan, totaal ontdaan. "Wie *doet* nou zoiets? Het lijkt wel een kwalijke *grap*."

"Wil je zeggen dat dit niet jouw handschrift is?"

Reid schudde zijn hoofd. "Knap gedaan, daar niet van, maar mijn hoofdletter A is hoekig. Als je pen en papier voor me hebt, zal ik 't je laten zien."

Ik gaf hem het gevraagde, wachtte tot hij klaar was en vergeleek de twee handschriften. Ze leken sterk op elkaar, maar de hoofdletter A op de achterkant van het fotootje was inderdaad iets ronder. Zelfs de andere letters vertoonden minieme verschillen. Ik weet niet of het iemand zou opvallen die er niet speciaal op lette. Ik masseerde mijn slapen. Er was iets wat me opviel, maar ik wist niet wat. Misschien zou het me later te binnen schieten.

"Schreef je mijn moeder?"

"Nooit. Dat zou te riskant geweest zijn."

"Dus ze kon niet weten dat dit niet jouw handschrift was."

"Dat weet ik niet. Ik hield de notulen bij in de aanloop naar het bomenplantinitiatief. Maar dat ze anderhalf jaar nadien de vinger heeft kunnen leggen op het verschil in handschrift, lijkt me hoogstonwaarschijnlijk. Anderzijds heeft ze nimmer gewag gemaakt van het medaillon. Als ze ervan overtuigd was dat ik de afzender was, waarom zocht ze dan geen contact met me?" Moedeloos liet hij zijn hoofd hangen.

Hij leek voor het eerst net zo oud als hij was. "Ik weet niet wat ik hiervan moet denken."

"Het meest logische antwoord lijkt me dat iemand mijn moeder in de maling wou nemen. Of misschien jullie allebei."

Reid priegelde het fotootje terug op zijn plaats, sloot het medaillon en gaf het me terug.

"Ik weet niet wat ik zeggen moet, Callie. Ik realiseer me dat alles in mijn richting wijst, maar ik kan alleen maar zeggen dat *ik* 't niet was."

Ik liet nog niet los. "Je hebt anders wel toegegeven dat je van mijn moeder hield."

"Ik heb ook gezegd dat ik genoeg van haar hield om haar wens te respecteren."

"Misschien ben ik te goed van vertrouwen, maar ik geloof je eigenlijk wel."

En dat was ook zo. Helaas bracht het me alleen geen millimeter dichter bij de waarheid.

"Daar ben ik blij om. Maar ik zou verdomd graag willen weten, wie hierachter zit."

"Ik ga er alles aan doen om dat uit te vinden."

"Wees alsjeblieft voorzichtig, Callie. Diegene die dit geheim dertig jaar lang bewaarde, zal het nu niet eigener beweging willen prijsgeven."

"Ik zal voorzichtig zijn." Hoe vaak had ik dat al niet beloofd?

Reid leek allesbehalve gerustgesteld, maar veinsde tevredenheid.

"Oké dan. Ik bel je wanneer me nog iets te binnen schiet."

"Ik heb het idee dat Kaatje meer weet dan ze doet voorkomen. Ze heeft een maand lang dagelijks bij de voedselbank gewerkt. Ik weet alleen niet hoe toeschietelijk ze is, als *ik* haar bel."

"Ik praat wel met haar. Ik zal zeggen dat het belangrijk is dat ze contact met je opneemt. Naar mij luistert ze wel."

"Dat is tof. Dankjewel."

"Het is wel 't minste. Ik had meer moeten doen – nee, *iets* moeten doen – op het moment dat je moeder vermist werd. Maar ik deed niets, omdat ik bang was dat Mel onraad zou ruiken. Inmiddels ben ik erachter dat ze van meet af aan van de relatie afwist." Hij schudde zijn hoofd. "We draaiden al die jaren om de hete brij heen."

Ik ging Reid echt niet vertellen over de verhouding van zijn vrouw met Dwayne Shuter. Bovendien had ik daar geen donder mee te maken. Ik zag dat het inmiddels was gaan regenen. "Het weer is omgeslagen. Wil je een lift naar de parkeerplaats?"

"Nee, hoeft niet. Ik moet hiernaast zijn. Ik vind dat Royce na al die jaren er recht op heeft de volle waarheid te horen."

"Waarom juist nu?"

"Omdat ik dat al eerder had moeten doen. Omdat het verleden het heden in de weg staat. Niet wat Mel en mij aangaat, maar wat jou en Royce betreft, besef ik nu."

"Royce en ik zijn alleen maar buren van elkaar, hoor."

Reid glimlachte. "Ik zag hoe hij naar je keek. Dat was niet mis te verstaan. Ik kon me trouwens niet aan de indruk onttrekken dat het wederzijds was."

Ik bloosde. "En ik niet aan de indruk dat je vrouw er niet erg voor warmliep."

"Laat Mel nou maar aan mij over. Volg jij wat je hart je ingeeft. Ik ga mijn zoon vertellen hetzelfde te doen."

Ik begeleidde hem naar de voordeur, keek hem na en zag hoe hij naar mijn buurman liep. Zijn petje diep over zijn ogen getrokken … vanwege de regen.

41

Ik stond de volgende morgen om vijf uur naast m'n bed — ik kon toch de slaap niet vatten. Met Melanie, Reid, Royce, mijn grootouders en Leith, die om de voorrang streden in mijn hoofd, kon ik mijn nachtrust wel vergeten. Als 't zo doorging, zou ik eens flink in de bus moeten blazen voor make-up om de wallen onder mijn ogen weg te moffelen.

Ik was er nog steeds niet uit, hoe ik Leith zou benaderen, maar ik was achteraf wel blij dat ik mijn weekrapportages tot een minimum beperkt had. Zou ik Misty Rivers eens bellen? Daar was ik eigenlijk nog niet aan toe. Ik zou graag wat beter beslagen ten ijs komen, voordat ik weer met haar aan tafel schoof. Als puntje bij paaltje kwam, gold hetzelfde voor Leith.

Maar wat *dan*? Ik pakte mijn laptop en typte G.G. Pietrangelo in de zoekbalk. Ik kreeg een melding van ene Gloria Grace (G.G.) Pietrangelo, fotograaf, op LinkedIn. In haar curriculum werd haar baan als "verslaggever/fotograaf" van 1983 tot 2008 bij de *Marketville Post* genoemd. Dus ze was er vijfentwintig jaar werkzaam geweest. Was haar ontslag haar eigen keuze geweest?

Ik vond een link naar de website *Natuurfotografie van Gloria*

Grace. Ik klikte erop en laafde me een goed uur aan de prachtigste fauna- en florafoto's, veelal van vogels en vlinders, met hier en daar een addertje onder het gras. Ik was beslist geen kenner, maar zelfs ik kon zien wanneer iets boven het gemiddelde uitstak. En deze foto's waren heel bijzonder. Een kwarteeuw kiekjes schieten van glimlachende politici en artikeltjes schrijven die amper gelezen werden, moet welhaast als een straf aangevoeld hebben. Het zou me echt niks verbazen als de *Post* haar na vijfentwintig jaar mijlenver de strot uitkwam.

Naast het maken van adembenemende foto's organiseerde Gloria Grace groepsreisjes, allemaal gericht op natuurbehoud en -fotografie. De laatste was een maand geleden geweest, naar Bruce Peninsula National Park in Tobermory. Er was een onlineformulier te vinden waarmee men zich kon aanmelden voor die excursies, zowel privé als in groepsverband.

Er volgde een lijst van aanbevolen camera's in diverse prijsklassen. Ik printte de lijst uit en kleedde me aan om uit te gaan. Deze dame ging een camera te kopen.

Chantelle kwam juist thuis op het moment dat ik de deur uitging. Ze had haar yogakleren aan en een opgerold lichtgroen matje onder de arm. Mijn luidkeelse begroeting was er al uit, voordat ik me rekenschap gaf van mijn recente uitstapje met Royce.

"Ik ga een fototoestel kopen. Ik geloof dat ik een zaak in het winkelcentrum heb gezien. Ga je mee? Ik ben hopeloos als het om beslissen gaat, en jij bent de zelfverklaarde shopexpert."

Ze grijnsde breed, opende het portier van haar pick-up, gooide het matje naar binnen en stak de straat over.

"Ik heb er geen donder verstand van, ook al schiet ik wel

'ns een plaatje met mijn mobiel, maar ik *ben* van de partij. Ik heb toch niets anders te doen vandaag dan de rekeningen betalen en het huis schoonmaken." Ze schoof op de passagiersstoel van mijn Civic en trok het portier dicht. "Er zit ook een ontbijtrestaurant in het winkelcentrum. Ik heb honger. En jij?"

"Als een paard."

"Goed zo. Want ik ben vet benieuwd hoe 't gegaan is bij Royce z'n ouders."

"Er valt niets te vertellen", probeerde ik me lachend ervan af te maken.

———

DE FOTOZAAK BOOD EEN DUIZELINGWEKKENDE KEUS AAN CAMERA'S. Gelukkig had ik het lijstje bij me gestoken.

"Ik weet nog niet of fotografie iets voor me is", zei ik tegen de winkelbediende. "Daarom zoek ik niet meteen iets duurs. Ik heb hier een lijst met aanbevelingen."

"Wat voor foto's wilt u gaan maken?"

"Bloemen … vogels … dat werk."

Chantelle trok verbaasd een wenkbrauw op, maar zei niets. Ik wist dat ik, eenmaal buiten, erover doorgezaagd zou worden.

De bediende bekeek mijn lijstje, knikte en vroeg me toen om even te wachten, terwijl hij een paar geschikte toestellen ging uitzoeken. Hij kwam terug met drie stuks.

"Elk van deze is *mikken en klikken*. Ze zijn lekker licht en compact, en tevens aanzienlijk goedkoper dan een spiegelreflexcamera. Vanzelfsprekend is de kwaliteit van de foto's navenant, maar voor een beginneling is elk van deze drie toestellen een uitstekende keus." Hij glimlachte. "En u mag altijd terugkomen voor een duurdere."

Ik maakte mijn keuze op basis van kleur van het tasje en

grootte van het beeldschermpje, terwijl Chantelle met de verkoper over de prijs steggelde. Na enig heen-en-weergepraat deed hij een beetje van de prijs af.

Ik moest inwendig lachen, toen ik die twee zo bezig zag. Ze waren allebei grootmeesters in het spel waarin ik een volstrekte leek was.

"Ziezo, dat is weer in de knip", zei Chantelle. Daarna zochten we het restaurant op en installeerden ons aan een tafeltje. Ze keek me aan. "Vertel op! Waar komt die plotse interesse voor natuurfotografie vandaan? Heeft jullie uitstapje daar iets mee te maken?"

"Niet echt."

"Hmm. Nou, goed dan. Maar hoe is het verlopen?"

"Ik ben er nog niet aan toe om 't daarover te hebben."

"Oké, dat kan wachten. Gaan we terug naar je plotse interesse in natuurfotografie. Ik ga er tenminste vanuit dat die uit de lucht is komen vallen."

"Dat klopt", zei ik. Ik gaf haar een korte samenvatting van wat ik in de *Marketville Post* gevonden had, terwijl we ons ontbijt verorberden – verrukkelijke crêpes met kaneelpoedersuiker, schijfjes banaan en ahornsiroop. Ik beloofde om haar bij thuiskomst de prints te laten zien.

"Dus," zei Chantelle, toen ik uitgesproken was, "als ik het goed begrijp, zijn alle artikelen en foto's die je in de *Post* aantrof, gemaakt door G.G. Pietrangelo, die inmiddels met pensioen is en zich onder de naam Gloria Grace Pietrangelo heeft gespecialiseerd in natuurfotografie."

"Precies."

"En jij wilt je opgeven voor een privéles, langs je neus weg je moeder ter sprake brengen en dan maar hopen dat ze zich iets herinnert wat jou verder helpt?"

"Als je het *zo* zegt, klinkt het nogal belachelijk."

"Ik zie dat … eh, *onopvallend je moeder ter sprake brengen* nog niet helemaal voor me."

"Goed, dat heb ik zelf ook nog niet helemaal uitgestippeld." Ik schoof geërgerd het bord van me af – de eetlust was me vergaan. "Bovendien praten we over dertig jaar geleden. De kans *dat* ze zich iets herinnert, is klein."

Chantelle moest hier even over nadenken en schudde toen haar hoofd. "Dat denk ik niet. Dit is iets uit het begin van haar loopbaan bij de krant, lang voordat die een sleur voor haar werd. Het moet destijds *het* onderwerp van gesprek zijn geweest in zo'n klein stadje."

"Maar dan nog … *hoe* ga ik het onderwerp bij haar aansnijden?" zuchtte ik. "Ik snap niet, hoe ik zo dom kon zijn om daar niet over na te denken. Ik had toch ook open kaart kunnen spelen en haar vertellen dat ik op zoek ben naar de waarheid achter mijn moeders vermissing."

"Had gekund, maar dan was ze misschien dichtgeklapt. Ze zou misschien wel iets weten, maar de zaak te netelig vinden om erbij betrokken te raken."

"Heb jij een beter idee dan?"

"Je moet haar onverhoeds zien te spreken, zodat ze onvoorbereid is. Een les nemen is, denk ik, een heel goed idee." Chantelle trommelde met haar vingertoppen, een dikke denkrimpel in haar voorhoofd.

"Ik weet 't", grijnsde ze na een poosje. Er glinsterde een ondeugend lichtje in haar ogen, dat er zo-even nog niet was.

"Vertel!"

"Ik ga lekker met je mee, *zurück zur Natur*. Kom op, we gaan nog zo'n fototoestel kopen. Eentje in een roze etui deze keer – de kleur van dat tasje van jou is me veel te plebejisch."

———

N‍ADAT C‍HANTELLE OOK EEN CAMERA GEKOCHT HAD – en bij dezelfde winkelbediende nog meer van de prijs had afgekregen dan bij de vorige aankoop – gingen we naar huis en brachten daar een poos aan mijn keukentafel door met het bekijken van de print-outs uit de *Marketville Post*.

Die uit de *Toronto Sun* en de *Toronto Star* hield ik achter, alsmede de foto met Misty en Leith. Ik wou Leith en Misty eerst met die foto confronteren. En het nieuws uit de *Sun* en de *Star* was een herhaling van wat er al in de *Post* stond.

Chantelle bestudeerde iedere print-out alsof haar eigen leven ervan afhing, en luisterde naar mijn uitleg met een intensiteit waarvan ik stond te kijken. Ze stelde ook een hoop vragen, vooral toen Reid Ashford en Kaatje Lonergan ter sprake kwamen. 't Kan zijn dat dit normaal is voor informatiemakelaars, maar de onverholen belangstelling voor de vader en tante van Royce deed me toch op mijn hoede zijn. Ik besloot Chantelle niets te vertellen van Mels ontboezeming over haar verhouding me Dwayne Shuter, enerzijds omdat ik vond dat zulks niet aan mij was en anderzijds omdat ik niet wilde dat het via Chantelle bij Royce terechtkwam. Het was niet zozeer dat ik Chantelle wantrouwde. Het was meer dat ik hun relatie nog niet helemaal helder had.

"Er is geen denken aan dat G.G. Pietrangelo zich de zaak *niet* herinnert", zei Chantelle, toen we klaar waren. "Boek die les maar."

Ik vulde het onlineformulier inclusief voorkeursdata en -dagdelen in, rekening houdend met Chantelles fitness- en yogarooster. "Nu maar afwachten", zei ik, nadat ik het verzonden had.

"Inderdaad", zei Chantelle instemmend. "Ik moet er eens vandoor, tenzij er nog wat is waarmee ik je kan helpen."

Dat was er, realiseerde ik me tot mijn eigen verbazing.

"Kun je me helpen bij het achterhalen van mijn vaders ouders?"

"Ik kan het allicht proberen, ook al leid ik uit het weinige wat je me over hen vertelde af dat ze misschien niet zullen staan te springen om contact met jou. Denk je dat je bestand bent tegen een eventuele afwijzing, na alles wat je al meegemaakt hebt?"

Ik moest denken aan Yvettes stellige bewering dat ze tevergeefs contact hadden gezocht. Mogelijk hadden mijn grootouders van vaderskant hetzelfde gedaan en ook bot gevangen. Afijn, als dat zo was, dan wou ik dat weten.

"Ik kan wel tegen een stootje."

Chantelle had amper haar hielen gelicht nadat ze me beloofd had op zoek te zullen gaan naar Sandra en Peter Barnstable, toen de telefoon ging. De display vermeldde *Privénummer* en het kengetal 705. Niet van hier en niet van Toronto. Vermoedelijk een verkoper. Ik nam op.

"Hallo."

"Kan ik Calamity Barnstable aan de lijn krijgen, alstublieft."

"Spreekt u mee."

"Oh, hallo. Gloria Grace Pietrangelo. Ik heb je aanvrage hier, om fotoles."

"Ja?" Er voer een rilling door mijn lijf. Ik had duidelijk Callie ingevuld op het formulier. Daar was ik zeker van.

"Je hoeft er geen doekjes om te winden, Calamity. Ik herkende je naam meteen. Jij bent de dochter van Abigail en Jim. Ik vroeg me af, waarom je na al die jaren contact met me zoekt."

Ik had sinds de aankoop van het fototoestel op een geloofwaardige smoes lopen broeden. Het besef dat ik ook gewoon met de waarheid voor de draad kon komen, was beangstigend en bevrijdend tegelijk. "Ik probeer erachter te komen wat er met mijn moeder gebeurd is."

"Waarom nu pas?"

Het was een logische vraag. Ik besloot tot behoedzame

eerlijkheid. "Mijn vader is pas gestorven. Bedrijfsongeval. Ik heb het huis in Marketville geërfd."

"Had hij dat nog? Dat verbaast me. Ik dacht dat jullie naar Toronto verhuisd waren."

"Dat klopt. Hij heeft het huis al die tijd verhuurd. Ik wist niet eens van het bestaan af. Toen ik daar bij de lezing van het testament achter kwam, rezen er meer vragen bij me."

"Ik waardeer je eerlijkheid. Wat kan ik voor je betekenen?"

Ik vertelde Gloria Grace over mijn zoektocht in de archieven en de aangetroffen foto's en artikelen van haar hand in de *Marketville Post*. Ik vertelde haar niet over de brief van mijn vader, noch over de tarotkaarten, Reid en het medaillon. "Ik denk dat ik hoopte dat u zich de zaak nog zou herinneren", besloot ik mijn verhaal en bespeurde de smekende klank in mijn stem.

"Me herinneren? Het heeft me niet meer losgelaten sinds ik er voor 't eerst over schreef. Een liefhebbende moeder en echtgenote die domweg in rook lijkt te zijn opgegaan? Ik heb diepgaand onderzoek verricht. Het meeste van wat ik vond, is nimmer in de krant verschenen. Het was mijn taak om harde feiten te melden, *niet* om mogelijke verbanden te leggen. Er waren evenwel een paar dingen die domweg niet te rijmen vielen."

Ik haalde diep adem voor het hoge woord. "Zou u uw bevindingen met mij willen delen, en wat u zich herinnert?"

"Ik weet niet hoeveel je daar na al die jaren nog aan gaat hebben, maar ... geen probleem. Ik heb al mijn aantekeningen nog. En ook al mijn foto's. Ik heb me er nooit toe kunnen brengen ze weg te doen. Iets in me zei dat je ooit contact met me zou opnemen."

"Wanneer kan ik langskomen?"

"Morgenochtend ben ik vrij, maar je moet vroeg komen. Acht uur. Is dat wat?"

"Acht uur is top."

Gloria Grace beschreef me de route naar haar studio in

Barrie. "Het is in veertig minuten te doen, als je de 400 neemt."

"Ik zal op tijd zijn. En … eh, Gloria …"

"Ja?"

"Reuze bedankt."

"Wacht daar maar even mee, Calamity. Het verleden helder krijgen *klinkt* wel louterend, maar *is* dat in de praktijk hoogstzelden. Tenminste, in *mijn* ervaring."

42

Ik stopte de tarotkaarten, het medaillon en mijn vaders brief in mijn handtasje. Ik had nog geen idee of ik ze Gloria Grace zou laten zien, maar … je wist maar nooit – beter *mee* verlegen dan *om* verlegen.

Gloria Grace haar studio was gevestigd aan een pleintje met andere neringdoenden, waaronder een kruidenier, een broodjeszaak, een fysiotherapeut, een wassalon en een pizzeria. Niet de ambiance die ik verwachtte bij een natuurfotograaf, maar … wie ben ik?

Binnen kwam je evenwel in een geheel andere wereld. De studiomuren waren behangen met de meest fantastische foto's, de ene nog spectaculairder dan de andere. Ik hield de adem in bij het beeld van een gaai die zich met hand en tand een havik van het lijf probeerde te houden – die wanhopige blik in de ogen van de gaai en de genadeloze wil om te doden in die van de havik. Hoelang had Gloria Grace in hinderlaag moeten liggen om dat plaatje te schieten?

"*Roofvogels*. Dat is ook een van mijn favoriete. Hallo, ik ben Gloria Grace Pietrangelo." Een volslanke vrouw van tegen de zestig jaar was opgedoken vanuit een afgeschermd gedeelte.

Waar de meeste dames van die omvang gekleed gaan in lange wijde soepjurken of sweaters, droeg zij een olijfgroene cargobroek met dito vest en een zwarte coltrui. Aan de bobbels te zien, was elke zak in broek en vest gevuld met iets. Grijs haar tot op de schouders, lichtbruine ogen en geen spoor van make-up op haar zongebruinde, verweerde gezicht. Een recht voor z'n raap*hoofd* op een recht voor z'n raap*mens*.

"U hebt enorm veel talent", zei ik.

"Het is meer passie dan talent."

"Dat moet dan zwaar geweest zijn, bij de *Marketville Post*. Sleetjerijdende kinderen en lintjesknippende hotemetoten." Ik kreeg een kleur. Waar haalde ik het recht vandaan om zo neerbuigend over haar loopbaan te doen?

Gloria Grace lachte, een zacht klokkend geluid, als dat van een dure belegen wijn.

"Wat zal ik zeggen? Het geld was goed. Ik spaarde elke cent die ik kon missen en trok eropuit als ik vrij was, om het *echte* leven te bestuderen. Dat maakte het leven van persmuskiet G.G. Pietrangelo een stuk gemakkelijker. Dat G.G. was nodig, als vrouw in een mannenwereld. Dat is inmiddels gelukkig ietwat veranderd. Zoals ook ons stiel veranderd is. Alles is digitaal nu. Ook al denk ik nog met nostalgie aan de filmrolletjes en de doka." Ze glimlachte melancholisch. "Vandaag de dag denkt ieder uilskuiken met een smartphone meteen dat-ie fotograaf is. Maar … je bent hier niet om naar m'n geneuzel te luisteren. Loop met me mee. Er is een keukentje achter. Daar kunnen we rustig praten, bij een kopje thee met een scone."

Ik volgde Gloria toen ze weer achter het scherm verdween. We kwamen langs een deur met de aanduiding "Kantoor", eentje met "WC" en een sneeuwwitte ruimte met allerlei speeltjes voor katten en honden. "Huisdiersitten", zei ze met een nonchalant gebaar. "Niet echt vaak. Maar ik ben dol op dieren en het brengt geld in het laatje."

Ik herinnerde me de katten- en hondenfoto's op haar website. Zelfs daarin was haar talent zichtbaar, met honden die stoer en tevreden oogden, en de katten elegant en zelfgenoegzaam.

In tegenstelling tot de studiowanden was er aan de zachtgroene muren van het keukentje geen foto of andere versiering te bekennen. Een klein rechthoekig tafeltje van witgeverfd hout stond tegen de muur. Gloria wees op een van de twee stoelen ten teken dat ik moest gaan zitten, zette de waterkoker aan en gebaarde naar een schaal met vier scones erop.

"Met citroen en cranberry of met bosbessen? Ik heb beide gekocht, omdat ik niet wist waarnaar je voorkeur uitgaat."

"Bosbessen."

Ze knikte, wikkelde eentje met bosbessen en eentje met citroen en cranberry in papier en stopte ze tien tellen in de magnetron. "Klaar. Warm zijn ze lekkerder. Boter? Jam?"

"Nee, bedankt."

"Earl Grey goed?"

"Earl Grey is te gek."

"Iets erin?"

"Alleen thee. Geen melk of suiker."

Opnieuw een instemmend knikje. Ze schonk thee in en zette een mok voor me neer. "Eerst wat eten, dan praten."

———

"Je zei dat je mijn telefoontje verwacht had." We hadden de scones op en Gloria Grace had me gevraagd haar te tutoyeren, omdat ze zich anders zo oud voelde. Ze schonk opnieuw in.

"Wil je de ongezouten waarheid? Ik vind dat je daar recht op hebt, maar alleen jij kunt me vertellen of je er klaar voor bent. Ik geloof van wel, anders had je niet de moeite genomen contact met me te zoeken onder het mom van fotografielessen, maar ik wil 't graag zeker weten. Niet alles wat ik je over je ouders kan vertellen, is leuk. Óf ik vertel het verhaal op de manier waarop ik het willekeurig wie zou vertellen, óf ik vertel het helemaal niet. De keus is aan jou. Het is nog steeds niet te laat om van de hele geschiedenis af te zien."

Ik nam een klein slokje thee en wenste in stilte dat die een beetje sterker was uitgevallen. "Ik ervan afzien? *Echt* niet!"

Gloria bekeek me aandachtig. Schijnbaar tevredengesteld stond ze op, trok een la open en haalde er een ordner uit. Ze sloeg het op en begon erin te lezen, terwijl ze door aantekeningen en krantenknipsels bladerde. Ik oefende geduld, terwijl ze stond te lezen, en deed mijn uiterste best om het toenemende gevoel van spanning te bedwingen. Tegen de tijd dat ze ging zitten, stond ik op ontploffen.

"Het was 15 februari, op zaterdag, dat ik 's ochtends vroeg van mijn redacteur bij de Post het belletje ontving", begon Gloria haar verhaal. "Naar verluidt was er ene Abigail Barnstable een dag eerder als vermist opgegeven. Mogelijk was er sprake van verdachte omstandigheden. Ik kende Abby van haar vrijwilligerswerk. Sommigen doen dat werk alleen omdat ze enkele uren dienstverlening moeten opknappen, bij anderen is het voor de show, maar je moeder leek 't echt uit overtuiging te doen. En ze behandelde me altijd met respect, wanneer ik kwam om ergens verslag van te doen. Geloof me … als journalist krijg je te maken met allerlei soorten mensen, en de meesten zijn onbehouwen lomperiken, zodra het dopje weer op de lens zit."

Gloria haalde diep adem. "Afijn, in een opwelling met de noorderzon verdwijnen leek me niet iets wat een vrouw als Abby zou doen. In geen honderd jaar! Bovendien wist ik dat ze gek met je was, al gebiedt de eerlijkheid me te zeggen dat je ouders' huwelijk haar ups en downs had, zonder dat ik kwaad wil spreken over de doden. Ik kon niets bewijzen – althans, in het begin niet – maar ik had mensenkennis. Dat zij jou uit vrije wil zou achterlaten, viel domweg niet te rijmen. Ik wil graag dat je dat weet … van me wilt *aannemen*, voordat ik verderga."

Ik haalde mijn lippenbalsem uit mijn tas en knikte, niet in staat een woord uit te brengen. Gloria ging verder met haar verhaal.

"Zoals ik al zei, kreeg ik het telefoontje op zaterdag van de hoofdredacteur op de krant, een arrogante klootzak, die ik al meer dan tien jaar verdroeg. *Maar ik dwaal af.* Hij vertelde me dat de politie de zaak niet vertrouwde en dat de echtgenoot er mogelijk meer van wist. Ik kende Jim Barnstable niet echt. Ik had hem een jaar eerder bij het bomenplantinitiatief op Canada Day getroffen en toen hield hij zich op de achtergrond. Bij die gelegenheid had ik het erop gehouden dat hij vond dat zijn vrouw die dag in de schijnwerpers verdiende te staan." Gloria Grace bloosde en leek naar woorden te zoeken.

"Ik ben er net achter gekomen dat ze een verhouding met Reid Ashford had", zei ik en zag haar verbaasd opkijken. "Was dat waarvoor je bang was om 't me te vertellen?"

Gloria gaf het toe. "Dat is een pak van mijn hart, zeg, nu ik weet dat jij 't al weet."

"Hoe ben jij daarachter gekomen?" was ik haar te vlug af.

"Ik sprak met veel mensen. Marketville was een nog kleiner forenzenstadje dan het nu is. Dus je moeders vermissing was groot nieuws. Daarom duurde 't niet lang of er gingen geruchten. Dat er sprake was van een liefdesverhouding. Dankzij enkele vrijwilligsters bij de voedselbank, die destijds met je moeder werkten."

"Laat me raden. Misty Rivers en Kaatje Lonergan."

"Ja, klopt." Gloria keek me goedkeurend aan. "Je bent verdomd goed op de hoogte, zeg. Ik weet eigenlijk niet of ik je nog wel iets nieuws kan vertellen."

"Je kunt me vertellen of je denkt dat mijn vader van de verhouding afwist."

"Daar ben ik wel zeker van, Callie. Dat is misschien niet wat je graag zou willen horen, maar ik ben er zeker van dat Kaatje Lonergan hem dat wel aan zijn neus gehangen heeft."

"Omdat ze Reids schoonzuster was?"

"Ja, dáág! Omdat ze *stinkjaloers* was natuurlijk."

43

———

Ik staarde haar ongelovig aan. "Stinkjaloers? Wil je me vertellen dat Kaatje Lonergan een amoureuze relatie had met haar zusters echtgenoot?" Ik met mijn indruk dat er 'iets meer speelde dan zusterlijke rivaliteit' … dit was de *moeder* van zusterlijke rivaliteit.

"Dat niet. Maar als het aan *haar* had gelegen … wel. Kaatje was vanaf het begin al smoor op Reid, die haar altijd op afstand heeft gehouden. Dat kon ze nog wel door de vingers zien, zolang Reid niet buiten het potje pieste. Maar toen hij een verhouding met Abby begon, werd het een andere zaak. Toen voelde het voor haar opeens als een *persoonlijke* afwijzing."

Dat betekende dus ook dat, toen Kaatje voor haar dienstverlening de *voedselbank* uitkoos, het er haar meer om gegaan was een oogje in het zeil te houden, dan uit altruïsme. Alhoewel … "Maar hun verhouding was al voorbij, toen zij en Reid tegelijk bij de voedselbank zaten."

"Je navorsingswerk is indrukwekkend. Ja, tegen *die* tijd was het al uit tussen die twee. Maar dat maakte 't voor haar alleen maar erger – hoe haalde een nufje als Abby het in haar hoofd om een man af te wijzen die zo geweldig was als 'haar' Reid?

En mijn indruk van haar was ook dat ze *ziekelijk* wraakzuchtig was."

"Wat wil je daarmee zeggen?"

"Daarmee wil ik zeggen dat ik me altijd afgevraagd heb of Kaatje Lonergan te maken had met jouw moeders verdwijning."

Ik hapte naar adem. Bij onze matineuze renpartij in Muskoka had Melanie geëist dat ik zou stoppen met neuzen in het verleden. *Toen* dacht ik nog dat het was om Reid te beschermen. Maar nu drong het tot me door dat ze allicht haar eigen zus had willen beschermen. Wacht 'ns …

"Wie heeft jou verteld dat Kaatje verliefd was op haar zwager?

"Een andere vrijwilligster daar. Ene Misty Rivers. Een zelfverklaarde helderziende."

Misty Rivers … daar *was* ze weer.

"En hoe kon Misty Rivers daar iets van afweten?"

"Ze groeiden op in dezelfde straat. Marketville was destijds niet veel meer dan een dorp. Reid en Melanie zaten al op de middelbare school, toen ze verkering kregen. Kaatje en Misty waren een jaar jonger en gezworen vriendinnen van elkaar. Ook al was die vriendschap wel over tegen de tijd dat ik ze aan de tand voelde. Wat ik ervan begreep, was dat beide zusjes niets moesten hebben van haar mystieke geneuzel over paranormale gaven."

Ik masseerde mijn slapen, enerzijds om een opkomende hoofdpijn af te wenden en anderzijds om de stukjes die Gloria me zojuist had aangereikt, in de puzzel te passen.

"Jij vermoedt dat Kaatje de kwade genius achter mijn moeders verdwijning is geweest … Waar denk jij dat ze die dag naartoe is gegaan?"

Gloria schudde haar hoofd. "Ik wou dat ik 't wist. Ik heb elk spoor – hoe gering ook – gevolgd. Niets. De politie verging het net zo. Het was alsof ze in rook was opgegaan."

"Maar mensen gaan niet in rook op. *Levende* mensen niet, althans."

"Nee."

"Wat leidde je af uit het feit dat Dwayne Shuter op dezelfde dag zijn biezen pakte?"

Nu was het Gloria's beurt om verrast te kijken. "Dwayne Shuter? Ik herinner me geen Dwayne Shuter."

Ik vertelde haar dat hij getuige was geweest bij de huwelijksvoltrekking van mijn ouders. Dat hij een verhouding met Melanie had. Dat hij op dezelfde dag met de noorderzon verdween als mijn moeder. Dat ik hem op de voedselbankfoto gezien had die tegen kerstmis was gemaakt. Dat ik hem naderhand op LinkedIn terugvond en ontdekte dat hij opzichter was bij de bouwklus waarbij mijn vader omkwam. En ook dat hij niet reageerde op mijn herhaalde telefoontjes.

Al vertellende realiseerde ik me dat Dwayne Shuter er niet bepaald fraai vanaf kwam.

Gloria dacht er net zo over. Ze kon zichzelf wel voor haar kop slaan. "Hoe is 't mogelijk dat ik die gast over het hoofd heb gezien?" lamenteerde ze. Ze beboterde de laatste scone en bood mij de helft ervan aan. Ik bedankte. Meer zetmeel en suiker waren nu wel de laatste dingen waaraan ik behoefte had.

"Val jezelf niet te hard," zei ik, terwijl ik mijn lippenbalsem trok, "hij had Marketville al verlaten toen jij je met de zaak ging bezighouden. Vermoedelijk hebben hij en Mel hun relatie geheim weten te houden. Ik denk dat zelfs Kaatje er niets van wist. En als Misty 't wist ..."

"Je hebt gelijk. Als Misty ervan had geweten, had ze 't me wel verteld." Ze zuchtte en beet in haar scone. "We moeten een manier zien te vinden dat die Shuter antwoord geeft."

Ik glimlachte. "*Wij*, Gloria Grace?"

"Ja, wij, ja. Ik laat dingen nooit onafgemaakt liggen, Callie. Ik heb nu dertig jaar gewacht om een eind aan dit verhaal te breien. Wat heb je nog meer, waarmee *wij* aan de slag kunnen?"

Ik dacht aan de tarotkaarten. De gezinsfoto's. Reids medaillon. De brief van mijn vader. De foto van Misty en Leith in de *Sun*. Voor de eerste keer sinds ik dit onderzoek begonnen was, voelde ik me bereid alle kaarten op tafel te leggen. En was de verslaggeefster die van meet af aan bij de zaak betrokken was geweest, niet de uitgelezen persoon?

"Wat ik nog meer heb, Gloria? Dat kan ik je beter laten zien."

"Heb je iets meegebracht?"

"Ja."

"Waar wachten we dan nog op?"

———

"Deze vond ik op zolder", zei ik, toen ik de foto's van de vier seizoenen op tafel legde. Dat ze in een doodskist lagen, liet ik weg – sommige dingen zijn domweg te gek voor woorden. "Ella Cole, de buurvrouw, heeft ze in 1985 genomen bij de school, waar ook het bomen planten op Canada Day plaatsvond. Je hebt voor de *Post* nog een vraaggesprek met Ella gedaan."

"Dat weet ik nog", zei Gloria. "Ze was een beetje een roddelaarster, had ik 't idee."

"Dat is ze nog, ook al geloof ik niet dat het uit kwaadaardigheid is."

"Waarom nam *zij* de foto's?"

"Ella zegt een liefhebber te zijn. Volgens haar heeft mijn moeder haar daarom gevraagd. Ella zegt dat ze te vereerd was om mijn moeder naar het waarom van de reeks te vragen."

"Ze is goed. Je ziet de gelaatstrekken goed en ze maakte uitstekend gebruik van het licht. Maar dat zegt helaas niets over het waarom van de foto's."

"Het is mogelijk dat mijn moeder een tijdscapsule wou

creëren. Het is tevens mogelijk dat ze zichzelf wilde wijsmaken dat alles weer bij het oude was. Van Reid begreep ik dat ze het uitmaakte in januari 1985. En Ella vertelde dat ze in februari van dat jaar met het idee kwam."

"Hmm, ja, dat kan een verklaring zijn. Wat heb je nog meer in je verrassingspakket?"

Ik stopte de foto's terug in mijn tas en trok er de envelop met kaarten en medaillon uit. "Ik was bezig vloerbedekking te verwijderen – er zit hardhout onder dat ik wil laten opknappen – toen ik deze envelop tegenkwam."

"Hoe oud was die vloerbedekking?"

"Geloof 't of niet, maar die was origineel. Ik ben zeker dat diegene die 'm daar verstopte, verwachtte terug te komen of dat iemand de envelop zou vinden ver voordat ik dat deed."

Gloria knikte. "Goed gedacht. Ik neem aan dat jij denkt dat 't je moeder was?"

"Ja. Ook al heb ik daar geen enkel bewijs voor."

"Goed. Laat zien wat erin zit."

Ik begon met de tarotkaarten en legde ze op tafel in de volgorde die op het lijstje stond waarin ze gewikkeld waren. "Ik heb een kaartlegger geraadpleegd, ene Jessica Tamarand, alias Randi, die toevallig een jaar of vier geleden ook huurder is geweest."

"Toevallig? Weet je dat zeker? Heb je eraan gedacht dat zij ze verstopt kan hebben?"

Ik schudde beslist van nee. "Dat geloof ik niet. Randi was net twaalf toen haar familie naar Marketville kwam. Ze wist dus niet eens dat het huis dat ze huurde, hetzelfde was als dat waaruit mijn moeder verdween. Hoewel ze zich het voorval herinnerde, omdat die haar ouders aan het twijfelen gebracht had of Marketville nou wel zo'n gelukkige keus was geweest. Ze zei dat het huis een negatieve uitstraling had, die alleen maar verergerde zodra Ella in de buurt was. Ze leek me volkomen oprecht."

"Oh, echt?"

Ik keek naar mijn schoenen en dacht na over hoe ik daarop moest reageren. Gloria kreeg medelijden.

"Ik zal in mijn aantekeningen zoeken, of ik iets over ze tegenkom. De naam Tamarand zegt me zo niets, maar ik zal eens kijken."

"Dank je."

Gloria richtte zich op de kaarten en tikte ze beurtelings aan. "De Keizerin, De Keizer, De Geliefden, Zwaarden Drie en De Dood. Wat kon Randi je daarover vertellen?"

"Ze nam aan dat degene die ze zond, puur op de naam van de kaarten was afgegaan, zonder gehinderd te worden door enige kennis van tarot. Ik dacht eerst dat Reid ze gestuurd had, vanwege dit hier." Ik gaf het medaillon. "Er zit een fotootje van hem in, met een tekst aan Abby. Maar toen ik Reid ermee confronteerde, zwoer hij me de spullen nooit eerder te hebben gezien. Hij zegt ook dat het handschrift niet van hem is, ook al is het knap nagedaan."

"Laat me raden", glimlachte Gloria. *"Hij leek volkomen oprecht."*

Ik voelde dat ik een kleur kreeg. "Je vindt me vast een idioot."

"Nee, hoor. Alleen goedgelovig, een tikje naïef misschien. Maar laten we even aannemen dat Reid de waarheid spreekt. Als hij 't niet was, wie was 't dan die je moeder het medaillon gaf. En waarom nam diegene de moeite om haar te doen geloven dat 't Reid was? Met welk doel?"

Ik schudde m'n hoofd. "Dat weet ik niet. De kaarten moesten haar misschien afschrikken, maar het medaillon zou dat niet doen. Er zit geen logica in."

"Precies. In de journalistiek was 't vaak zo dat, indien de logica ontbrak, het betekende dat we een situatie vanuit de verkeerde invalshoek bekeken."

Ik liet de mogelijkheden de revue passeren. Gloria had net Randi als kandidaat geopperd. Dat wou er bij mij nog niet in, maar ik wist wel iemand die én motief én gelegenheid had gehad. Misty Rivers.

Bleef de vraag of Leith in het complot zat. "Ik weet iemand die het gedaan kan hebben."

"Dat dacht ik wel. Je moest alleen even het idee loslaten dat het je moeder was geweest", zei Gloria. "Aan wie zit je te denken?"

Ik *wou* 't zeggen, maar *kon* 't niet. Ik kon iemand niet zomaar gaan lopen beschuldigen. Ik wilde Misty eerst confronteren. Hoe ik dat moest doen, was een tweede. En hoe ze reageerde, zou tevens bepalen *hoe* en *of* ik Leith aansprak op zijn relatie met de zelfverklaarde helderziende. Ik hield zelfs rekening met de mogelijkheid dat Misty de envelop verstopt had op *zijn* gezag.

"Het spijt me. Eerst betrek ik je bij de zaak en nu doe ik er opeens geheimzinnig over. Maar ik vind dat ik eerst met de persoon in kwestie moet spreken."

"Daar heb ik respect voor, Callie. Maar wees in vredesnaam voorzichtig."

Ik werd een beetje moe van die waarschuwing, maar knikte niettemin. Ik was gekomen om iets — wat dan ook — te leren, en was allerminst teleurgesteld. Ik wilde niet de indruk vestigen dat ik ondankbaar was. Trouwens, er was nog meer dat ik haar wilde laten zien.

"Ik heb nog een laatste printje. Het is uit de editie van de *Toronto Star* van 2 maart."

Ik schoof de afdruk over de tafel naar haar toe en wachtte tot ze het artikel gelezen had.

"De spanning is van hun gezicht af te lezen", zei Gloria Grace. "Zo te zien waren ze allesbehalve in hun nopjes met de persbelangstelling, maar wilden ze geen scène maken." Ze gaf me het velletje terug. "Je lijkt op je oma."

"Heb je ze ooit ontmoet, mijn grootouders?"

"Nee. En eigenlijk was dat een van de dingen in deze geschiedenis die me dwarszaten."

"Hoezo?"

"Het kostte me niet veel moeite om uit te vinden dat de ouders van je moeder Corbin en Yvette Osgoode waren, van Moore Gate Manor in Lakeside. Ik geef toe, dat ik verbaasd was. Niets in jullie huis gaf ook maar de geringste aanwijzing voor zo'n rijke komaf."

"Er was geen contact. Ze waren overal op tegen – mijn vader, het huwelijk, mij."

"Dat verklaart de doofpot."

"De doofpot?"

"Ik vertelde mijn hoofdredacteur dat ik een andere invalshoek voor mijn reportage wist, de Osgoodetjes. Eerst was hij blij, maar daarna werd me in niet mis te verstane bewoordingen aan het verstand gepeuterd dat ik de zaak moest laten rusten. Dat was maar een paar uur later. Corbin en Yvette mochten door mij hoegenaamd *niet* genoemd worden – laat staan *benaderd*."

"Waarom zou hij je dat verboden hebben? Dat was toch *gefundenes Fressen*?"

"De *Marketville Post* maakt deel uit van een groot mediaconcern, dat ook nog een aantal andere dagbladen en tijdschriften in de regio in handen had. Osgoode Construction adverteerde in *Home and Builder*, een van hun topbladen voor producent én consument. Glossy tijdschriften richten zich doorgaans op een van de twee doelgroepen; *Home and Builder* richt zich op beide. Ik gok dat hij gedreigd heeft met een boycot. *Destijds* dacht ik dat ze in stilte wilden rouwen. En omdat mijn redacteur me op het hart drukte dat de Osgoodes van niets wisten, heb ik de zaak verder blauwblauw gelaten. Tegen heug en meug ... maar anders was ik mijn baan kwijtgeraakt. Toch heeft 't me nooit helemaal lekker gezeten."

"Was zulks gebruikelijk ... dat de redactie op die manier ingreep?"

Gloria Grace schudde beslist van nee. "Nooit! Dat was de enige keer."

Kijk, dat was interessant. Ik lichtte haar in over Yvettes onaangekondigde bezoekje.

"Ik denk niet dat zij de hand heeft gehad in het stoppen van jouw onderzoekswerk", besloot ik mijn verslag, "maar Corbin ... dat is een ander verhaal."

"Je begint je wel af te vragen waarvoor hij nou eigenlijk zo bang was."

"Zou je ervoor te porren zijn, om na al die jaren de draad weer op te pakken? Ik bedoel, voor je baantje bij de *Post* hoef je niet meer te vrezen."

Gloria Grace begon te stralen. "Ik was even bang dat je me dat *nooit* zou vragen."

44

Gloria's belofte om het spoor Corbin Osgoode te volgen, deed mijn gemoedsrust goed. Voor 't eerst sinds ik naar Marketville verhuisd was, was ik dapper genoeg om de confrontatie met Misty Rivers aan te gaan. Ze nam al bij de tweede keer overgaan op.

"Hallo, Callie."

Verrekte naamvermelding ook. Die bedierf de verrassing. "Hallo, Misty. Ik vroeg me af of je soms zin hebt om langs te komen. Ik heb nog wat vragen over mijn moeder." *Onder meer!*

"Je hebt mazzel. Ik heb niks in mijn agenda staan wat niet verschoven kan worden. Ik kan vanmorgen wel even bij je aankomen. Is dat wat?"

"Ja, hoor. Bedankt."

Misty stond binnen een uur al op de stoep. Ze had zich in een spijkerbroek gewrongen van minimaal tien jaar en tien pond geleden. Daarboven droeg ze een gehaakte trui in de kleuren van de regenboog, die er zelfgemaakt uitzag en dat waarschijnlijk ook was. Haar blauwe nagels waren deze keer zwartgelakt, met zilverglitter langs de randen.

"Misty. Blij je te zien." Ik leidde haar naar de keuken. "Wat mag ik je aanbieden? Koffie? Thee?"

"Heb je al melk?" Misty zei het met een glimlach, maar het was een duidelijke toespeling op onze eerste ontmoeting. Ze wilde me even laten voelen, hoe mijn onverschilligheid over melk haar gekwetst had. Ik deed net of ik gek was.

"Heb ik. Ik heb ook chocoladekoekjes van de supermarkt."

"Dan graag koffie. Eén suiker. Liever geen koekjes? Ik zou er anders best eentje lusten. Koffie zonder suiker zou ook beter voor me zijn, maar dat wil nog niet echt lukken." Ze keek naar haar ingesnoerde dijbenen en schoof ongemakkelijk heen en weer op haar stoel. "Ik probeer een paar pondjes kwijt te raken, zie je. Maar de etters vinden me steeds terug."

Kon ze werkelijk gedachten lezen? Of had ik naar haar overvolle broek zitten staren zonder het zelf te beseffen? Ik schakelde het koffiezetapparaat in, zette mokken, melk en suiker op het bistrotafeltje en probeerde mijn zenuwen de baas te worden. Ik keek of de koffie doorliep.

Misty deed melk en suiker in haar mok en roerde een en ander tot een dikke drab.

"Wat wou je me vragen?"

Ik schonk koffie in en deed mijn uiterste best om niet te beven. Ik kon alleen maar hopen dat mijn stem niet zou trillen.

"Eigenlijk wil ik je een paar dingen laten zien, als dat mag."

"Ik sta geheel tot je dienst."

Ik ging naar het keukenkastje waarin ik het spul tevoren opgeborgen had. Ik voelde me bijna Geheim Agent 007. Ik haalde het medaillon en de tarotkaarten uit de lege cornflakesdoos en legde ze voor haar op tafel. "Ik vond deze spullen in een envelop onder de vloerbedekking. Aanvankelijk dacht ik dat mijn moeder ze daar had verstopt, maar nu niet meer."

"En wat denk je *nu*?" Misty's zwarte ogen vernauwden zich tot spleetjes.

"Dat jij 't was, omdat je wist dat ik de vloerbedekking zou gaan weghalen."

Misty klapte zachtjes in haar handen. De glitter op haar nagels glinsterde in het zonlicht dat door het raam naar binnen viel. "Ik vroeg me al af, wanneer je dat zou hebben uitgevogeld. Eventjes dacht ik dat ik mezelf de vorige keer verraden had, toen ik de envelop ter sprake bracht. Ik zag dat je al druk bezig was met de vloerbedekking en wist dat je 'm gevonden had."

"Daarom begon je over je paranormale gaven ... om je verspreking goed te praten."

"Ik beken schuld. Ook al moet ik er als verzachtende omstandigheid aan toevoegen dat ik echt paranormaal begaafd ben. Wat ik nog niet begrijp is waarom je 't me niet meteen liet zien, het medaillon ... en de tarotkaarten. Waarom nu pas?"

"Ik had 'm nog maar net gevonden, de envelop. Ik had nauwelijks de gelegenheid gehad om in me op te nemen *wat* ik gevonden had – laat staan om 't al aan iemand anders te laten zien. Hoe moest ik weten of ik je kon vertrouwen? Ik wist dat mijn vader alle vertrouwen in je had, maar hij was dood en ik ben er nog steeds niet zeker van of dat wel een ongeluk is geweest. Daar kwam nog bij dat Leith nogal sceptisch deed over jou en je paranormale gaven. Snap je nu waarom ik aarzelde je meteen in vertrouwen te nemen?"

"Leith? Sceptisch?"

"Ja." Waren *dat* de enige woorden die waren blijven hangen? "Vind je dat raar of zo?"

"Nee, hoor. Het verbaast me alleen. Zo kwam hij nooit over. Ga verder."

"Nadat je weg was, gluurde ik vanaf de stoep door het spionnetje in de deur naar binnen. Ik kon tot in de keuken kijken. Ik begreep dat je gezien kon hebben dat ik de envelop wegborg. Dat deed mijn vertrouwen niet echt goed, als je begrijpt wat ik bedoel."

"Ik heb *niet* door het spionnetje gekoekeloerd, maar ik kan je gedachtegang volgen." Misty leunde achterover in haar stoel en monsterde me. "Maar nu vertrouw je me wel. Althans, je nodigt me uit en je legt je kaarten op tafel. Wat heeft je van gedachten doen veranderen?"

"Gisteren heb ik Gloria Grace Pietrangelo ontmoet." Geen reactie.

"Je herinnert je haar misschien als G. G. Pietrangelo." Nog geen reactie.

"Ze werkte voor de *Marketville Post*. Ze deed verslag van mijn moeders vermissing."

Een zweem van herkenning nu. Een knikje. "Ja, die herinner ik me. Vreemde ogen. Lichtbruin, met een vleugje amber. Mager. Ze was erg ... eh, *intens*."

"Ze is wat kalmer nu." Ik probeerde me een magere Gloria Grace voor de geest te halen, maar moest het opgeven. "Er was maar één iemand die de envelop daar kon hebben verborgen. En die iemand was jij. Jij woonde hier. Jij wist iets van tarot. Jij werkte samen met mijn moeder bij de voedselbank. Wat ik nog niet uitgeknobbeld heb, is het waarom."

Misty knikte goedkeurend. "Ik bewonder je deductievermogen, om nog maar te zwijgen van je speurwerk. Wat het waarom aangaat, dat is een lang verhaal met een lange geschiedenis. Daarom geloof ik ... dat ik je aanbod van een koekje bij nader inzien maar aanneem."

"Ik leerde je moeder kennen in de lente van 1984", stak ze van wal. "Het was eind maart en zo'n dag waarop je denkt dat de winter nooit voorbijgaat. Het was de Marketville Home Show en wij tweetjes bemanden de stand van het bomenplantinitiatief op Canada Day. Het evenement vond binnen plaats, maar wij hadden onze stand buiten opgezet.

Dat was een idee van je moeder. Zo zouden alle bezoekers ons onherroepelijk passeren – niet alleen bij binnenkomst, maar ook bij het weggaan. Wat ik me vooral herinner, is dat we stonden te blauwbekken van de kou."

Ik had een flashback. Ik, die vanaf een heuvel aan het sleetjerijden was, en mijn moeder, die me aanmoedigde en in haar handen klapte, haar wangen blozend van de kou. Ik vroeg me af, of ik die heuvel nog terug zou weten te vinden.

Ik merkte hoe Misty me onderzoekend aan zat te kijken. "Sorry. Je had het over de kou. En ik herinnerde me opeens dat ik met mijn moeder aan het sleetjerijden was."

Misty knikte. "Dat moet op de heuvel bij Tom Flanagan Park zijn geweest. Het spijt me, maar die is er niet meer. Die is geplet omwille van een nieuwbouwwijk."

Jammer. Had ik er nog naartoe gekund, dan had ik misschien meer flashbacks gehad, over hoe het *was* …

"Terug naar mijn kennismaking met je moeder", onderbrak Misty mijn gedachtegang. "Onze opzet was om flyers uit te delen over het initiatief en meer vrijwilligers warm te maken voor de grote dag. We deelden ook stekjes uit, die stadgenoten op Canada Day in hun eigen tuin konden planten. Je moeder was een geboren leider. Ikzelf was meer een volger. Dus we pasten uitstekend bij elkaar. Na afloop waren we gezworen vriendinnen."

"Als jullie dat waren, hoe kan het dan dat mijn vader niet wist wie je was?" Ik moest denken aan de foto van Misty samen met Leith. "Of misschien kende hij je wel, maar vond Leith dat om een of andere reden niet vermeldenswaard, toen hij me het testament voorlas."

"Je moet dat Leith niet kwalijk nemen, Callie. Je vader wou 't nu eenmaal zo. Als hem iets zou overkomen, mocht jou per se niets verteld worden over ons verleden. Zeggen dat Leith niet te spreken was over die voorwaarde, zou een understatement zijn. Maar je vader stond erop. Hij wilde dat je de uitdaging volstrekt onbevooroordeeld aanging." Misty glimlachte. "Hij kende je maar al te goed, Callie. Als jij de indruk zou krijgen dat er een verdacht ogende helderziende achter zijn geld aanzat, zou je hemel en aarde bewegen om op eigen houtje de zaak op te lossen. Dat je in zo korte tijd al zo ver gekomen bent, bewijst zijn gelijk."

"Maar je *woonde* hier, toen hij zijn testament maakte en ... zijn bedrijfsongeval had. Hij deed zelfs *zaken* met je, toen hij nog leefde. Hij *moet* vertrouwen in je gehad hebben."

"Dat had hij. Hij had genoeg vertrouwen in me om te weten dat ik er alles aan zou doen om je te helpen ... zelfs als je die hulp van de hand zou wijzen."

"Het medaillon en de kaarten. Hoe wist je zo zeker dat ik ze zou vinden?"

"Ik wist dat hij een flinke som geld voor je opzijgezet had voor opknapwerkzaamheden. En de vloerbedekking was tot op de draad versleten. En er zat hardhout onder. Niet zo moeilijk, om dat sommetje te maken. De envelop met medaillon en kaarten gaven een geheimzinnige noot aan de zaak. Er is niets wat een nieuwsgierige aard meer kietelt dan een duister mysterie."

"Waar heb je ze gevonden?"

"Op zolder."

"Hoe kwam jij op zolder?"

"Je doet net of ik *ingebroken* heb." Misty keek enigszins op haar ziel getrapt. "Je vader had me de sleutel gegeven, hoor. Hij vroeg me om er rond te kijken. Hij wist dat ik bevriend was met Abby en dacht dat ik daarom misschien iets zou ontdekken wat niet logisch was en door *hem* over het hoofd gezien. Het medaillon vond ik in een blauwe koffer, in een geëmailleerd doosje met nog wat andere sieraden."

"Zat het fotootje van Reid erin, toen je het vond?"

"Waarom vraag je dat?" Ze ontweek mijn onderzoekende blik.

"Omdat ik het medaillon en het fotootje aan Reid heb laten zien en hij beweerde dat hij ze nooit eerder had gezien.

Ik was geneigd hem te geloven. Omdat hij heel eerlijk was geweest over zijn verhouding met mijn moeder. Hij had geen reden om dáárover te gaan zitten liegen."

Misty keek me opeens recht aan, met die donkere priemende ogen van haar. "Geen reden om te liegen over het fotootje misschien. Het medaillon … dat is andere koek."

"Wat wil je daarmee zeggen?"

"Dat ik misschien het fotootje erin gestopt heb en zijn handschrift nagebootst."

Nagebootst? Eerder vervalst volgens mij. "Misschien?"

"Nou, goed dan … ik *heb* het fotootje erin gestopt. Maar ik weet honderd procent zeker dat je moeder het medaillon van Reid gekregen heeft." Ik probeerde me te herinneren wat Reid gezegd had. *Ik weet niks van een fotootje in een medaillon. Niet, ik weet niks van een medaillon.* Ik realiseerde me dat hij me om de tuin geleid had. "Het medaillon is antiek, uit de jaren twintig van de vorige eeuw. Was het een familie-erfstuk of zo?"

Misty knikte bevestigend. "Reid vertelde Abby dat het van zijn moeder was geweest … Of was het zijn oma? Doet er niet toe. Het was in ieder geval een familiestuk. Hij had het altijd verborgen gehouden voor Melanie, omdat het aan haar niet besteed was geweest. Melanie hield alleen van spiksplinternieuwe dingen. Zij zou het medaillon als een afdankertje hebben gezien. Maar je moeder was dol op antiek. Eigenlijk op alles wat … eh, *vintage* was."

Ik moest meteen denken aan de Calamity Jane-poster op zolder. "Maar dat verklaart niet waarom je dat fotootje erin stopte."

"Ik wilde dat je van Reid afwist. Het medaillonnetje alleen had daar niet voor gezorgd. Dan had je aangenomen dat je vader het gegeven had. Of dat het van je oma was geweest."

Touché. Zonder dat fotootje had ik Reid nimmer met mijn moeder in verband gebracht. "Ik neem aan dat je met de tarotkaarten een soortgelijk effect beoogde."

Misty knikte. "Ik had er eigenlijk op gehoopt dat je bij mij zou komen voor de uitleg. Toen je dat niet deed, kon ik er moeilijk zelf over beginnen. Heb ik gelijk of heb ik gelijk?"

"Ik had mijn twijfels over jou, weet je. Of je wel te vertrouwen was. Sorry."

"Ach, die zou ik in jouw plaats waarschijnlijk ook gehad hebben. Wat heb je uiteindelijk met die kaarten gedaan?"

"Ik heb Randi geraadpleegd, van de Zon, Maan & Sterren. Het toeval wilde dat zij hier ook gewoond heeft, net vóór jou. Maar toen heette ze nog Jessica Tamarand. Ze heeft de huur voortijdig opgezegd. Ze beweerde dat het hier spookte."

"Ella heeft me erover verteld, ja. Ik kreeg het idee dat Ella niets van haar moest hebben."

"Jessica vond haar een bemoeial. En Ella vond Jessica zelfingenomen. Toch was 't Ella, die me vertelde waar Jessica werkt. Ik heb dat toen nagetrokken en zag dat er een Randi werkte. Het was niet moeilijk om te bedenken dat Randi en Jessica Tamarand een en dezelfde waren. En dat bleek dus inderdaad zo te zijn."

"Jij hebt helemaal geen paranormale gaven nodig," grinnikte Misty, "jij komt er zo wel. Met *mijn* helderziendheid had ik dat verband trouwens niet eens gelegd. Ook al had ik natuurlijk wel van Randi gehoord. Wat kon ze je vertellen?"

"Het kwam erop neer dat ze dacht dat ze van iemand afkomstig waren die de betekenis van de kaarten letterlijk had genomen, afzonderlijk van elkaar. Randi ging ervanuit dat het niet om een echte kaartlegging ging. Dat was 't moment waarop ik besefte dat jij erachter kon zitten. Al dacht ik toen nog wel dat ze aan mijn moeder toegestuurd waren. En dat zij ze verstopt had voor mijn vader. Het was niet bij me opgekomen dat jij ze verstopt had, zodat *ik* ze zou vinden. *Dat* besef rees pas, toen ik met Gloria Grace sprak."

"Randi had gelijk. Ik heb de kaarten gekozen op grond van hun afzonderlijke betekenis. Ik ging ervanuit dat jij niets afwist van tarot en dat je, zoals ik al zei, bij mij zou aankloppen."

"Ik heb veel van haar opgestoken. Ze zei er wel bij dat haar interpretatie subjectief was." Ik wees naar de kaarten op tafel. "Wil je me vertellen wat jij ermee bedoelde?"

Misty tikte eerst elke kaart even aan met haar wijsvinger met glitternagel en schoof toen De Keizer en De Keizerin over de tafel naar me toe. "De Keizerin stelt natuurlijk je moeder voor. De Keizer jouw grootvader. Ziet De Keizerin er niet net uit alsof ze zwanger is? En kijk eens, hoe streng en autoritair je opa kijkt. Die koppige ouwe bok heeft het haar nooit kunnen vergeven dat ze als tiener zwanger werd. Hij weigerde om een woord te wisselen met je vader, laat staan om jou te erkennen. Toen gebeurde er iets, net voordat ze verdween. Het was voor mij aanleiding om te denken dat hij van gedachten veranderd was."

Ik stond versteld. Dit was nieuw voor me. Yvette was er zeker van dat hij te koppig was om toe te geven, en tot nu toe had niets op het tegendeel gewezen. "Wat was er gebeurd?"

"Op een dag kreeg ze een telefoontje bij de voedselbank. Dat was op zich al eigenaardig. Niemand van ons ontving daar ooit een belletje. Ze leek overstuur tijdens het telefoongesprek. Niet dat het lang geduurd heeft of zo. Toen ze had opgehangen, mompelde ze iets over vergeving – dat die soms duur betaald wordt. Maar ze wilde er niet over uitweiden." Misty zuchtte diep. "Dat telefoontje heeft haar erg aangegrepen. Een week later was ze verdwenen."

"Wat deed jou precies aannemen dat het telefoontje van mijn grootvader kwam?"

"Ik geef toe dat het vergezocht lijkt. Maar wie kan 't anders geweest zijn?"

Daar had ik geen antwoord op. Ik wist alleen dat mijn grootmoeder er niets vanaf wist, mocht hij 't geweest zijn. "En die andere twee kaarten dan, De Geliefden en Zwaarden Drie? Randi vertelde me dat Zwaarden Drie stond voor zorgen, verdriet en hartzeer. Wat haar boeide waren die drie zwaarden. Alsof de smart van de geliefden gedeeld werd met een derde persoon. Was dat ook wat je bedoelde? Dat de verhouding met Reid hen alle drie ongelukkig maakte?"

"Randi is goed, zeg. Je moeder probeerde het vaak uit te maken met Reid. Vraag me niet *hoe* vaak! Maar het was nooit definitief. Ze kon 't een paar weken of zelfs maanden zonder hem volhouden. Maar hij was haar verslaving. Je kon erop wachten dat je vader erachter kwam." Misty tikte met haar wijsvinger op de doodskaart. "Dat betekende het einde van hun huwelijk."

Ik was verbluft. Er was nooit ook maar de geringste toespeling geweest op haar ontrouw, toen ik opgroeide. Zelfs niet in de brief die hij me naliet. "Hij wist *ervan*?"

"Aanvankelijk niet. Lange tijd niet. Liefde maakt echt blind. Maar ja, toen Kaatje Praatje er lucht van kreeg, moest ze je vader natuurlijk een 'vriendendienst' bewijzen." Misty schaterde. "Ella Cole noemde Kaatje Lonergan altijd zo, Praatje. Een *heel* passende bijnaam."

Ik glimlachte. Ik herinnerde me dat Ella haar zo genoemd had.

"Je vader had 't d'r verrekte moeilijk mee", ging Misty verder. "De moeite die het kostte om het huwelijk te redden, kostte je moeder haar gezondheid. Ze verloor gewicht. Maar ze had om te beginnen al niet veel om te verliezen. Huid en haar verloren hun glans. Toen ik haar zei dat ik me zorgen maakte, vertelde ze me dat ze een proefscheiding overwogen. Ik vermoed ook dat *dat* de achterdocht van de politie gewekt heeft. Ze konden alleen niets bewijzen. Tsja, en zonder lijk …"

"Maar jij geloofde mijn vader. Toch? En Leith ook. Waarom zouden jullie anders samen 'Vermist'-biljetten staan uit te delen … met een beloning voor wie informatie kon geven?"

"Ik weet eigenlijk niet goed *wat* ik moest geloven, Callie. Ik denk achteraf dat ik alleen de waarheid wilde weten. Je moeder mocht dan overspelig zijn, maar ze was mijn beste vriendin. Dat betekende veel voor me. En dat doet 't *nog*. Wat Leith betreft ... wij kenden elkaar al langer, ver voor het uitdelen van die flyers. Je moet weten, ooit – lang geleden – waren Leith en ik ... getrouwd."

45

Als Misty's onthulling me verbaasde, dan was dat vooral omdat ze buiten de categorie leek te vallen van Leiths ... eh, *pronkstukken*.

Mijn verraste blik was haar niet ontgaan. "Ik weet 't, ik ben niet zijn type. Die zijn nu jonger, blonder en ... eh, *rondborstiger*. We ontmoetten elkaar op het strand in Lakeside, werden woest verliefd, trouwden in een opwelling en settelden ons in een huurwoninkje in Marketville, terwijl Leith de universiteit afmaakte in Toronto. Toen hij afstudeerde, ging hij in de stad wonen en ik bleef hier. Alles in goed overleg."

"Dus jullie zijn vrienden gebleven."

"Je kunt beter zeggen dat we dat zijn als hij weer eens gescheiden is. Als hij getrouwd is, zijn we ... eh, *oppervlakkige kennissen*. De mate waarin we kennissen zijn, hangt dus nogal af van zijn huwelijksgeluk." Ze haalde haar schouders op. "We waren al gescheiden tegen de tijd dat je moeder verdween. Maar Leith was dikke vrienden met je vader, en ik met je moeder. We sloegen de handen ineen. Leith kwam met het idee om een 'Vermist'-biljet te maken. Ik ben er wel zeker van dat hij ook de uitgeloofde beloning ging betalen. Hij had destijds al flink de wind in de zeilen en je ouders hadden geen cent te makken."

Yvette en Corbin Osgoode hadden anders centen bij de vleet. Jammer dat ze geen stuiver hadden bijgedragen aan de opsporing van hun enig kind. Maar, was de uitkomst anders geweest als ze dat wel gedaan hadden?

Ik moest denken aan de brief die mijn vader voor me in het kluisje had achtergelaten. Die had ik zo vaak gelezen dat ik 'm kon opdreunen …

Dat veranderde toen Misty Rivers het huis huurde. Zij vertelde me dat het er weliswaar niet spookte, maar dat het huis bezeten werd door de geest van je moeder. Ik weet dat het wat vergezocht klinkt, maar een andere huurder had min of meer hetzelfde verhaal gehad.

Misty was ervan overtuigd dat je moeder vermoord was. Ze wilde me helpen de waarheid boven water te krijgen. Ik geef toe dat ik aanvankelijk nogal sceptisch was. Ik geloofde niet in geesten en helderziendheid, maar ik had me nooit verzoend met je moeders verdwijning. Ik redeneerde van *baat 't het niet, 't schaadt ook niet.*

Toen ik het toentertijd las, had ik aangenomen dat Misty een wildvreemde huurder was. Dat was dus een verkeerde aanname geweest. Een willekeurige zelfverklaarde helderziende had 'm er nooit ofte nimmer toe kunnen brengen een kist te kopen – laat staan er een rif in te leggen. Maar dat verklaarde nog niet waarom Leith zijn relatie met Misty onder de pet gehouden had.

"Jou kan ik het nog vergeven, Misty. Jij kwam hier tenslotte om me de hand te reiken en ik sloeg die af. Maar waarom heeft Leith me niets verteld? Waarom die geheimzinnigdoenerij?"

"Je vader heeft ons op het hart gedrukt om je, als het maar even kon, niets te vertellen. Het was zijn bedoeling dat je de zaak onbevooroordeeld zou aanpakken."

"En nu?"

"Je bent in korte tijd al veel te weten gekomen – veel meer dan wie ook had verwacht. Het is beter dat je de waarheid nu van mij hoort dan van iemand anders. Om heel eerlijk te zijn, had ik verwacht dat Kaatje of Ella wat had losgelaten. Maar geen van beiden wist van Leith af, schat ik nu. Als dat wel zo was geweest, hadden ze je dat inmiddels wel verteld. Echt wel. Afijn, je was er uiteindelijk zelf wel achter gekomen, want je speurneus is indrukwekkend."

"Zo indrukwekkend is die nu ook weer niet. Want op de keper beschouwd ben ik nog niet verder gekomen met het oplossen van het raadsel. Niet verder dan jullie, bedoel ik, dertig jaar terug. Met dien verstande dat ik nu een kist met een lijk erin op zolder heb liggen."

"Dat was een van mijn ... eh, *minder meesterlijke* ideeën. Ik was eigenlijk nogal verbaasd dat je vader ermee instemde. En helemaal, toen hij ze nog bestelde ook." Misty glimlachte triest. "Het geeft wel aan hoe graag hij het raadsel wilde oplossen."

"Dus dat hele gedoe over een seance ..."

"Ik zou niet eens een seance kunnen houden als mijn leven ervan afhing."

Lekker, zeg. Wat moest ik er nou mee, met die rotzooi?

"Als je wilt, kan ik mijn theatergroep wel vragen of zij ze willen hebben. Met Halloween hebben ze altijd een uitvoering."

"Dat zou mooi zijn."

Misty stond op. "Ik laat 't je nog weten. Wel, ik heb genoeg van je tijd geroofd. Ik hoop dat ik je een beetje heb kunnen helpen."

"Dat heb je. Reuze bedankt. Oh, vóór je weggaat ... Heeft mijn vader je ook iets verteld over de bijna-ongelukken die hij had, op zijn werk?"

"Bijna-ongelukken?" Misty trok een rimpel. "Nee, hoezo? Je denkt toch niet dat z'n dood iets meer was dan een ongelukkig bedrijfsongeval?"

Een ongelukkig bedrijfsongeval. Exact dezelfde woorden die de beller toen gebruikt had, om me kond te doen van mijn vaders overlijden.

"Ik weet zo zoetjesaan niet meer *wat* of *wie* ik moet geloven, Misty. Hoe meer ik ontdek, des te meer blijkt niets te zijn wat het op het eerste gezicht *leek*. Maar één ding weet ik nu zeker. Dat geraamte op zolder is beslist niet het enige dwaalspoor waarop ik gezet ben."

———

MISTY HAD HAAR HIELEN NOG MAAR AMPER GELICHT, toen Chantelle belde. Omdat ik haar naam op de display zag, sloeg ik de gebruikelijke begroetingsplichtplegingen over.

"Vertel."

"Ik heb misschien iets over je grootouders van vaderskant, Peter en Sandra Barnstable. Het heeft er alle schijn van dat ze een paar jaar terug naar Newfoundland gegaan zijn."

Ik moest meteen denken aan de reisbrochure over Newfoundland en Labrador die ik tussen de spullen van mijn vader gevonden had. Toen dacht ik nog dat hij een tripje gepland had of zo. Had hij zijn ouders misschien gevonden? "Newfoundland. Weet je 't zeker?"

"Nou, nee. Daarom bel ik jou juist." Chantelle klonk een beetje korzelig. Ze had gelijk. Ze had me haar kosteloze hulp aangeboden en nu ging ik een beetje eisen lopen stellen.

"Neem me niet kwalijk. Ik heb net een lang gesprek met Misty Rivers achter de rug en mijn hoofd tolt er nog van."

"Wil je erover praten?"

"Nog niet. Misschien morgen. Wat dacht je van pizza en wijn morgenavond?"

"Klinkt goed. Intussen kijk ik wat ik kan vinden over de Barnstables. Want het kan zijn dat ze er alleen heengingen om een bezoekje af te leggen en daarna weer teruggekomen zijn. Ik kan wel zien dat ze er tien jaar geleden naartoe gingen, maar niet dat ze er weer vertrokken zijn. Ze kunnen er natuurlijk een auto gehuurd of gekocht hebben en ... God weet waar uithangen."

God weet waar. Die vraag was de rode draad in deze hele geschiedenis.

———

Vijf minuten later ging de telefoon weer. Glazen Dolfijn, zei de display.

"Arabella, leuk dat je belt. Nieuws over het medaillon?"

"Niet over het medaillon, wel over de filmposter."

Ik liep naar de slaapkamer en keek naar de Calamity Jane-poster die er aan de muur hing. "Wat is daarmee?"

"Ik heb alle foto's die je me toestuurde, bestudeerd en er klopt iets niet. Ik heb met Levon overlegd en hij is het met me eens. We zullen hem uit de lijst moeten halen om zeker te zijn."

Levon was een antiekhandelaar, Arabella's ex-man en ex-compagnon. En, gek genoeg, haar beste vriend. "Zeker te zijn ... waarvan?"

"Ik denk dat het een vrij recente reproductie is. Wat zoveel wil zeggen: leuk aan de muur, maar verder van nul en generlei waarde."

Een reproductie? Ik had mijn moeder in gedachten al langs antiekwinkels zien zwerven, op zoek naar het perfecte verjaarsgeschenk. Maar het had er plots alle schijn van dat mijn poster het zoveelste geval was van ... niet wat 't in eerste aanleg leek.

"Ik was niet van plan 't ding te verkopen, dus de waarde is van geen belang. Maar goed, ik wil 't eigenlijk *wel* weten."

"Wel, als je echt wilt weten of de poster echt is ..."

"Absoluut."

"Oké. Breng 'm dan maar mee naar de Glazen Dolfijn. En het medaillon ook."

We vergeleken onze agenda en vonden uiteindelijk een gaatje in de week daarop. Ik zag al wel aankomen dat poster noch medaillon me aanknopingspunten zou gaan geven als 't ging om mijn moeders vermissing, maar het leek me leuk om Arabella weer eens te zien. Ik had haar allang een keertje willen bezoeken in haar nieuwe winkeltje.

Na het bezoek van Misty, Chantelles mogelijke nieuws over mijn grootouders en Arabella's verdenking omtrent de Calamity Jane-poster stond mijn hoofd op springen. Ik besloot pindakaaskoekjes te gaan bakken. Als ze lukten, zou ik een stuk of wat bij Royce gaan brengen en kijken wat ervan kwam. Ik wist al dat hij een zoetekauw was, en als ik daarop in kon spelen, des te beter. Ik wist dat het nergens op sloeg, maar ik begon me rijp te voelen voor een relatie. En ik slaagde er niet in Royce uit mijn hoofd te zetten. Dat zijn pa een complicerende factor was ... wel, daar vonden we wel wat op. Toch?

Ik was er niet zeker van, of het recept dat ik op internet gevonden had, wel hetzelfde was als dat van mijn moeder, maar het recept voor Grootmoeders Pindakaaskoekjes leek eenvoudig, zelfs voor iemand met *mijn* culinaire capaciteiten.

Het hele proces had iets therapeutisch, het door mekaar husselen van de ingrediënten − pindakaas, bakpoeder, gist, witte en bruine suiker, eieren, bloem en vanille. Ik maakte gebruik van originele producten − geen instanttroep.

Ik had net de oven op 350 graden gezet, de deegmix op een ingevette bakplaat gelepeld en was druk bezig er met een vork kriskras leuke patroontjes op te tekenen, toen de deurbel ging. Mijn handen aan een theedoek afvegend huppelde ik neuriënd naar de deur, want het was bij me opgekomen dat 't Royce kon zijn, die aanvoelde wat ik aan het doen was, en ook mee wou doen. Ik besefte dat ik mogelijk meel op mijn gezicht had, maar dat kon me geen donder schelen.

Mijn goede humeur verdween subiet, toen ik zag wie er op de stoep stond.

46

Ik herkende mijn opa van de glamourfoto die Chantelle me had laten zien. Hij droeg weliswaar geen smoking, maar zijn onberispelijke kakibroek en smetteloos blauwe blouse herinnerden mij aan de semi-formele outfits die onze managers bij de bank op vrijdagen droegen. Als callcentermedewerkers kleedden wij ons op een *doordeweekse* dag niet eens op die manier. Maar goed, wij zaten weggestopt in hokjes waar niemand ons zag ... of ook maar *wilde* zien.

Ik deed de deur open. Ik wenste innig dat ik niet onder pindakaas- en bakmeelvegen zat, en ik hoopte maar dat mijn ontembare haar braaf in de paardenstaart was blijven zitten.

"Waarmee kan ik u van dienst zijn?"

"Corbin Osgoode is de naam. Mijn vrouw Yvette is hier al geweest. Ze stond erop dat ik ook een bezoek aflegde. Dus hier ben ik." Hij had een zware, doorrookte stem.

Ik voelde dat ik een kop als een biet kreeg onder de vegen, maar ik kon er niets aan doen.

"Kom binnen. Neem me niet kwalijk hoe ik eruitzie, maar ik was koekjes aan het bakken. Of liever, daar doe ik een poging toe. Pindakaaskoekjes. Ze moeten zo klaar zijn, dus als u er straks eentje wilt proberen ..." Ik besefte dat ik moest overkomen als een neuzelende idioot, maar ook daar kon ik niets aan doen.

Corbin knikte alleen maar en liep stijfjes de woonkamer in. Ik zette versgemalen koffie en voltooide het kriskraspatroon op de koekjes. Ik deed ze in de oven en stelde de kookwekker in op acht minuten. Ik kon nu even niet gebruiken dat ze me verbrandden. Ik haalde diep adem, vermande me en voegde me bij m'n bezoek.

Ik zette het dienblaadje met koffie, melk en suiker neer. "De koekjes komen zo. Ze zitten nog in de oven."

Corbin knikte, maar trok zo'n zuinig smoeltje dat het leek alsof hij met zijn kop klem zat tussen de tramdeuren. Ik sprong overeind toen de kookwekker afging en vloog naar de keuken, dankbaar voor het alibi. Lekker was dat – al die tijd had ik de man willen spreken en nu wist ik niet hoe ik moest beginnen of wat ik moest zeggen. Ik schoof de koekjes op een ovenrooster, zodat ze sneller zouden afkoelen, en probeerde mezelf intussen weer in de hand te krijgen.

———

Corbin – ik kon me er nog niet toe brengen hem als mijn opa te zien – zat koffie te lurken toen ik in de kamer terugkwam.

"Ik moet toegeven dat ik niet helemaal op uw komst voorbereid was."

"Yvette kan erg aanhoudend zijn." Hij schraapte zijn keel. "Laat ik allereerst beginnen met mijn deelneming te betuigen met het overlijden van je vader."

"Meent u dat? Ik meen me te herinneren dat u geen tijd voor ons had, toen hij nog leefde. Ik weet toevallig ook dat u Gloria Grace Pietrangelo de mond gesnoerd heeft. Dus bespaar me alstublieft uw deelneming, want daar meent u geen barst van."

Corbin fronste zijn wenkbrauwen. "Wie is Gloria Grace Pietrangelo?"

"Zij was de reporter bij de *Marketville Post* die toen mijn moeders vermissing coverde, als G.G. Pietrangelo. Ze ontdekte dat u en Yvette haar ouders waren. Toen ze haar redacteur dat vertelde, kreeg ze de opdracht het onder de pet te houden."

Hij had tenminste nog een greintje fatsoen, want hij bloosde. "Ik geef toe dat ik de pers onder druk zette. Het is namelijk al lastig genoeg om een succesvolle onderneming te leiden *zonder* dat je vuile was buiten wordt gehangen."

Ik staarde hem met open mond aan. "Ziet u een vermiste dochter als vuile was?"

"Je begrijpt me verkeerd. Wat ik bedoel is dat die reporter onverbiddelijk de verwijdering tussen ons en Abigail aan de grote klok zou hebben gehangen. Ik vond dat niet relevant. En dat vind ik nog steeds."

"Maar met uw fortuin en uw connecties had u toch vast en zeker meer kunnen uitrichten, om uit te zoeken wat er met mijn moeder gebeurd was. Dat ze zwanger geworden was en trouwde, *daar* was u inmiddels wel overheen. Toch?"

Corbin kneep zijn lippen samen tot een dunne streep.

"Bedankt voor de koffie en de koekjes."

Hij stond op en liep de deur uit. Hij was halverwege het tuinpad, toen hij zich omdraaide.

"Ik ga jou hetzelfde vertellen als wat ik Yvette verteld heb, destijds en nu weer. Soms is de waarheid hartverscheurend."

"Ja, wat moet ik *daar* nou mee?"

De klootzak stapte zonder een woord in zijn auto en reed weg.

———

Na een rusteloze nacht werd ik wakker bij de geur van seringen, die door het open raam mijn slaapkamer binnendreef. Ik deed de blinden omhoog en bewonderde de dieppaarse bloemen tegen het donkere groen van de bladeren. Het merendeel van het jaar vrij onooglijk struikgewas, maar wanneer seringen eenmaal beginnen te bloeien, zijn ze geweldig, zowel in geur als in kleur. Als ik hier volgend jaar nog woonde, ging ik Ella beslist aan haar aanbod houden om te helpen bij de aanleg van een tuin … of twee.

Ik liep snel onder de douche door, worstelde mijn haar in een slordige paardenstaart en trok een korte kakibroek aan en een T-shirt overgehouden van een vroegere hardloopwedstrijd. Ik stond op het punt om de tuin in te gaan om een paar seringen te plukken voor op een vaas, toen de telefoon ging. De naam van de beller stond op het schermpje. Shirley.

"Hoi, Shirley. Dat is lang geleden. Ga je me vertellen dat je met pensioen gaat?"

"Niet echt. De bieb heeft me gevraagd nog een jaar te blijven. En ik heb ja gezegd."

"Geweldig, zeg. Altijd leuk om te horen dat je gewaardeerd wordt. Toch?"

"Vond ik ook. Maar dat is niet waarvoor ik bel."

"Waar heb ik die eer dan aan te danken?"

"Ik heb steeds met een half oog gekeken, of ik nog iets tegenkwam over de vermissing van je moeder. Niet alleen in regionale bladen, maar ook in de landelijke. Gisteren vond ik iets, in een sufferdje op Newfoundland."

Ik voelde mijn maag omdraaien.

"Newfoundland?"

"Newfoundland. Maar wat ik vond, was niet in de hoofdstad St. John's, zoals verwacht. Het was in een klein vissersplaatsje, dat luistert naar de naam St. Bernard's-Jacques Fontaine en in de volksmond Jack's Fountain heet."

"Jack's Fountain."

Shirley moest lachen. "Ik weet 't. Ik ben denk ik gestuit op je opa en oma van vaderskant. Of tenminste op een krantenfotootje van hen allebei. Het is niet veel, nee, maar wie zal zeggen waar het toe leidt? Ik zal het voor je uitprinten."

Mijn nieuwsgierigheid was gewekt. En niet alleen door de link met Newfoundland.

"Ik zal proberen om vandaag even aan te wippen."

Ik had nog niet opgehangen of de telefoon ging alweer. Een onbekend nummer deze keer. Vast reclame …

"Hallo."

"Callie, ik ben 't, Gloria Grace." Ze klonk opgewonden. "Corbin Osgoode heeft je vader gedurende de afgelopen dertig jaar steeds geld gestuurd."

Hè? Nou, dat verklaarde in ieder geval hoe mijn vader aan die ton was gekomen.

"Dat *meen* je niet! Hoe ben je *daar* zo achter gekomen?"

"Mijn bronnen zijn vertrouwelijk. Waar het om gaat is de vraag: waarvoor?"

Wat had Corbin nog maar gezegd? *Soms is de waarheid hartverscheurend.*

"Ik zou 't niet weten. Maar ik zal m'n best doen erachter te komen."

Ik zat nog te mijmeren bij de telefoon, toen de deurbel ging. Na een paar maanden hier was ik er al een beetje aan gewend dat mensen onaangekondigd op bezoek kwamen. 'Een beetje' was hier het bepalende begrip. Ik zwaaide de deur open.

Ik herkende Dwayne Shuter van zijn LinkedInfoto. Zonder Photoshop was het litteken boven zijn oog helemaal goed te zien. Anders had de sportwagen op de oprit hem wel verraden, een zwarte Mercedes-Benz coupé met kenteken DW*SHUTR.

Een slanke vrouw stond naast hem. Ze was een jaar of twintig ouder dan ik. Gave huid, sluik blond haar met hier en daar een greintje grijs, helderblauwe ogen in een hartvormig gezicht, de neus aan de brede kant.

"Calamity," zei mijn moeder, "we moeten eens praten."

47

Dus ze hadden het allemaal bij het verkeerde eind
gehad. Mijn vader. Leith Hampton. Ella Cole. Reid en
Melanie Ashford. Misty Rivers. Randi Tamarand. Ik had het
kunnen weten. Er was nooit een lijk gevonden. En de meest
voor het grijpen liggende verklaring daarvoor was dat er geen
te vinden was.

Wat ik niet begreep, was waarom een moeder – eentje die
haar enige kind naar verluidt volkomen toegewijd was – voor
dertig jaar kon verdwijnen, zonder taal of teken. En hoe kon
ze haar man en dochter laten geloven dat ze dood was. Dat
was gemener dan gemeen, ook al had hun huwelijk nog zo
onder spanning gestaan.

Mijn moeder strekte haar hand uit om me aan te raken. Ik
schrok en deinsde achteruit, bereid om de deur als schild te
gebruiken. Hoe haalde ze het in haar hoofd om hier te
verschijnen en te doen alsof het om een soort knusse
familiereünie ging?

"Mogen we *binnenkomen*, voordat de buuf naar *buiten*
komt?" Dwayne deed een knikje in de richting van Ella's huis.
Het gebaar sprak boekdelen.

Hij *had* een punt. Ik liet hen binnen.

We gingen naar de woonkamer. Ik was niet van plan de hoffelijke gastvrouw te spelen door ze iets te drinken aan te bieden. Als ik een glas in mijn hand had, zou ik het stukknijpen. Of ik zou ermee gaan gooien. En koekjes aanbieden was wel het laatste.

"Het spijt me dat ik zo lang heb gewacht, Calamity."

"Callie."

Ze beet op haar lip. "Callie."

"Wat wil je van me?"

"Het gaat er niet zozeer om, wat ik van je wil. Het gaat erom, wat ik je vertellen wil. Waar ik al die tijd heb uitgehangen en waarom ik wegging. Ik verwacht geen vergiffenis."

Wat was het nog maar weer, wat Misty me verteld had? Je moeder ontving op een dag een belletje. Ze mompelde iets over vergiffenis en dat die soms duur betaald wordt.

"Waarom nu?"

"Ik hoorde dat je in het verleden liep te graven. Het zou slechts een kwestie van tijd zijn dat je zou ontdekken dat ik nog leef. Ik achtte het gepaster dat ikzelf de boodschapper zou zijn van dat nieuws."

"Het is wat laat voor een bekentenis, vind je niet? En waarom zou ik enig geloof hechten aan jouw uitleg?"

"Omdat ik geen enkele reden meer heb om de waarheid te verbergen. Je zult begrijpen dat met het overlijden van Jimmy ook het argument voor geheimhouding verdween." Ze kuchte. "Het was allemaal mijn fout. Ik miste mijn ouders. Ik wilde dat ze hun kleinkind zouden kennen. Sterker nog, ik wilde dat jij de kansen kreeg die zij jou konden bieden. Jimmy werkte keihard en hij was een goede man, maar zijn toekomstbeeld was nogal beperkt. Hij zou er nooit in slagen om een luxeleven op te bouwen. Of om jou naar de beste scholen te laten gaan."

"Ik heb het anders niet slecht gedaan op de school voor het gewone volk. Ik heb zelfs nog een universiteitsgraad gehaald. En ik ben geslaagd zonder een cent studieschuld, dankzij mijn pa en zijn keiharde werken." Was dat waar? In hoeverre had Corbins geld een rol gespeeld?

"We zijn hier niet om 't over je opleiding te hebben," bracht Dwayne in het midden. "Jouw vader heeft prima werk geleverd als het gaat om je opvoeding. Je vader hield meer van je dan van wie of wat ook. Maar als je het *hele* verhaal wilt kennen, dan moet je willen luisteren."

Wou ik het hele verhaal kennen? Ja. Al was het alleen maar om het verleden af te sluiten.

"Goed, ik zal mijn mond houden."

Mijn moeder zat zenuwachtig met haar handen te friemelen.

"Ik wilde niets liever dan het contact met mijn ouders herstellen. Jimmy begreep dat niet. Hij wilde zijn eigen ouders niet eens meer zien, laat staan dat hij het mijn ouders kon vergeven dat ze me de deur wezen toen ik zwanger was van jou. Ik bleef maar zeuren dat wat geweest was, was geweest en het tijd werd om de scherven te lijmen. Het droeg er alleen maar toe bij dat we verder uit elkaar groeiden. We hadden er onophoudelijk ruzie over, elke dag weer."

De verhouding met Reid hielp denkelijk ook niet echt. "Ga door."

"De zaak explodeerde op mijn vijfentwintigste verjaardag. Ik was op dezelfde dag jarig als Ella van hiernaast. Dus wilde haar man Eddie een feestje geven voor ons beiden. Maar net toen we ernaartoe zouden, belde mijn moeder op. Het was de eerste keer dat ik haar stem hoorde in meer dan zes jaar. Ik moet toegeven dat ik volschoot. Al die tijd had ik gehoopt op vergeving. Dus ik dacht dat ik er klaar voor was om die met beide handen aan te nemen. Dat was ik *niet*."

Dat kon ik begrijpen. "Wat deed je?"

"Voor ik iets kon doen of zeggen, trok Jimmy de telefoonhoorn uit mijn handen en eiste dat mijn vader aan de lijn kwam. Ze hing gelijk op. Ik heb nooit meer iets van haar gehoord."

Dat verklaarde waarom mijn moeder op het feest zo uit haar gewone doen was geweest. En waarom de kloof tussen hen beiden alleen maar wijder geworden was. De volgende woorden van mijn moeder bevestigden dat beeld.

"Daarna slaagde ik er niet meer in op dezelfde manier van je vader te houden als ervoor. Je hebt *trots* en je hebt *stijfkoppigheid ten koste van alles en iedereen*. En toch koesterde ik nog hoop dat hij op den duur tot inkeer zou komen. Ik wilde een proefscheiding. En ja, toen ging hij er eindelijk mee akkoord om met je grootvader te gaan praten. Ik wilde daar erg graag bij zijn, maar hij stond erop alleen te gaan." Mijn moeders stem brak.

"Er gaat geen dag voorbij dat ik er geen spijt van heb dat ik hem zijn zin gaf."

"Jou treft geen blaam voor wat er daarna gebeurde," sprak Dwayne en hij legde zijn hand troostend op de hare.

Het theatrale gedoe begon me de keel uit te hangen. "Kunnen we even bij de les blijven? Pa ging op gesprek bij Corbin en toen is er iets gebeurd. Waarop jij besloot je biezen te pakken. Wat ik wil weten, is *wie, wat, waar* en – zo ja – *waarom dan niet*. Man en paard, alsjeblieft!"

Ze knikte. "Het was begin februari toen Jimmy met mijn vader ging praten. Hij wachtte aan het einde van de laan tot mijn moeder de deur uit was." Ze schudde haar hoofd. "Ik geloof dat ik nooit precies zal weten wat er die dag voorgevallen is, maar ik weet wel dat je grootvader nogal opvliegend was. Jaren daarvoor had hij Jimmy eens proberen te wurgen. *Toen* had Jimmy zich niet verweerd."

"Maar dat liet hij zich geen *tweede* keer welgevallen, schat ik."

Ze knikte weer. "Alle in al die jaren opgekropte woede kwam in één keer tot ontlading. Hij ging volledig door 't lint, sloeg mijn vader bijna dood. Als Dwayne net op dat moment niet binnen was gekomen, zou dat denk ik ook gebeurd zijn."

Dwayne nam de draad van het verhaal over. "Ik werkte

destijds bij Osgoode Construction en had wat papierwerk af te handelen. Bij de deur hoorde ik dat er binnenshuis gevochten werd. Toen ik binnenkwam ... afijn, laat ik zeggen dat, als er nog meer klappen gevallen waren, je opa het waarschijnlijk niet overleefd had. Ik slaagde erin Jimmy van hem af te halen en te overreden om weg te gaan. Dat is ook de laatste keer geweest dat ik hem in Moore Gate Manor zag."

"En toen?"

"Corbin pakte de telefoon. Ik dacht dat hij de politie ging bellen. Maar in plaats daarvan belde hij Abby."

"Mijn vader vertelde me dat ik thuis moest komen, als ik Jimmy het leven wilde redden. Ik heb Ella Cole gevraagd om even op jou te passen en ben toen naar Lakeside gereden, zo snel als onze oude rammelkast het toestond. Toen ik aankwam, stelde hij me een ultimatum. Als ik 'Jimmy en zijn bastaardkind' – zijn woorden, niet de mijne – niet verliet, zou hij aangifte doen wegens poging tot moord."

"Dat zal toch niet zo'n vaart gelopen hebben? Toch?"

Een meewarig glimlachje was mijn deel. "Corbin Osgoode is een zeer invloedrijk man. Indertijd zwaaide hij de scepter in Lakeside. Hij was meer dan gul bij plaatselijke initiatieven, vooral als die de politie betroffen. Jou verlaten zou mijn hart breken. Maar ik kon je ook niet laten opgroeien met een vader in de gevangenis."

"Dus je koos er toen maar voor toe te geven aan de chantage en de plaat te poetsen?"

"Aanvankelijk niet. Ik nam eerst tijd en afstand. Mijn vader zou tot bezinning komen en de zaak blauwblauw laten. Maar dat scheen hem alleen maar kwaaier te maken. Op zekere dag belde hij me zelfs op bij de voedselbank, waar ik vrijwilligerswerk deed, om me te zeggen dat hij de politie ging bellen om Jimmy op te pakken. Hij zou de Kinderbescherming op ons dak sturen, zei hij, om jou bij me weg te halen en in een pleeggezin te plaatsen."

Dwayne nam de draad van het verhaal weer van haar

over. "Ik stond toen net op het punt naar Vancouver te vertrekken. Ik had een nogal destructieve relatie achter de rug en Vancouver was lekker ver weg, dus bij uitstek geschikt voor een herstart. Ik benaderde Corbin en zei hem dat ik wel voor Abby zou zorgen, en vroeg hem wat dat schoof. Hij lachte me in mijn gezicht uit en zei dat ze geen cent van hem kreeg. Hij zei dat het lot van Jimmy Barnstable bezegeld was, want zijn geduld was schoon op."

"De dag erna vertrokken we," zei mijn moeder, "op Valentijnsdag. Alles wat ik meenam, was de kleding die ik aanhad. Ik lei mijn trouwring onder de sering. Ik wed dat hij er nog ligt."

"Het lijkt allemaal zo eenvoudig, zoals jij het vertelt." Ik kon de bitterheid in mijn stem niet verhullen.

"Eenvoudig? Denk je dat het *eenvoudig* was, Callie? Jou achterlaten was het moeilijkste wat ik in mijn leven gedaan heb. Maar ik deed 't, omdat ik je met hart en ziel liefhad. En toen ik na een paar maanden terugkwam, waren jullie inmiddels naar Toronto verhuisd."

"Corbin vertelde me dat hij je vader elke maand geld stuurde," zei Dwayne, "opdat jij niets tekort zou komen. Hij bezwoer me daarmee door te zullen gaan, zolang Abby het maar niet in haar hoofd zou halen op haar schreden terug te keren. Want dan ..."

"Er was geen denken aan dat hij zijn eed om je vader in de gevangenis te doen belanden, niet gestand zou doen," zei mijn moeder. "Zat er een houdbaarheidsdatum op poging tot moord? Zou hij zijn dreigement ten uitvoer leggen om jou in een pleeggezin te laten plaatsen? Geen idee! Ik wist alleen dat er goed voor je gezorgd zou worden *zolang* je vader op vrije voeten was."

Mijn vader had me altijd aan de neus gehangen dat mijn grootouders niets om me gaven. Sinds kort wist ik dat Yvette me kaarten had gestuurd, en dat Corbin voor me zorggedragen had op de enige manier die hij begreep: met geld. Toch had zijn aangeboren koppigheid mijn vader ervan weerhouden me dat te vertellen.

"We huurden eerst een bureau in om een oogje in het zeil te houden," onderbrak Dwayne mijn gedachtegang. "Jimmy kon geen werk meer vinden, daar Corbin overal rondgebazuind had dat hij niet te vertrouwen was. Dus, toen ik terugkwam in Toronto en werk vond bij Southern Ontario Construction Company, zorgde ik ervoor dat die onderneming je vader steeds inhuurde. Zodoende kon ik tegelijk in de gaten houden hoe het met jou ging. Het is niet zo dat ik bij jullie over de vloer kwam, hoor. Je vader wilde heden en verleden strikt gescheiden houden. En dat heb ik altijd gerespecteerd."

"En jij dan?" wendde ik me tot mijn moeder. "Bleef jij achter in Vancouver?"

"Nee. Ik veranderde van naam. Alison Lake. Ik heb overal gewoond. Calgary. Winnipeg. Montreal. Halifax. Het maakte me niet uit, zolang het maar niet in Marketville of in Toronto was. Ik deed allerlei soorten werk om aan de kost te komen. Ik leidde eigenlijk een zwervend bestaan, zonder vaste woon- of verblijfplaats. Maar ik onderhield wel het contact met Dwayne."

Ze glimlachte triest. "Zo wist ik altijd precies, hoe het met je ging. Toen we op een dag opnieuw contact hadden, vertelde Dwayne dat Jimmy omgekomen was. Ik heb lang getwijfeld, of ik wel contact met je moest zoeken. Maar toen begon je in het verleden te spitten. Ik begreep dat 't een kwestie van tijd was dat je de puzzel gelegd zou hebben, en vond dat je er recht op had het verhaal uit mijn mond te vernemen."

Ik leunde achterover in mijn stoel. Dat *was* me nogal een verhaal. Om te laten bezinken wat ik gehoord had, kon wel 'ns een poosje duren. En of ik 't dan in m'n hart zou kunnen vinden om mijn moeder te vergeven … Ik *hoopte* eigenlijk van wel.

Er waren twee onbeantwoorde vragen die me te binnen schoten.

"Denk je dat mijn vaders ongeluk echt een ... eh, *ongeluk* was?"

"Er is geen reden daaraan te twijfelen," kwam Dwayne tussenbeide.

Ik was er nog niet aan toe hun te vertellen over mijn vaders brief. Het zou trouwens lastig te bewijzen zijn, als ik al tot de slotsom zou komen dat het *niet* een ongeluk was geweest. En ... het zou hem niet terugbrengen.

Ik wendde me tot mijn moeder. "Mag ik je nog iets vragen?"

Haar gezicht klaarde helemaal op. "Vanzelfsprekend. Wat je maar wilt."

"Ik weet dat de Calamity Jane-filmposter een recente reproductie is. Wat ik niet weet, is hoe je er in hemelsnaam in geslaagd bent om het ding ongemerkt naar de zolder te smokkelen."

Mijn moeder staarde me met grote ogen aan. "Ik weet niets van een filmposter."

Ik moest denken aan het handschrift op de achterkant. Inderdaad, wel in schuinschrift, maar ... ook een beetje hanenpoterig. Ik keek omhoog en kon een glimlachje niet onderdrukken. Het had er alle schijn van dat de doodskist niet het enige was wat mijn vader me nagelaten had, op die knekelzolder.

EINDE

DANKWOORD

Ver voordat ik schrijver werd, was ik een verwoed lezer. En de liefde voor lezen – met name het mysteriegenre – heb ik te danken aan mijn moeder. Toen ik nog een meisje was, werkte zij als parttimer bij het warenhuis Zeller's Department Store. En elke keer als ze haar loon kreeg, bracht ze een nieuw Nancy Drew-boek voor me mee. Dat las, herlas en koesterde ik vervolgens.

Ver voordat mijn werk gepubliceerd werd, had ik vrienden die in mij geloofden. Te veel om op te noemen. Voor wat deze roman betreft, wil ik met name Donna Dixon en Nina Patterson bedanken.

Voor haar kundige adviezen bij de eerste ruwe versie gaat mijn dank uit naar Marta Tanrikulu, een fantastische hulp bij het bijschaven van de – soms wel erg – ruwe randjes.

Voor hun scherpe oog, oprechte kritiek en onvermoeibare steun gaat mijn innige dank uit naar Michelle Banfield en Jennifer Grybowski. En als laatste – maar zeker niet in de laatste plaats – naar mijn man Mike, voor zijn onuitputtelijke geloof in mij en mijn verhalen.

NOOT VAN DE AUTEUR

Ik begon te schrijven aan *Begraven Geheimen*, toen ik nog druk bezig was een uitgever te vinden voor mijn debuutroman *The Hanged Man's Noose*, de eerste van de Glass Dolphin-serie. Ik had helemaal de smaak te pakken namelijk, maar vond het wat te gek om een vervolg te schrijven op een boek dat nog niet eens was uitgebracht.

Net zoals de plaats van handeling van Lount's Landing losjes gebaseerd is op mijn vroegere woonplaats Holland Landing in Ontario, Canada, zo is ook Marketville losjes gebaseerd op het stadje Newmarket, ietsje ten zuiden van Holland Landing. Natuurlijk heb ik mezelf de nodige vrijheid toegestaan, als het gaat om situering en ligging van objecten in beide locaties en omstreken. Verder zijn de personages van A tot Z uit de duim gezogen, maar daarin schuilt de inspiratie.

Het idee voor *Begraven Geheimen* viel me in, toen mijn man Mike en ik in een advocatenkantoor zaten te wachten. We waren er om onze testamenten te actualiseren en de Goldendoodle van de advocaat hield ons gezelschap, terwijl de raadsheer zelf bij de rechtbank opgehouden werd. De eerste scenes in dit boek zijn rechtstreeks ontsproten aan die gebeurtenis.

Zo zie je maar: alles wat een schrijver in zijn of haar dagelijkse leven overkomt, kan zomaar in een verhaal terechtkomen.

OVER DE AUTEUR

Judy Penz Sheluk, voormalig journalist en tijdschriftuitgever, is de auteur van twee romanseries: de Glazen Dolfijn en de Marketville mysteries. Haar korte misdaadverhalen zijn terechtgekomen in verschillende anthologieën, waaronder de Superior Shores Anthologies, die ze ook redigeerde.

Judy is lid van Sisters in Crime, International Thriller Writers, Short Mystery Fiction Society en Crime Writers of Canada, waar ze voorzitter van de Raad van Bestuur is geweest.

Haar site is http://www.judypenzsheluk.com/translations/nederlands/

OVER DE VERTALER

Jaap Slager is een polyglot uit Friesland. Hij woont samen met de liefde van zijn leven in Portugal, vertaalde talloze boeken en staat in de uitgeverswereld bekend om zijn buitengewone taalbeheersing en uitzonderlijk grote woordenschat. In zijn geringe vrije tijd is hij te vinden op zijn site www.janblogger.eu.